혈
비
도
무
랑

혈비도 무랑 5

김종휘 新무협 판타지 소설

초판 1쇄 찍은 날 § 2003년 11월 28일
초판 1쇄 펴낸 날 § 2003년 12월 8일

지은이 § 김종휘
펴낸이 § 서경석

편집장 § 문혜영
편집책임 § 유경화
편집 § 장상수 · 권민정 · 김민정
마케팅 § 정필 · 강양원 · 이선구 · 김규진 · 홍현경

펴낸곳 § 도서출판 청어람
등록번호 § 제1081-1-89호
등록일자 § 1999. 5. 31
어람번호 § 제2-0287호

주소 § 경기도 부천시 원미구 심곡1동 350-1 남성B/D 3F (우) 420-011
전화 § 032-656-4452 팩스 § 032-656-4453
http://www.chungeoram.com
E-mail § eoram99@chollian.net

ⓒ 김종휘, 2003

값 8,000원

ISBN 89-5505-900-0 04810
ISBN 89-5505-774-1 (SET)

혈비로무랑

김종휘 新 무협 판타지 소설

5

혼란의 무림

도서출판
청어람

목

차

제29장
광무자, 냉혈검을 손에 넣다(2)

"이년이 감히 무슨 짓을 한 거야!!"

그녀의 일장에 동료가 쓰러지자 불량배들은 자리에서 벌떡 일어나 병기를 들고 그녀를 둘러싸기 시작했다.

"이런……."

이준은 불량배들이 그녀를 둘러싸자 조금 도와주어야겠다는 생각에 몸을 날렸다.

물론 불량배들을 상대로 보인 일장의 위력을 생각한다면 시정잡배들이야 충분히 상대할 수 있을 테지만, 갓난아이를 안고 있기에 몸을 운신하는 것이 힘들리란 생각 때문이었다.

"컥!"

이준은 바로 앞에 있던 자의 다리를 후려쳐 땅에 쓰러뜨리고 양 옆의 녀석들에게 또다시 일권과 일각을 날려서는 단숨에 쓰러뜨렸다.

"이런 못된 녀석들! 백주대낮에 여인에게 시비를 걸다니!"

눈 깜짝할 사이에 불량배들을 쓰러뜨린 이준은 녀석들에게 호통을 쳤다.

상대의 움직임이 빠르고 부드러운 것을 보며 무가의 제자임을 안 불량배들은 급히 일어서서는 여인의 일장에 쓰러진 동료를 끌고 재빨리 도망쳤다.

이준은 그들이 사라지는 것을 보며 그녀에게 다가가 포권을 하며 말을 이었다.

"어디 다치신 곳은 없는지요."

"대협의 도우심에 감사드립니다."

이준의 도움에 여인은 살짝 미소를 보이며 감사의 인사를 전하고는 또다시 보채는 아이를 달래기 시작했다.

그렇게 한참을 달래서야 품에 안겨 울던 아기가 꺄르륵 웃음을 터뜨리고 나서야 그녀는 안도의 한숨을 쉴 수 있었다. 그런 그녀를 보며 이준은 손을 털고 다시 광무자의 곁으로 돌아왔다.

"휴, 어디서나 시정잡배 녀석들이 있기 마련이군요."

"그것이 사람 사는 곳이 아니겠는가."

광무자가 덤덤하게 대꾸하고는 다시 책을 읽는 데 열중하자 이준은 다시 한 번 그녀를 훔쳐보았다.

'그나저나 정말 아름다운 여인이군.'

객잔에서 하룻밤을 보낸 광무자와 이준은 다음날 아침 간단하게 식사를 하고는 다시 길을 떠났다. 한참 산길을 걸어가고 있는데, 그때 앞쪽에서 시끄러운 소리가 들려왔다.

"아! 저 여인은?"

걸음을 재촉하여 가보니 어제의 그 여인을 둘러싸고 대여섯 명의 불량배들이 흉악한 기세로 병장기를 든 채 노려보고 있는 것을 볼 수 있었다.

이미 싸움이 시작된 지 꽤 되었는지 주위로 두세 명의 남자가 자빠져 있었다. 물론 무공이 뛰어나 상처는 입지 않았지만, 숨을 몰아쉬는 것이 조금 힘에 부치는 것 같은지라 이준은 그녀를 도와야겠다는 생각에 허리에 찬 검을 뽑아 들고 소리쳤다.

"이놈들! 어제 간단히 벌을 주고 놓아주었더니 잘못을 모르고 다시 설치는구나! 그래, 오늘은 다음부터 이런 짓을 못하도록 단단히 혼을 내주마!"

여인을 둘러싸고 있던 불량배들은 또다시 이준이 나타나 호통을 치자 크게 놀라며 두려워하는 빛을 보였다. 그가 무가의 제자임을 안 이들은 그를 피해 그녀가 홀로 길을 떠났을 때 습격한 것인데, 다시 그를 보게 된 것이다.

"오늘 내 흉신악살이 될 터이니 각오하거라!"

"헉!"

그의 서슬 퍼런 기세에 놈들이 놀라 달아나기 시작했다. 이들이 한 마을에서는 대장 노릇을 하고 있으나 무림의 무인을 상대로 겨룰 만한 무공을 지닌 것은 아니라 상대가 되지 않음을 잘 알고 있었기 때문이다.

하지만 결국 그들은 쌍도문의 경공을 익히고 있는 이준의 손에서 벗어날 수 없었다. 그는 순식간에 도주하는 놈들을 쫓아 허벅지에 검상을 입히며 쓰러뜨렸고, 한 식경도 되지 않아 여인을 희롱하려던 불량배들은 모두 땅에 쓰러지고 말았다.

"크윽!"

"살려주십시오!"

역시나 약자에겐 강하고 강자에게 약한 자들이었으니 이준의 강함을 몸으로 직접 느낀 그들은 고통스러운 표정으로 손이 발이 되도록 빌기 시작했다.

"휴… 대사형, 이 녀석들을 어떻게 하면 좋을까요?"

겁에 질려 살려달라고 비는 녀석들을 보자니 또다시 마음이 약해진 이준은 이들에 대한 처우를 광무자에게 물어볼 수밖에 없었다.

광무자는 도박사들의 호위 역할을 했던 무사였던 만큼 이런 하류잡배들을 처리하는 데 훨씬 능숙하리라 생각했기 때문이다.

이에 광무자는 차가운 목소리로 그의 물음에 답했다.

"이대로 놓아준다면 이들은 똑같은 일을 반복할 것이다. 이 자리에서 명줄을 끊어 후환을 없애는 것이 좋을 듯하구나."

"예?"

광무자의 죽이라는 말에 이준은 놀란 표정을 지었고, 땅에 쓰러져서는 빌고 있던 녀석들도 간담이 써늘해질 수밖에 없었다.

"아이고~ 대협! 한 번만 살려주십시오! 다시는 이런 짓을 하지 않을 테니 한 번만 살려주십시오!!"

"집에는 병으로 앓고 있는 노모가 있습니다! 살려주십시오!"

"어머니! 어어어엉~"

불량배들이 이준의 다리를 붙들고는 살려달라 빌며 횡설수설하여 그로선 어찌해야 될지 암담할 뿐이었다.

"대사형……."

"비켜라! 내가 직접 녀석들의 명줄을 끊도록 하마."

"아이고! 살려주십시오!"

불량배들의 곡성이 더욱 커졌지만 이준을 비켜서게 한 그는 망설이지 않고 검을 뽑아 그들을 차례차례 찔러갔다.

"격!"

광무자의 검에 불량배들은 외마디 비명과 함께 쓰러져 갔다. 그의 행동에 이준은 경악을 금치 못했고, 습격당했던 여인조차 광무자의 냉혹한 모습에 소름이 돋을 정도였다.

불량배들을 모두 처리한 광무자는 피가 맺힌 검을 가볍게 털어 검집에 집어넣은 후 미소를 지으며 말했다.

"죽이진 않았으니 그리 볼 것 없다. 크게 혼이 나지 않고는 정신을 차리지 못할 것 같아 검을 이용하여 녀석들의 눈을 혼란시킨 것뿐이다."

광무자는 녀석들을 단단히 혼을 내줄 요량으로 급소를 피해 검을 찌름과 동시에 지풍을 이용하여 이들을 혼절시켰던 것이다.

"아!"

"얼마 있으면 정신을 차릴 것이니 걱정할 것 없다."

"휴… 전 대사형께서 그들을 죽이시는 줄 알고 깜짝 놀랐습니다. 그나저나 이들을 그냥 두고 가나요?"

"지풍으로 점혈하며 지혈시켰으니 검상은 문제될 것 없다. 다만 이곳에 내버려 두면 자칫 들짐승의 먹이가 될 수도 있겠지."

"예?"

"들짐승의 먹이가 된다면 그것이 지놈들의 운일 것이니 상관할 것 없다. 이만 길을 가자꾸나."

그 말에 조금 당혹스러웠으나 마을과 가까운 대로변인지라 다른 사람이 발견할 수도 있다는 생각에 이준은 고개를 끄덕이곤 여인에게 가포권을 하며 말했다.

"이거 또 만나게 됐군요."

"두 번이나 은혜를 입다니 무엇이라 감사의 말씀을 드려야 할지 모르겠습니다."

"별말씀을 다 하십니다. 강호의 동도로서 해야 할 일을 했을 뿐입니다."

"성함이라도 가르쳐 주신다면 후에 이 은혜를 갚겠습니다."

"은혜라니요. 정파의 무인으로 당연한 일을 했을 뿐입니다. 전 이준이라 하고 옆에 계신 분은 저의 대사형이시며 성함은 유운이라 합니다."

"유능예라 합니다."

놀랍게도 그녀는 마교 교주의 손녀이자 장천의 아내인 능예였던 것이다. 그렇다면 품에 안긴 아이는 장천과 그녀의 자식일 것인데, 은영영이 자결했다 했던 그녀는 어떻게 이곳에 있는 것일까?

물론 사제인 장천과 그녀의 관계를 알지 못하는 이준은 능예란 이름에 고개를 끄덕이고는 갓난아이를 보며 감탄하듯 말했다.

"아기가 참 예쁘군요. 여아입니까?"

"사내아이입니다. 소천(小天)이라고 하지요."

"작은 하늘이라… 좋은 이름이군요."

아이의 맑디맑은 눈망울을 보자니 과연 작은 하늘을 보는 듯한지라 이름과 잘 어울린다고 생각했다.

"여인의 몸으로 갓난아이를 안고 길을 가시는 것은 쉽지 않을 텐데……."

"아닙니다. 아이를 보고 있자면 오히려 힘이 나는걸요."

"아!"

조실부모한 이준은 능예의 말에 저것이 모정이구나 하며 고개를 끄덕였다.

"그렇군요. 하긴 저라도 그렇게 귀여운 자식놈이 있다면 없는 힘이라도 생길 것 같습니다."

"호호호."

이준의 말에 유능예는 손으로 입을 가리며 웃음을 터뜨렸다.

"어디로 향하시는지는 모르나, 방향이 같다면 저희와 동행하는 것이 어떻겠습니까?"

그의 말에 유능예는 잠시 생각하다가 고개를 끄덕였다.

"그렇다면 신세를 지도록 하겠습니다."

여인의 몸으로 갓난아이를 안고 여행한다는 것은 그리 쉬운 일이 아니었다.

아름다운 미모 탓인지 남자들이 가는 곳마다 추근거렸기에 이준과 같은 예의 바른 군자와 동행한다면 그런 일은 줄어들 것이라는 생각에 그의 제안을 받아들인 것이다.

"그나저나 부군께서는……?"

물음에 여인의 얼굴이 침울하게 변하자 이준은 혹시 남편을 여읜 것은 아닐까 하는 생각이 들었다.

'이런! 실수를 했군.'

이준은 실수를 깨닫고는 안절부절못하고 있었는데, 그를 도와주려는 듯 광무자가 능예에게 다가가 아이를 보며 말했다.

"잠시 아이를 볼 수 있겠소이까?"

"아! 예."

광무자의 말에 유능예는 무슨 일인지는 모르지만 심성이 악한 자들은 아닌 듯하고 상대가 초로의 노인인지라 고개를 끄덕이곤 조심스럽게 소천을 광무자에게 안겨주었다.

"꺄르르륵!"

광무자의 품에 안긴 소천은 그의 긴 수염을 붙잡고는 장난을 치며 좋아했고, 광무자는 그런 아이의 모습이 귀여운지라 너털웃음을 터뜨렸다.

"허허허, 귀여운 녀석이로세."

자신의 수염을 잡아당기며 웃음 짓는 아이의 몸을 이곳저곳 만지작거린 광무자는 만족한 얼굴로 고개를 끄덕인 후 능예에게 다시 아이를 건네주며 말했다.

"아이의 근골이 참으로 좋구려. 부인께서도 무공을 익히신 듯한데, 사문의 무예를 전수하실 생각입니까?"

광무자는 소천의 눈에 정기가 가득한 것에 흥미가 느껴져 잠시 근골을 살펴보았던 것인데, 역시나 근골이 뛰어난지라 부인을 보며 넌지시 물어보았다.

"아닙니다. 남편 역시 무인인지라 아이를 위해 남긴 무서가 있어 그것을 익히게 할 생각입니다."

"그렇군요. 음… 부군께서 남기신 무공서가 무엇인지는 모르지만 후에 이 아이가 성장하면 본인이 근래에 얻은 심득을 전수하고 싶은데, 허락해 주셨으면 합니다."

"아!"

광무자의 제안에 능예는 갈등할 수밖에 없었다.

아이에게 자신이 직접 무공을 전수할 생각이었지만, 자신의 무공이 그리 높지 않기 때문에 남편이 남긴 무공비서를 가르칠 수 있을까 걱정하고 있던 차였다. 무공을 가르친다는 것은 지식은 물론 연륜이나 경험 없이는 어려운 일이기 때문이다.

하지만 자신의 앞에 있는 사람이 어떤 자인지 모르지만 기도로 보아 뛰어난 무학의 소유자라는 생각이 들었고, 자신을 도와준 이준을 보아도 도의를 지닌 인물임에 틀림없는지라 그의 제안에 솔깃할 수밖에 없었다.

하지만 사람이란 그 속을 알지 못하는 것이니 상대를 만난 지 얼마되지 않았음에도 이런 제안을 하자 걱정이 되기도 했는데, 이런 그녀의 생각을 아는지 광무자는 미소를 지으며 말했다.

"이렇게 이 아이를 만난 것도 하늘이 맺어준 연이라 할 수 있으니 제가 한 가지 선물을 드리지요."

광무자는 품에서 꺼낸 옥병에서 환단을 하나 꺼내었다.

능예는 청아한 향기가 흐르는 것이 보통의 환단이 아니라는 것을 알수 있었다.

"대사형, 그것은 청심단이 아닙니까?"

무림인에게 내력을 증진하게 해주는 약이라는 것은 황금보다 더 귀하다고 할 수 있으니 이준은 대사형이 꺼낸 것이 청심단임을 알고는 크게 놀라지 않을 수 없었다.

"그렇다네."

이준의 말에 고개를 끄덕인 광무자는 그것을 능예에게 건네주며 말했다.

"아이가 일곱 살이 될 때 제가 드린 청심단을 복용케 하고 운기조식을 도와주도록 하십시오. 미흡하지만 약간의 내력을 얻을 수 있을 것이니 무공을 연성하는 데 도움이 될 것입니다."

"아!"

그제야 그가 건네주는 환단이 어떠한 것임을 안 능예는 크게 감탄할 수밖에 없었다. 이렇듯 귀한 물건을 단지 아이의 근골이 뛰어나다는 이유로 내어준다는 것은 여간 배포가 크지 않으면 불가능한 일이기 때문이다.

"대협께서 이렇게까지 제 아들을 생각해 주시니 몸 둘 바를 모르겠습니다. 후에 아이가 어느 정도 글을 알게 될 때 대협께 보내도록 하겠습니다."

아이에게 크게 도움이 될 수 있는 청심단을 받은 능예는 광무자의 배포에 감탄하며 아이를 보내겠다는 약속을 하게 되었다.

'아! 다행이구나.'

유능예는 아버지인 현 소교주의 도움으로 임신한 몸을 이끌고 교를 빠져나올 수 있었다. 남편인 장천이 정파의 첩자라는 것이 밝혀져 죽임을 당하자 그녀는 자신 때문에 남편이 죽었다는 생각에 자살할 결심했었다. 하지만 자신이 자결하면 뱃속의 아이를 죽이는 것이기에 그것이 남편을 두 번 죽이는 것이라 생각한 그녀는 차마 목숨을 끊을 수가 없었다.

그렇게 시간이 지나자 마교는 그녀에 대한 처리 문제로 시끄러워지기 시작했고, 천마와 구시독인은 장천의 일로 교주를 압박하기 시작했다.

자신의 거처에서 죽은 듯이 살고 있었던 그녀지만 이러한 조부의 고통을 모를 리 없었고, 또 천마와 구시독인 중 한 사람이 교의 권력을 잡는 날에는 후에 태어날 아이가 순탄치 못한 삶을 살 것이 분명했기에 큰마음 먹고 마교를 떠나기로 결심한 것이다.

능예의 부친인 소교주는 그녀의 결정을 반대하지 않았다. 장천이 배신자로서 죽은 이후 교주 휘하의 독립 세력이었던 귀영당이 크게 위축되었기에 현재의 그는 허수아비와 같은 신세가 되어버렸기 때문이다.

장천이 밉기는 했지만 딸과 뱃속의 아이마저 미워할 수는 없었던 교주와 소교주는 그녀가 자결했다고 말함으로써 그녀가 마교를 나가는 것을 도왔다.

능예는 뱃속의 아이와 함께 무사히 빠져나오기는 했지만 앞으로의 일이 걱정이 될 수밖에 없었다.

처음 그녀가 찾아간 곳은 감숙성에 있는 남편의 출신 문파인 쌍도문이었다.

아이의 가문이라 할 수 있는 곳이란 생각 때문이었지만, 막상 쌍도문에 가려니 남편을 죽이고 온 자신의 입장 때문에 그들이 태어날 아이를 박대하지는 않을까 걱정이 되었는지라 들어가지 못했다.

결국 유능예는 쌍도문으로 들어서는 것을 망설이다 감숙성의 작은 마을에 머물게 되었고, 그곳에서 아들인 소천을 낳게 되었다.

작은 마을에서 소천을 키우며 살던 그녀는 우연히 쌍도문의 소주가 살아 돌아왔다는 이야기를 듣게 되었고, 크게 기뻐하여 아이와 함께 문으로 찾아가게 되었다. 한데 장천이 신붓감을 구한다는 소식을 듣고 실망하여 다시 강호를 떠돌아다니게 되었던 것이다.

자신을 잊은 장천을 원망하여 한때는 소천을 죽이고 자신도 죽을 생각을 했지만, 차마 손을 쓸 수가 없었던 능예는 과거 자신에게 학문을 가르쳐 주었던 스승에게 몸을 의탁하려는 생각에 호북으로 향했는데, 공교롭게도 스승이 관직을 얻어 떠났다는 말에 다시 황도 쪽으로 향하다 광무자와 이준을 만나게 된 것이다.

한편 이준은 그녀의 모습을 보며 마음이 혹하고 있었다.

그의 나이 올해로 서른둘. 장가가기에는 늦은 나이인데다 알아봐 둔 처자도 없으니 외롭기 그지없는 처지였는데, 오늘 능예를 만나고는 그녀의 모습에 반해 버리고 만 것이다.

그녀가 남편 잃은 과부라는 것은 알지만, 자신 역시 늦은 나이였는지라 그런 것은 아무 문제가 되지 않는다 생각하는 그였다.

아름다운 외모와 은 쟁반에 옥구슬이 구르는 듯한 청아한 목소리, 그리고 섬세한 손길과 아이를 생각하는 따사로운 모성애 등 모든 것이 마음을 흔들고 있는지라 이준은 떨리는 마음을 진정시킬 수가 없었다.

'하늘은 어쩌면 나에게 이 여인을 보내기 위해 지금까지 어떠한 여인도 보내지 않았던 것이 아닐까?'

심장이 터질 것만 같은 느낌이었다. 그와 동시에 그의 가슴속에는 죽었다고 생각하는 그녀의 남편에 대한 시기심이 자리 잡았다.

'이 안타까움은… 무엇이란 말인가……'

자신이 먼저 이 여인을 만났다면 그녀의 얼굴에 스며 있는 슬픔이 존재하지는 않았을 것이란 생각을 하는 그였다.

'나의 여인이 되어달라고 말할 수 있으면… 하지만 아직 난……'

그러나 이준은 자신이 너무 미약한 존재라는 생각이 들었다. 당장 옆에 있는 광무자와 비교하더라도 작게만 느껴지기 때문이다.

문과 무, 둘 중 하나에만 모든 노력을 기울여도 부족한 것인데, 자신은 어정쩡하게 두 가지 모두에 힘을 쓰는 바람에 문도 무도 아닌 것이 되어 있는 상태였기 때문이다.

그렇게 고심하던 이준은 자신이 명성을 얻어 무림에 이름이 알려진다면 그녀에게 다가설 수 있을까 하는 생각을 했다.

'명성을… 명성을… 명성을……'

그때 광무자의 허리에 차여져 있는 검이 눈에 들어오는 이준이었다.

'냉혈검… 그래! 냉혈검만 있으면 난 이 여인을 차지할 수 있는 힘을 얻게 된다!'

삼십이 넘는 시간을 오로지 서고와 연무장만을 돌아다니던 그의 눈에는 불길을 타오르고 있었다.

'응?'

한편 유능예와 이야기하고 있던 광무자는 뒤에 있던 이준에게서 이상한 기운이 느껴지자 고개를 돌려서는 그를 보게 되었다.

멍한 눈으로 무엇인가를 생각하고 있는 모습이었는데, 광무자는 불길한 느낌을 지울 수가 없었다.

'무슨 일이지? 이준이 평상심을 잃었군.'

광무자 유운이 이준을 데리고 다닌 것은 그의 때 묻지 않은 심성이 좋았기 때문이다.

서른이 넘는 나이임에도 불구하고 세상사에 때 묻지 않고 자신이 믿는 정의를 추구함에 절대 기울어지지 않던 그의 모습은 속된 세상에 익숙해 버린 자들과는 다른 모습이 있었다.

하지만 지금 그는 서서히 백지 위로 먹물이 떨어지는 듯한 형국이었으니 그가 무슨 연유로 흔들리고 있는지 광무자로선 알 수가 없었다.

'설마……?'

광무자는 자신도 모르게 앞서 가는 여인의 얼굴을 쳐다보았다.

이미 육십이 넘는 나이인데다 오랜 시간 무에만 전념했기에 아름다운 미녀를 보아도 정욕 같은 것은 마음속 깊숙이 가라앉힐 수 있게 된 지 오래였다.

하지만 그런 그의 눈에도 앞에 있는 능예라는 여인은 아름답기 그지없었다.

아이를 안고 있는 그녀의 모습에선 중생을 보듬는 관음보살과도 같은 기운이 흘러나왔고, 그와 함께 고행한 노승마저 홀릴 듯한 색기도 흘러나오고 있었다.

여인에 대해 관심이 없었던 그야 색기보다는 모성애의 기운이 강하게 느껴졌기에 별로 문제가 되지 않았지만, 아직 젊은 이준이라면 다르다는 생각이 들었다.

'실수구나.'

한순간 광무자는 이 여인을 죽이는 것이 어떨까 하는 생각마저 들었다.

그녀를 죽인다 할지라도 아이를 무림에 내로라하는 고수로 성장시킨다면 죗값이 상쇄될 것이고, 이준의 이러한 모습도 사라질 것이라는 생각이 들었기 때문이다.

그런 생각이 들자 광무자는 자신도 모르게 검의 손잡이를 잡은 손에 힘이 들어갔지만, 여인의 한마디로 인해 상념은 깨어지고 말았다.

"대협, 어디 편찮으십니까? 안색이……."

"아! 아무것도 아니오."

자신을 걱정하는 그녀의 말에 광무자는 손의 힘이 한순간 빠져나가는 것을 느꼈다.

'무슨 짓을 생각하고 있었던 것이지…….'

하오문 시절의 독한 성정이 아직 사라지지 않아 방해가 된다 생각한 여인을 해하려 생각했음은 아직 수양이 부족해서라 생각한 광무자였다.

"준아, 이제 길을 가도록 하자꾸나."

"아! 예, 대사형."

이준은 광무자의 말에 퍼뜩 정신이 든 듯 고개 숙여 대답하고는 앞장섰고, 광무자는 그의 뒤를 따라 사천을 향해 다시 길을 떠났다.

사천으로 가는 도중 광무자는 이준을 여인과 맺어주기 위해 몇 가지

시도를 해보았지만, 아쉽게도 여인은 사별한 남편을 잊지 못하고 있었기에 한숨이 나올 수밖에 없었다.

옆에서 듣고 있던 이준 역시 가슴을 졸이는 것이 역력히 드러나고 있으니 안타까움이 더할 수밖에 없었다.

'사제가 냉혈검을 노리고 있는 듯한데 이를 어쩐단 말인가.'

냉혈검을 얻은 후 이준이 그것을 부러워하는 것은 알고 있었지만, 지금과 같은 시선은 아니었다. 과거의 시선은 어린아이가 과자를 얻지 못한 아쉬움이라고 한다면 지금의 시선은 황금을 쳐다보는 탐욕 어린 시선이었다.

제30장

홍련교의 내전

홍련교 사천 지부.

장천이 제일 처음 교에 가입하기 위해 들어섰던 이곳은 사천정파의 갑작스런 움직임으로 분주함을 보이고 있었고, 이런 움직임 속에서 낯선 자들이 사천 지부로 다가서고 있었다.

사천 지부 근처의 숲 속에서 빠른 속도로 움직이고 있는 인영들, 그중 가장 선두에 선 자는 십대 중후반으로 보이는 소년이었는데, 그는 다름 아닌 장천이었다.

견즉사의 호청명의 치료로 불괴곡에서 나온 이들의 병이 나아지기 시작하자 장천은 이십여 명의 불괴곡 무인들과 함께 사천 지부를 점령하기 위해 나선 것이다.

물론 이것에는 몇 가지 연유가 있었다. 독문과 철사방의 동맹을 밝히면서 사천당가를 비롯한 사천정파들의 움직임이 가속되고 있었기에 간접적으로는 그것을 돕고 직접적으로는 사천 지부를 흡수하여 불과곡의 세력을 키우려는 것이었다.

사천당가, 아미파, 청성파가 위치한 곳인만큼 사천 지부는 다른 곳에 비해 홍련교의 세력이 위축되어 있었기에 적은 무사들로도 제압이 가능한 곳이란 것도 그 이유 중 하나였다.

하지만 이러한 것보다 장천이 더욱 가치있게 생각하는 일이 있었는데, 바로 본격적으로 홍련교에 입교하기 전 이곳에 묻어둔 세 자루의 도를 찾는 것이다.

그 세 자루의 도는 장천이 여행 전 부친에게 받은 쌍도와 공동파의 문주가 선물한 화룡신도였다. 현재 같은 편이라곤 오직 문성밖에 없는 그로선 스스로의 힘을 키울 필요가 있었기에 이번 기회에 사천 지부를 흡수하며 화룡신도를 찾으려 하는 것이다.

숲을 통해 조심스럽게 잠입한 장천과 무사들은 사천 지부가 훤히 보이는 언덕에서 그들의 동태를 감시했다.

"화룡대주, 아무리 생각해도 이십여 명의 무사들로는 작은 지부라 해도 점령하기 어려울 듯합니다."

사천 지부를 관찰하던 무사 한 명이 나직한 목소리로 장천에게 묻자 그 역시 고개를 끄덕이며 말했다.

"물론이다. 사천 지부에 있는 무사들의 수는 이백 명이 넘으니 이십 명 정도에 불과한 우리에겐 중과부적이라 할 수 있지."

"그런데 왜?"

"하지만 사천의 동쪽에 위치한 철사방이 정파의 무리들에게 수작을 걸어준 덕에 정파 녀석들의 움직임이 분주한데, 마교는 이런 사실을 알지 못하기 때문에 이들 정파의 움직임을 자신들에 대한 것으로 생각할 것이다. 그렇게 되면 정파 무리들의 움직임을 살피며 그들이 지부의 위치를 파악하지 못하게 하기 위해서라도 사천 지부의 무사들이 외부로 대거 빠져나갈 것이 분명할 터, 우린 이 시기를 놓치지 말고 들어가 지부를 점령해야 한다."

장천의 설명에 그가 고개를 끄덕이긴 했지만 아직까지 완전히 수긍한 것은 아니었다.

"하지만 총단에서도 사천 지부가 위험하다고 생각해 무사를 파견할 것이 분명합니다. 그렇게 되면 오히려 저희들의 정체가 밝혀지게 될 수도 있지 않겠습니까?"

"물론이다. 그런 이유로 이번 일은 비밀스럽고 빠르게 이루어져야 한다. 자세한 것은 이 일이 본격적으로 진척되면 말해 주도록 하지. 지금은 나를 따르도록 하여라."

"예, 알겠습니다."

아직 궁금한 것이 더 있었지만, 일단 불괴대제와 우경이 믿고 맡긴 인물인만큼 장천을 따를 수밖에 없는 무사들이었다.

장천들이 잠복한 지 이틀째 되는 날, 예상대로 많은 수의 무사가 지부를 빠져나가기 시작했고, 그 수가 백오십에 이르렀다.

무사들이 빠져나가자 때가 되었다고 생각한 장천은 잠시 무사들을 기다리게 한 후 사천 지부의 외곽으로 경공을 사용하여 움직였다.

"이곳인가."

두 개의 거대한 바위가 서로 맞닿아 있는 곳에 도착한 장천은 잠시 주위를 두리번거리고는 천천히 틈새 안으로 손을 집어넣었고, 그곳에서 하나의 보따리를 꺼내었다.

오랜 시간이 지났기 때문인지 붉은색의 비단으로 싸놓은 보따리는 그 색이 변해 있었다.

"휴! 그나저나 녹이나 슬지 않았는지 모르겠네?"

수년이 넘게 한곳에 방치되어 있었으니 이런 고민은 어찌 보면 당연한 것이었는데, 천천히 보따리를 풀어보니 처음 이곳에 숨겨놓았을 때 많은 주의를 기울인 때문인지 다행이도 내용물은 깨끗하게 보관되어 있었다.

보따리 안에는 세 자루의 도가 가지런히 놓여져 있었는데, 장천은 그중 한 자루의 도를 들어 천천히 뽑아보았다.

푸른색의 예기가 흘러나오는 그 도는 쌍도문을 처음 나올 때 장춘삼이 그에게 건네준 도였다.

이름난 도는 아니지만 좋은 쇠를 백련정강하여 만들었기에 오랜 시간 바위 구석에 처박혀 있었음에도 예기는 사라지지 않고 있었다.

"역시 아버지가 주신 도로군."

도에 문제가 없다는 것을 확인한 장천은 두 개의 도를 양쪽 허리에 차고는 드디어 나머지 한 자루의 도를 들었는데, 그 순간 도집을 통해 뜨거운 화기가 외부로 분출하기 시작했다.

"이런! 오랫동안 처박아두었더니 심술이 났나보네?"

장천의 손길이 닿자 도에서 그동안 잠재되어 있던 화기가 한꺼번에 분출하기 시작한 것이다.

장천은 녀석의 화를 풀어줄 생각으로 천천히 도를 뽑아 들었는데,

그 순간 뜨거운 기운이 사방으로 뻗어 나가면서 주위에 뜨거운 열기의 돌풍을 만들어 버렸다.

"호오!"

오랜만에 들어본 화룡신도는 오히려 과거보다 더욱 뜨거운 화기를 품고 있었는데, 이는 장천의 화기 내식이 크게 진보한 탓도 있었다.

화의 무공을 익힌 그와 화룡신도는 마치 처음부터 하나였던 것같이 어우러지고 있었다.

'이것만 있으면 천하제일을 다투어도 문제가 없을 것 같군.'

십대신병, 그것을 가지는 이가 한결같이 생각하는 일 중의 하나가 바로 천하제일인이 되고자 하는 욕심이었다. 장천 역시 무공이 크게 증진된 후 화룡신도를 잡으니 그런 욕심이 났는데, 순간 한 여인의 얼굴이 생각나자 고개를 내저었다. 능예였다.

'나같이 파렴치한 녀석이 무슨 천하제일인가.'

능예의 얼굴이 생각나자 한순간 느꼈던 명예욕은 금세 사라질 수밖에 없었다.

세 자루의 도를 챙겨 든 장천은 다시 불괴곡의 무사들이 있는 곳으로 향했고, 드디어 본격적인 작업에 들어가기 시작했다.

"대주, 준비가 모두 끝났습니다."

"가자."

장천은 무사들과 함께 천천히 지부의 정문으로 들어섰다.

많은 수의 무사가 빠져나간 사천 지부의 정문에는 두 명의 무사가 입구를 지키고 있었는데, 장천은 품에서 두 자루의 비도를 꺼내어 조용히 그들 가까이로 다가가 던졌다.

"혁!"

장천의 비도술은 상당한 경지에 이르러 있었기에 두 경비 무사는 외마디 비명도 제대로 지르지 못하고 목에 비도가 박힌 채 땅으로 쓰러졌다.

녀석들의 시체를 치운 장천은 두 명의 불괴곡 무사들로 하여금 그들의 옷으로 갈아입게 하여 만약의 사태에 대비한 후 무사들을 분산시켜 사천 지부의 장악에 들어갔다.

사천 지부를 점령하는 데 걸린 시간은 두 시진을 넘지 않았다.

장천 자신이 사천 지부의 내부를 잘 아는 만큼 지부를 모두 점령하는 데 그리 오랜 시간이 걸리지 않았던 것이다. 불괴곡의 무사들 역시 정예들인데다 총단도 아닌 지부의 무사들인 만큼 무공은 그리 높지 않았기 때문이다.

하지만 문제는 사천 지부로 오게 될 총단의 원군이었다.

그 때문에 사람들에게 지시하여 중요 인물들의 인피면구를 제작하게 한 후 전서구를 날려 사천 지부를 얻었다는 소식을 전했다.

삼 일 정도의 시간이 지나자 전서구 한 마리가 도착했고, 서신에는 사천당가를 비롯한 아미, 청성, 쌍도문으로 이루어진 정파 무사들과 사파의 철사방이 충돌했다는 글이 쓰여 있었다.

"아버지……."

쌍도문의 무사들을 이끈 사람이 아버지 장춘삼이라는 것을 안 장천은 만나고 싶은 마음이 굴뚝같았지만, 사랑하는 여인을 죽인 죄로 평생 은거하기로 결심한 그였기에 눈물을 머금으면서 참아야 했다.

"대주! 총단의 무사들이 왔습니다!"

"총단의 무사들이?"

"예. 암혈당의 무사들로 숫자는 이백 명 정도 되는 듯합니다."

"그들을 이끌고 있는 자는 누구인가?"

"응조수 이진천이라 합니다."

"이진천? 후후, 재밌게 됐군. 이미 준비는 모두 끝마쳤겠지?"

장천의 말에 소식을 전해왔던 무사가 고개를 끄덕이며 말했다.

"예."

"자, 가자."

장천은 변태변골술을 사용하여 이번에 죽임을 당한 사천 지부 부지부장의 얼굴로 변한 후 무사와 함께 천천히 대청으로 나갔다.

대청에 응조수 이진천과 함께 서너 명의 무사들이 기다리고 있는 모습이 보이자 장천은 그의 앞으로 가서는 포권하며 인사했다.

"이 당주님께 인사드립니다."

"오! 순 부지부장 오랜만이군."

간단하게 인사치레를 나눈 후 이진천은 장천을 보며 물었다.

"그나저나 전서구에는 사천정파들의 움직임이 예사롭지 않다던데 어떻게 된 것인가?"

"예. 그 일로 백오십 명의 사천 지부 무사들이 정파 녀석들의 동태를 살필 겸 나가 있는데, 들어온 소식에 의하면 정파 녀석들은 본 교가 아닌 철사방을 노렸던 것 같습니다."

"철사방?"

장천의 말에 그는 영문을 알 수 없다는 표정을 지었다.

사천의 사파 중 철사방이 가장 크기는 하지만 정파들이 그들을 칠 명분은 없었고, 또 가만히 내버려 둬도 별문제가 되지 않을 문파였기 때문이다.

"예. 들리는 소문에 의하면 철사방이 남만에 있는 독문과 손을 잡았다고 하더군요."

"음… 그렇군."

과거 사천당가 본가가 독문에 의해 점령당했던 수모를 겪은 적이 있다는 것을 아는 그는 그제야 이번 정파들의 움직임을 이해할 수 있었다.

"그렇다면 쌍도문에서 갑자기 사천으로 무사를 보내는 것도 이해가 가는군. 그래, 결과는 어떻게 되고 있는가?"

"아미와 청성까지 힘을 합쳤고, 예상외로 독문의 지원이 미비하여 크게 밀리는 상태라 알고 있습니다."

"그렇겠지. 구파일방 두 곳와 쌍도문에 사천당가까지 힘을 합쳤다면 독문이 힘을 합친다 해도 역부족일 테니 구태여 철사방과 함께 몰락할 필요는 없겠지."

고개를 끄덕이며 중얼거린 그는 계속 말을 이었다.

"그렇다면 별문제가 없을 것 같군."

"예, 그렇습니다. 또 외부로 나가 있는 지부의 무사들은 일주일 정도면 돌아올 것이라 생각됩니다."

"알겠네."

"잠시 지부에서 여독을 푸시는 것이 좋을 듯합니다. 당주께서 오신다는 소식을 듣고 간단하게 음식을 준비했습니다."

"고맙네. 자, 가도록 하지."

"예."

변태변골술로 얼굴을 바꾼 장천은 이진천을 안내하며 음식이 차려져 있는 방으로 향하다 뒤따라오는 무사들을 보고는 말했다.

"이 당주님과 함께 온 분들은 다른 곳에 상을 차려놓았으니 그쪽으로 모시도록 하여라."

"예."

장천의 명령에 부하는 잠시 이상하다는 표정을 지었지만 그대로 대답을 하고는 그들의 곁으로 가서는 공손히 말했다.

"이쪽으로 오시죠."

하지만 이진천과 같이 온 무사들은 듣지도 못한 것처럼 움직일 생각을 하지 않고 있었다. 그들에게 말한 무사는 그들의 몸에서 풍겨져 나오는 기운을 느끼고는 크게 놀라지 않을 수 없었다.

'차갑다.'

그들의 몸에선 하나같이 차가운 냉기가 흐르고 있었기 때문이다.

"하하하. 이들은 내가 가르치고 있는 제자들이오."

"아! 그렇군요. 어쩐지 기도가 범인과 다르다 생각했습니다."

장천 역시 이진천의 곁에 있는 세 무사들의 기운을 느끼고 있었다. 그런 이유로 계획에도 없던 일을 지시했던 것이다.

'극도로 냉정한 자들이다. 이진천의 명령이 없으면 움직이지 않는다는 것인가? 한 사람 한 사람의 실력은 귀옥각의 무사들과 비교해도 뒤지지 않을 녀석들이다.'

귀옥각의 무사들은 총단 내에서도 상위에 속하는 실력자들이 모여 있는 집단이었다. 그런 인물들과 비슷한 무공을 지닌 자들이 일개 당주의 제자라는 것은 놀라운 일이라 할 수 있었다.

그들이 움직이려 하지 않자 이진천은 고개를 돌려서는 차가운 목소리로 말했다.

"물러가거라."

"예."

이진천의 명령이 떨어지자 차가운 목소리로 대답한 그들이 이내 걸음을 옮겼다.

"실로 뛰어난 제자들을 두셨습니다."

"하하하. 내 밑에서 무공을 배웠다고는 하지만 사실 저들 중 한 녀석은 사부보다 한 수 위의 무공을 지니고 있다네."

"호오! 이 당주님보다 높은 무공이라니… 세 명 다 약관을 간신히 넘은 것 같은데 놀랍군요."

"하하하!"

크게 놀란 표정으로 장천이 말했는데 그것은 겉치레가 아닌 진실이었다.

응조수 이진천은 홍련교에서도 알아주는 고수였다. 그런데 그런 그를 넘어설 정도라면 쉽게 상대할 수 없는 자였기 때문이다.

'아무래도 녀석들이 간 쪽의 일이 어렵겠군. 이진천을 재빨리 처리한 후 그쪽으로 가야겠다.'

세 명의 제자는 계산에 넣지 않은 자들이기에 장천은 일이 조금 까다롭게 됐다는 생각이 들었다.

한참을 걸어 도착한 곳은 정원에 위치한 정자였는데, 이미 사전에 준비를 해두고 있었는지 서너 명의 아름다운 여인이 공손히 자리에 앉아서는 악기를 들고 있었고, 그 옆으로 술 시중을 들 여인들이 서 있었다.

"이거 부지부장께 너무 신경을 쓰게 하는 건 아닌가 모르겠소."

"별말씀을 다하십니다. 당주께서 오시는데 이 정도는 당연한 것이지요."

부지부장이라고는 하지만 총단의 당주와는 확연히 직급에서 차이가 나는지라 보통 총단에서 사람이 파견 나오면 이 정도의 예의를 보이는 것은 허다한 일이었다.

이진천 역시 이러한 일을 많이 겪어본 사람이기에 아무런 내색 없이 가볍게 받아들이고 있는 것이다.

그를 자리로 안내한 장천은 옆에 서 있던 여인에게 눈짓을 보냈고, 잔잔한 음악이 정자에 퍼지기 시작했다.

"음……."

이곳에 있는 여인들은 총단에서 올 사람들을 접대하기 위해 미색이 뛰어난 여인들만을 선별해서 데리고 온 기녀들이기에 이진천은 상당히 흡족해하는 표정을 지었다.

"자. 당주, 한 잔 드시지요."

"하하하."

장천의 말에 그의 옆에 있던 기생이 나긋한 미소로 술을 따르니 이진천은 크게 즐겁다는 듯 웃음을 터뜨렸다.

그 모습을 본 장천은 미소를 지으며 조용한 목소리로 말했다.

"당주, 이 아이들 중 마음에 드시는 아이를 한 명 고르십시오. 오늘

밤 시중을 들라 하겠습니다."

"이런, 허허허……."

미인과 같이 잠자리에 들고 싶지 않은 남자가 어디 있겠는가?

장천의 말에 이진천은 너털웃음을 지으며 수염을 쓰다듬었는데, 얼마 지나지 않아 그 미소는 경악으로 물들 수밖에 없었다.

"헉!"

이진천은 크게 놀란 표정으로 술잔을 떨어뜨리고는 급히 뒤로 물러서며 소리쳤다.

"독?!"

한순간 이진천은 자신의 몸이 독에 중독되었음을 깨달았다.

하지만 분명 술을 마시기 전에 살짝 은침을 사용하여 독이 있는가 없는가를 확인하였기에 그로선 이 중독이 이해가 되질 않았다.

"어떻게 독을… 분명 술에는 독이 없었거늘……."

"흐흐흐. 분명 술에는 독을 타지 않았으니까요. 그건 그렇고 오래만이군요, 이 당주."

이진천이 크게 놀란 목소리로 말하자 장천은 본색을 드러내었다.

"너는?"

장천이 변태변골술을 풀자 이진천은 그의 본래 얼굴을 보고는 크게 놀랄 수밖에 없었으니, 상대는 바로 자신들이 천라지망을 펴 죽였다고 알고 있던 자였기 때문이다.

"후후후."

"너는 분명히……."

분명 부하들이 그를 죽이는 것을 확인했는지라 전혀 의심하지 않았던 이진천이었는데, 그런 그가 살아서 자신의 앞에 모습을 드러내자 크게 놀랄 수밖에 없었다.

"후후후. 그대로 죽기에는 너무 억울하더군요."

장천의 말에 이진천은 가슴이 섬뜩해지는 느낌을 받았다.

그의 말에서 살기가 흘러나오고 있었기 때문이다.

"네 녀석이 어떻게?!"

이진천은 어떻게 장천이 이곳에 나타났는지 이해할 수 없었다.

그가 정파의 밀정이라는 것은 이미 홍련교 전체에 다 알려져 있는 사실이었다.

물론 총단에선 그에게 외부와의 연락이 이어졌는지를 조사했지만, 증거가 발견되지 않았기에 목적하고 있던 것은 밝혀지지 않았다. 그저 표면적으로는 밀정이란 이름으로 처리되었을 뿐이고, 이 사건으로 그와 관련되어 있던 인물들 역시 대부분 같은 명목으로 처리되었다.

물론 그가 쌍도문을 떠나기 전 천마와 구시독인의 휘하로 흩어진 은 조상과 동방명언, 그리고 이역에서 몸을 감춘 데비드란 형제들은 처리되지 않았지만, 다른 인물들은 총단의 감옥에 갇히거나 유배되었다.

"네 녀석이 왜 다시……?"

"후후후."

이진천이 간신히 그렇게 묻자 가느다란 웃음을 흘리던 그는 자리에 앉아 여인들이 건네주는 술을 받아 마시며 말했다.

"표면적인 이유는 말해 줄 수 없군. 아직 대업의 기초는 밝힐 수 없으니까 말이야. 하지만 내가 너희들에게 복수하려는 이유는 말해 주지."

"복수?"

"나의 아들과 아내의 죽음… 그것이 내가 다시 홍련교로 돌아오려는 이유다."

그 순간 이진천은 교주의 손녀인 유능예가 생각났다.

"설마……?"

"밀정의 아내이기는 하지만 능예는 교주의 손녀. 처지가 좋지 않게 될지라도 아내는 안전하리라 생각했다. 물론 내가 빠져나가려는 걸 너희에게 알려주었던 사람도 내 아내일 테니 밀정의 여인이지만, 네 녀석은 신의를 지켜 그녀를 지켜주리라 생각했다. 그런데……."

"큭."

분명 유능예가 자신들에게 장천이 총단을 빠져나가려 한다는 것을 알려주었다.

그녀의 밀고로 사전에 암혈당의 무사들을 대거 외부로 보내 천라지망을 펼칠 수 있었으니 사실상 그를 처리하는 데 가장 큰 공을 세운 인물은 유능예라 해도 틀린 말이 아니었다.

"살아 돌아간 후에 아내가 자결했다는 소리를 들을 수 있었지."

"그… 그건 네 녀석이 본 교의 밀정 노릇을 한 때문이 아닌가! 본 교의 교도로서 얼마나 수치스러웠으면 스스로 목숨을 끊었겠는가!"

"바보 같은 소리! 교주의 손녀라고는 하지만 밀정의 아내. 그 정도면 너희 암혈당 녀석들이 표면적으로는 아니지만 두세 명의 사람을 붙여두었을 것은 분명한 일. 그런 눈을 피하고 아내가 스스로 목숨을 끊을 수 있다고 생각하는가? 설령 목숨을 끊는다 해도 충분히 말릴 수 있는 일이었는데, 그러지 못했다는 것은 네 녀석들이 암묵적으로 그녀에게 죽음을 강요한 것이 아니고 무엇이겠느냐!"

장천은 그런 생각에 눈물을 흘리고 말았다.

교주의 손녀란 신분을 믿었기에 고생은 할지라도 그녀와 자식에게 큰 해는 없을 것이라고 믿었다. 그런 믿음이 있었기에 은조상의 검에 당했을 때도 안심할 수 있었던 것이다.

유능예가 자결한 것으로 위장해 외부로 보내진 것은 교주의 독단적인 일인지라 이진천 역시 모르는 일이었고, 그 때문에 그의 말을 부정할 수가 없었다.

실제로 그가 유능예에게 사람을 붙인 것도 사실이고, 천마와 구시독인의 무리들이 그녀를 압박한 것도 사실이었기 때문이다.

그런 이유로 그녀가 자결했다는 말을 들었을 때 모든 정황을 알고 있는 이진천은 그녀가 죽었음을 의심하지 않았다.

장천은 천천히 자리에서 일어나 그의 곁으로 다가가서는 품에서 하나의 비도를 꺼내어 들었다.

"죽이지는 않겠다. 하지만…….”

"끄악!"

장천이 비도를 들어 그의 단전을 찌른 후 이어서 사지의 근맥을 자르니 이진천은 고통스러운 비명과 함께 실신하고 말았다.

주변은 이진천의 피로 시뻘겋게 물들기 시작했다. 장천은 피가 더이상 흘러나오지 않게 점혈을 하고는 어깨에 들쳐 메고 지부의 건물 안으로 걸음을 옮겼다.

건물 안으로 들어서자 기다리고 있었다는 듯이 한 무사가 다가와서는 포권하며 인사했고, 장천은 이진천을 바닥에 내려놓고는 물었다.

"총단에서 온 무사들은 어떻게 되었는가?"

"호 의원께서 만든 독물로 모두 중독시킨 후 단전을 파괴하고 근맥을 잘라 지부의 감옥에 가두었습니다."

"잘했다. 난 이자의 제자가 있는 곳으로 갈 터이니 넌 이자를 다른 녀석들이 있는 감옥에 가두도록 하여라."

"예."

장천은 부하에게 이진천을 감옥에 가두게 한 후 그의 제자들이 있는 곳으로 향했다.

그가 도착했을 때는 이진천의 세 제자들 중 두 명은 독에 중독되어 땅에 쓰러져 있었고 단 한 녀석만이 십여 명의 무사들과 대치하고 있었다.

하지만 그 녀석의 무공이 상당히 높았던지 쓰러지는 것은 불괴곡의 무사들이었고, 그 때문에 장천은 미간을 찌푸리고 말았다.

"이런."

무기도 가지고 있지 않은 자를 상대로, 아니, 독에 중독된 이를 상대로 십여 명이 당해내질 못하니 어찌 한숨이 나오지 않겠는가?

"비켜라!"

더 이상 부하들이 쓰러지는 것을 볼 수 없었던 장천은 허리에 차고 있던 쌍도를 뽑아 들고는 소리쳤다.

내력이 섞인 목소리가 주변을 크게 울리자 이진천의 제자는 만만치 않은 자가 나타났다는 것을 깨닫고 급히 자신의 앞에 있는 무사의 목을 응조수로 찢어버리고는 뒤로 돌아섰다.

"흥! 가소로운 녀석!"

돌아서는 녀석을 보며 장천이 코웃음 치고는 그대로 쌍도를 연환하여 휘두르자, 그 제자는 몸을 낮추어 회전하여 장천의 공격을 피하곤 오른발로 상대의 다리를 후려쳤다.

"호오!"

그 일련의 동작이 상당히 자연스럽게 이루어지고 있는지라 장천은 녀석의 권각술에 탄성을 내질렀다.

가볍게 녀석의 공격을 피한 장천은 왼손의 도를 들어서는 그대로 정수리를 향해 내려쳤다.

"칫!"

낮은 자세로 발을 후리던 터라 공격하게 되면 장천의 빠른 도격을 피하기 어려운 상태였기에 이진천의 제자는 상대를 가격하는 것을 멈추고 몸을 뒤로 돌려 발차기로 도의 옆을 가격하여 도격을 흘려 버렸다.

이 일련의 상황에 장천은 그의 무공에 탄복할 수밖에 없었다.

단순히 임기응변의 발차기라는 것은 알고 있었지만 피할 곳이 없다고 생각한 자신의 도격을 발차기 하나로 흘려 버렸기 때문이다.

'천재다!'

장천 역시 천무성골의 소유자이기는 하지만, 세상에는 이런 무골이 아니라 해도 무공에 관한 한 천재적인 면모를 보이는 자들이 많이 있었다.

장천은 자신의 앞에 있는 녀석이 그와 같은 녀석이 아닐까 하는 생각이 들었다.

그와 장천의 무공 차이를 생각한다면 놀라운 일이 아닐 수 없었다.

"재밌군."

녀석이 도격을 피하는 걸 보고 장천은 미소를 지으며 들고 있던 쌍도를 부하들에게 던져 주고는 천천히 자세를 잡았다.

"이렇게 만난 것도 인연인데 통성명이나 먼저 하지. 본인은 장천이라 하네. 자네의 이름은?"

"정찬필(鄭燦必)."

"자네의 무공에 탄복했네. 어떤가, 이번 기회에 나의 밑으로 들어올 생각은 없는가?"

"……."

아무 말도 없이 자세를 잡는 그였으니 그의 무뚝뚝함이 오히려 마음에 드는 장천이었다. 현재 문성에게는 자신밖에 없다고 해도 과언이 아니기에 교주의 좌를 차지한다 해도 허울뿐일 확률이 높았다.

문성에게 제대로 된 권력을 물려주기 위해선 그의 세력이 될 고수들이 필요했는데, 눈앞에 있는 정찬필이라는 자는 크게 될 여지가 있는 인물이기에 자신의 세력으로 끌어들이고 싶은 생각이 든 것이다.

"그럼 내기를 하나 할까?"

"내기?"

"자네가 나의 공격에서 십 초 이상 버틴다면 자네의 사부와 사형제들을 풀어주도록 하지."

"십 초 이내에 쓰러진다면?"

"본인이 모시는 분의 수신호위가 되어주게."

정찬필은 장천이 자신보다 몇 단계는 높은 고수라는 건 알지만, 십 초 정도는 버틸 수 있다는 생각에 고개를 끄덕였다. 이자를 상대로 빠져나갈 수 없다는 것을 안 이상 이 내기는 거부할 수 없었기 때문이다.

"그럼 시작해 볼까?"

현재 장천의 무공은 마교 내에서 상위권 안에 들 정도였다.

물론 만근퇴 우경이나 불괴대제에 비해 약간 떨어지는 실력이라고는 하지만 그 두 사람이 천마나 구시독인과 버금가거나 한 수 위의 실력자인 것을 감안한다면 쌍도문을 나왔을 때와 비교해 실로 엄청난 진보라 할 수 있었다.

정찬필이 내기를 받아들이자 장천은 녀석을 보며 가볍게 오른발을 들어 진각을 시전했고, 그 순간 대지가 크게 울리는 듯한 진동과 함께 굉음이 울렸다.

쿵!

"큭!"

장천이 행한 진각의 위력에 그는 절로 식은땀이 흘러내렸는데, 진각 자체야 위력이 없지만 그 진각을 바탕으로 한 일권을 생각한다면 십 초가 아니라 일 초도 버티지 못할 것이란 생각이 들었기 때문이다.

'천마에 버금가는 무공을 지닌 자다!'

정찬필은 고아였다.

그런고로 제대로 된 권각술을 배울 수는 없었지만 타고난 무공의 습득 능력으로 하오문 잡배들의 하류무공을 곁눈질로 익혔고, 열 살이 되는 해 해남의 하오문 지부장을 누를 정도의 실력에까지 이르렀다.

하지만 우연히 소림사의 한 파계승에게 크게 당한 후 그를 따라다니며 심공과 권장술을 배울 수 있었고, 열다섯 살이 되던 해에는 마교의 고수 중 한 사람인 응조수 이진천의 눈에 떠어 그의 제자가 될 수 있었다.

응조수 이진천의 제자가 된 지는 7년. 그동안 그의 무공은 과거와 비교할 수 없을 정도로 진전되어 스승인 이진천을 뛰어넘을 수 있었지만, 그가 배울 수 있는 무공은 한계가 있었기에 더 이상 진전을 바랄 수 없었다.

하지만 그가 자신보다 무공이 아래인 스승을 따라 이렇게 외지를 돌아다니는 것은 스승에 대한 은혜로 그를 돕기 위함보다는 조금이라도 뛰어난 무공의 소유자를 만나 자신의 무공을 상승시킬 수 있지 않을까 하는 생각 때문이었다. 그런데 이렇게 사천 지부에서 생각지도 못한 고수를 만나자 절로 흥분이 밀려왔다. 이자에게 지더라도 자신의 무공을 진전시킬 수 있는 무엇인가를 얻을 수 있다는 생각이 들었다.

"차압!!"

정찬필이 이런 생각을 하고 있을 때 장천은 가볍게 몸을 날려 쇄도해 들어왔고, 그는 상대 일권의 위력을 알아보기 위해 자세를 굳건히 하며 자신이 알고 있는 최대의 방어 자세를 취했다.

"일권을 받아볼 생각인가! 맹용천격!"

정찬필이 자세를 굳건히 하는 것을 보며 장천이 녀석의 명치를 향해 일권을 날리는 순간 강맹한 기운이 주먹에서 뻗어 나왔다.

"큭! 비익승천!"

엄청난 기세로 날아오는 일권을 본 그는 막기는 어렵겠다는 생각에 급히 몸을 회전시켜 일권을 피하며 상대의 면상을 향해 응조수를 시전했다.

"좋은 선택이다!"

그가 자신의 일권을 정면으로 막지 않자 한마디 던진 장천은 교묘한 움직임으로 응조수를 막고는 그와 함께 왼발을 들어 상대의 옆구리를 후려쳤다.

"크악!!"

단 일 각이었다고는 하지만 내력이 실려 있는 공격을 허용한 그는 외마디 비명과 함께 튕겨져 날아갔다. 물론 이렇게 쉽게 포기하기에는 기회가 아깝다 생각한 그는 고통을 참으며 몸을 회전시켜 다시 신형을 안정시킬 수 있었다.

"아직이다! 패룡낙뢰각!"

하지만 예상하고 있었던 장천이 그가 일각에 튕겨져 날아가는 순간 몸을 날렸고, 아직 자세를 잡지 못하고 있던 그를 향해 패룡낙뢰각의 초식을 시전했다.

패룡낙뢰각은 순식간에 정찬필의 머리 위로 십여 개의 잔영을 뿌리며 찍어 내려갔고, 어쩔 수 없이 그는 나려타곤(懶驢打滾)의 수법으로 몸을 날릴 수밖에 없었다.

"큭!"

무공을 하는 자들에게 나려타곤의 수법은 구차하기 그지없는 수법 중 하나였으니 정찬필은 수치심에 얼굴이 시뻘게질 수밖에 없었다.

"무엇이 그리 수치스러운가? 쓸데없는 자존심보다는 일각이라도 더 살 수 있는 것을 택하는 것이 사람이라네."

나려타곤의 수법에 상대의 얼굴이 시뻘겋게 변하자 장천은 고개를 내저으며 한마디를 내뱉고 다시 공격해 갔다.

"선풍십팔각!"

공중으로 가볍게 몸을 날린 장천은 그대로 선풍십팔각의 수법을 사용해 녀석을 몰아치기 시작했고, 그러자 그의 주위로 돌풍이 형성되며 신형은 정찬필의 눈에서 완전히 사라져 버렸다.

"큭!"

장천의 종적을 찾기 위해 두리번거리던 그는 뒤에서 강맹한 기운이 느껴지자 크게 놀라 몸을 숙였지만 옆구리의 부상 때문에 한순간 지체하게 되었기에 관자놀이에 선풍십팔각의 일각을 허용하고 말았다.

쿵!

그대로 얼굴을 땅에 처박고 쓰러져 버린 그였는지라 장천은 이것으로 끝났다는 생각이 들었다. 한데 놀랍게도 정찬필은 피를 흘리면서도 떨리는 팔로 몸을 일으키고 있었다.

"좋은 투지로군!"

장천은 만족한 표정을 지으며 다시 일각을 날리려 했는데, 녀석의 동공이 풀려 있는지라 손을 내저으며 옆에 있는 부하를 보며 말했다.

"아무래도 실신한 것 같다. 녀석을 데리고 가서 치료해 주도록 해라."

"예."

불괴곡에서 온 무사들은 잠깐의 일전이지만 자신들을 고생시킨 자를 쉽게 쓰러뜨리는 장천의 무공에 혀를 내두를 수밖에 없었다.

정찬필을 쓰러뜨림으로써 사천 지부로 온 총단의 무사들을 모두 제압한 장천은 다음 작업에 들어갔다.

일주일 후, 불괴곡의 무사들은 총단의 무사들로 변장하여, 이어 외부의 일을 끝마치고 돌아온 사천 지부의 무사들마저 총단의 무사들과 같은 수법으로 처리하여 지부를 완전히 제압하는 데 성공했다.

"수고했네."

"별말씀을 다하십니다."

지부의 회의실에선 불괴대제와 만근퇴 우경이 다음 일에 대해 회의하기에 앞서 장천에게 사천 지부를 점령한 것에 대해 수고의 말을 건넸다.

장천에게 일을 맡기기는 했지만 설마 이렇게 단시간 안에 지부 하나를 점령할 줄은 생각지도 못했기 때문이다.

"이제 총단의 무사들로 변장하여 잠입하는 일이 남았습니다."

장천은 두 사람을 보며 진지한 목소리로 말했고, 그들은 고개를 끄덕이며 수긍했다.

사천 지부는 총단으로 들어서기 위한 발판에 지나지 않기 때문이다.

"이제 암혈당의 무사들로 변장하고 총단에 들어가 가장 먼저 할 일은 총단의 지하 감옥에 갇혀 있는 사람들을 구하는 것입니다."

"지하 감옥에 있는 사람들을?"

"예. 그곳에는 저와 안면있는 사람들이 있으니 저희들의 뜻을 알린다면 도와줄 것이라 생각됩니다."

"알겠네."

가장 최근에 총단에서 나온 사람이 장천인지라 두 사람은 일단 그의 의견에 따를 수밖에 없었다.

"두 번째는 암영자와의 접선을 하는 것입니다."

"암영자라……."

"현재 암영자들은 화의 무공을 익힌 교주가 없기 때문에 중립의 위치에 서서 자신들의 정체를 밝히지 않고 있지만, 문성이 화의 무공을 익혔다는 것을 밝힌다면 저희 쪽으로 돌아설 것입니다. 다행히 지하 감옥에 갇힌 인물 중 암영자 소속 무사가 두 명 있으니 그들을 통해 나머지 암영자와 연락을 취한다면 총단에 들어서자마자 강한 무사들을 아군으로 끌어들일 수 있게 되는 것이지요."

"음……."

장천은 이미 총단을 점령하기 위한 계획을 세워두고 있었기에 그의 말은 계속 이어지고 있었다.

"셋째, 천마를 저희 편으로 끌어들이는 것입니다."

"천마를!!"

만근퇴 우경은 장천의 말에 놀란 표정으로 자리에서 벌떡 일어나며 소리쳤다.

"천마는 너무 위험하네. 그는 간계에 뛰어난 자야. 자칫 우리들 전부가 그에게 물릴 수 있네!"

장천 역시 구천신녀와의 이야기에서 천마가 위험한 인물이라는 것을 들어 알고 있었다.

하지만 현 교주와 천마, 구시독인의 세력을 모두 적으로 돌리기에는 불과곡의 세력이 너무 약한 것도 사실이었다.

"하지만 현재의 저희들로선 세 무리로 나뉘어져 있는 마교의 세력 중 하나 정도는 아군으로 끌어들여야 합니다. 그렇지 않다면 이들을 모두 적으로 삼을 수밖에 없기 때문입니다."

"음……."

"다행히 문성은 천마의 아들이니 그를 끌어들이는 것은 어렵지 않을 것입니다."

"하지만 대업이 끝난 후가 문제 아닌가."

"그렇지요. 그런 이유로 저희들의 계획은 치밀하게 짜여져야 한다는 것입니다."

만근퇴 우경은 천마에 대해서 잘 알고 있었다.

천마는 전대 교주의 제자였지만, 그가 죽자마자 일거에 반대파들을 숙청하고 교주의 좌에 오른 인물이었다.

당시 우경은 반대파에 속해 있었는데, 교주의 장례식이 끝나기도 전에 모여 있던 반대파의 핵심 인물들을 모두 쓸어버린 그의 행동에 혀를 내두를 수밖에 없었다.

하지만 그것보다 더 놀라운 것은 그전까지 가장 강한 힘을 가지고 있다 알려진 구시독인을 처리할 때 보인 일이다.

당시만 해도 구시독인에 비해 천마의 세력은 미비하다고 알려져 있었는데, 일이 터지고 나자 구시독인의 세력에 있던 마교 인물들의 반 이상이 천마에게 붙었다. 이 일로 구시독인은 교 내 힘의 쟁투에서 뒤로 밀려 버렸던 것이다.

후에 세력을 다시 키워 그를 교주의 좌에서 내려오게 하는 데 성공했지만, 암암리에 세력을 키우고 암계를 펼치는 것에는 천마를 따를 자가 없었다.

"대업이 성공한다면 가장 문제일 것은 천마입니다. 이런 이유로 일을 시작했을 때 천마의 세력을 최대한 약화시키는 것이 승부의 관건이라 할 수 있습니다."

장천의 말에 두 사람은 고개를 끄덕이며 수긍은 했지만, 그 일이 쉬운 것이라고는 생각하지 않았다.

어쨌든 회의실에서 몇 가지 안건을 정한 세 사람은 각자의 방으로 흩어졌다.

"형!"

문성은 장천이 회의를 마치고 방으로 들어오자 그를 기다리고 있었던지 반가운 얼굴로 맞이했다.

"심심하지 않았니?"

"조금 심심하긴 했지."

"후후. 조금만 기다리면 심심한 일은 없을 거야."

장천은 문성의 머리를 쓰다듬어 주며 미소를 지어줬다.

하지만 뒤에 있을 일에 문성이 충격받을 것을 생각하면 가슴이 아팠다. 버려지긴 했지만 문성은 천마의 아들이기 때문이다.

천마의 간계가 문성에게 미치지 않길 바라는 그였지만, 세상일이 마음대로 되는 것은 아닌지라 걱정이 앞설 수밖에 없었다.

그라면 자신의 아들이라도 도구로 이용할 인물이기 때문이다.

시간이 지나고 드디어 불괴곡 인물들의 본격적인 작업이 시작되었다.

장천은 응조수 이진천으로, 불괴대제와 만근퇴 우경은 암혈당의 무사로 변장하여 총단으로 향했다.

'오랜만이군.'

총단의 입구에 도착한 장천은 감개무량할 수밖에 없었다.

마지막으로 이곳에서 나올 때는 적이 되어 죽음 일보 직전까지 갔었으니 어찌 그러지 않겠는가?

"멈춰 서시오!"

입구로 다가서자 역시나 숨어 있던 총단의 무사들이 소리쳤기에 장천은 앞으로 나아가서 마주 소리쳤다.

"본좌는 암혈당의 당주 이진천이다!"

장천은 이미 이진천의 얼굴로 변장했기에 그들을 보며 소리치고는 품에 있던 신분패를 들어 보였다.

"어서 오십시오, 이 당주님!"

이진천은 그의 위치와는 달리 총단 내에서 명성을 가지고 있는 인물이었기에 무사들이 앞으로 나와서는 포권을 하며 인사했다.

"사천 지부의 일을 마치고 돌아오는 길이니 문을 열어주게."

"예."

장천의 변태변골술은 목소리마저 이진천과 똑같이 만들 정도였기에 무사들은 그가 다른 이라는 것을 알지 못했다.

또 이진천의 얼굴이 크게 알려져 있었기에 입구를 지키는 무사들의 대장도 더 이상의 검사 없이 그들을 안으로 들여보내 주니, 장천은 회심의 미소를 지으며 총단의 내부로 들어섰다.

하지만 지금부터가 중요했다.

총단에는 암혈당의 무사들과 안면이 있는 사람들이 있을 터. 단시간 안에 천마를 끌어들여 내부에서 세력을 키워야 하기 때문이다.

이런 이유로 총단에 들어와 가장 먼저 한 일은 총단의 지하 감옥에 갇혀 있는 자들을 구해 동조자로 만들고, 불괴대제와 만근퇴 우경으로 하여금 천마를 만나 동맹을 맺게 하는 일이었다.

이것을 성공하기만 한다면 그들의 정체가 드러난다 하더라도 천마의 세력권 안에서 몸을 보호할 수 있기 때문이다.

총단 내부의 지리를 잘 알고 있는 장천은 안으로 들어간 후 선출된 무사들과 함께 북쪽에 있는 불괴곡의 지하 감옥으로 향했다.

지하 감옥 자체가 탈출하기 어려운 곳이고, 장소가 총단 내부인지라 감옥을 지키고 있는 무사들의 숫자는 대략 오십 명 정도에 불과했기에 그들을 처리하는 것을 어렵지 않게 생각했다.

"부대주들은 각기 열 명의 무사들을 이끌고 외부에서 순찰하는 자들을 처리하고 나머지는 나를 따라 전각의 북서쪽 담을 넘는다."

"예!"

장천의 지시가 떨어지자 두 명의 부대주는 포권을 하며 대답하고는 무사들과 함께 외부 순찰자를 처리하기 위해 움직였고, 장천은 삼십 명 정도의 부하들을 이끌고 비교적 무사들이 적은 북서쪽으로 향했다.

아니나 다를까, 북서쪽은 절벽과 인접해 있었기에 지키고 있는 인물들은 서너 명에 불과했다. 장천은 세 자루의 비도를 꺼내어 천천히 내력을 집어넣었다.

슈슉!

심호흡을 한 번 한 장천은 지하 감옥을 지키는 무사들을 향해 비도를 던졌고, 그의 비도는 한 치의 오차도 없이 그들의 목에 꽂혔다.

"큭!"

그들이 비명도 지르지 못하고 쓰러지자 장천은 사람들과 함께 담을 넘어 전각의 왼쪽으로 빠른 속도로 움직였다.

살짝 전각 내부를 엿보니 이십여 명의 무사들이 내부에서 쉬고 있는 모습이 보였다. 이미 사전에 이들의 처리 방법에 대해 설명했기에 무사들에게 지시를 내렸다.

"가자!"

대충 무사들이 정리되자 장천은 손짓하며 소리쳤고, 불괴곡의 무사들은 내부를 향해 빠른 속도로 쇄도해 들어갔다.

"누구냐!"

갑자기 무사들이 밀어닥치자 내부에서 경비를 서고 있던 자들은 크게 놀라 병기를 집어 들었지만, 제일선에서 침입해 들어온 자들은 암기에 능숙한 자들인지라 제대로 반항도 못하고 쓰러질 수밖에 없었다.

물론 지하 감옥이 총단 내부에 있는지라 외부의 적에 대한 감시가 소홀했던 점도 많이 작용한 것이다.

하지만 총단의 무사들을 상대로 쉽게 승리할 수는 없는 일이었고, 이들을 모두 쓰러뜨렸을 때는 장천 휘하의 무사들 역시 십여 명이 죽임을 당한 후였다.

"대주! 열쇠를 찾았습니다!"

"가자!"

열쇠를 찾았다는 말에 장천은 지체할 것 없이 지하 감옥으로 내려갔다.

감옥 내부에서도 지키고 있는 자들이 있었지만 장천을 상대하기에는 역부족이었기에 작전을 시작한 지 반 시진 만에 장천은 총단의 지하 감옥을 완전히 장악할 수 있었다.

감옥을 장악한 장천이 제일 먼저 한 것은 암영자의 두 인물, 바로 괴

면추노와 귀대인 율명을 찾는 일이었다.

하지만 일반 감옥에선 그들의 모습을 찾아볼 수가 없었기에 장천은 제일 하층에 있는 수옥(水獄)으로 향했다.

지하 감옥 제일 하층에 위치한 수옥은 중죄인을 가두는 곳으로 감옥 내부는 발목 정도의 물이 고여 있었기에 그곳에 갇힌 인물들은 제대로 잠을 청하지도 못할 뿐 아니라 오랜 시간이 지나면 몸이 썩어 들어가는 무서운 곳이었다.

그들이 감옥에 갇힌 지 일 년이 넘어선 시기였기에 장천은 두 사람이 살아 있기만을 바랄 수밖에 없었다.

최하층으로 내려온 장천은 수옥에 도착할 수 있었고 다섯 개의 수옥 중 첫 번째 수옥 문을 열었다.

"큭!"

수옥의 문을 열자마자 썩은 냄새가 밀려왔고, 장천과 그의 부하들은 절로 인상이 찌푸려졌다. 그리고 그곳에서 한 명의 죄수가 침상에 쪼그리고 앉아 있는 것을 확인하고는 천천히 그의 곁으로 다가섰다.

"……!"

이미 손과 발이 썩어 문드러져 있는 데다가, 그가 얼굴을 들자 눈이 횅하니 파여져 구더기가 드나들고 있는 모습이 참혹하기 그지없었다.

"큭……."

그자가 죽었음을 확인한 장천은 재빨리 수옥에서 나왔다.

목구멍에서 무엇인가가 밀려오는 느낌이 들었지만 자신 때문에 이런 곳에 갇혀 있는 두 사람을 생각한다면 그래선 안 된다는 생각에 힘겹게 참았다.

다행히 첫 번째 방의 인물이 추노나 율명이 아니었기에 안도의 한숨을 내쉬는 그였다.

두 번째 방은 아무도 없었기에 세 번째 방으로 향했는데, 문을 열자 하나의 인영이 빠른 속도로 밀려와서는 장천을 향해 일권을 내뻗었다.

"차압!"

놀란 장천은 급히 손을 들어서야 그의 공격을 막을 수 있었는데, 공격해 온 상대의 신체 특징이 눈에 익은지라 크게 놀란 목소리로 소리쳤다.

"율명 어른!!"

"네 녀석은 누구냐……?"

귀대인 율명은 상대가 자신의 이름을 부르자 음침한 목소리로 말했는데, 장천은 그의 눈을 보는 순간 크게 놀라고 말았다.

그의 눈이 무엇인가에 의해 크게 훼손되어 있었기 때문이다.

"큭."

수옥에 갇히기 전 고문을 당했는지 제대로 치료하지 못한 그의 눈은 심각하게 썩어 들어간 상태였기에 장천은 입술을 깨물 수밖에 없었다.

"율명 어른, 접니다. 귀옥각주 두형."

"두형… 진정 두형이란 말이냐?"

그가 손을 들어 장천의 얼굴을 만지기 시작했는데, 이미 손끝 역시 심하게 썩어 문드러져 있어 누런 고름이 장천의 얼굴을 더럽혔지만, 장천은 오히려 자신의 얼굴을 쓰다듬고 있는 그의 손을 잡았다.

권장술에 능해 언제나 수련으로 투박했던 그의 손이 앙상하게 뼈마

디만 남아 있는 것을 보며 장천은 눈물을 감출 수가 없었다.

"뭣 하느냐! 율명 어르신을 치료하지 않고!"

상태가 심각하다 생각한 장천이 뒤에 있던 무사들을 보며 소리치자 그들은 품에서 준비해 온 약을 꺼내어서는 율명을 치료하기 시작했다.

이미 첫 번째 공격에서 모든 힘을 사용한 때문인지 율명은 낯선 사람들이 자신의 몸을 잡았음에도 움직이지 못하고 있었다.

"율명 어른! 추노 어르신은……!"

"옆방에. 하지만 이미 늦었다."

율명의 말에 장천은 크게 놀라서는 네 번째 방을 열었는데, 그곳에는 왜소한 체구의 노인이 한쪽 구석에서 외롭게 죽어 있는 것을 볼 수 있었다.

"추노 어르신!!"

장천이 소리치며 뛰어가서는 그를 안았지만, 이미 죽은 지 상당한 시간이 지난 후인지라 그의 몸에서는 썩은 내와 함께 구더기가 기어다니고 있었다.

"흑흑흑… 죄송합니다, 추노 어르신……."

장천에게 있어 추노는 홍련교 내에서 사부와 같은 인물임과 동시에 할아버지와 같은 사람이었다.

추한 외모에 조금은 괴팍한 데가 있었지만 그래도 그런 모습 속에 자상함이 서려 있었기에 장천은 추노를 좋아했다.

하지만 그런 추노가 싸늘한 시신이 되어 있었으니 어찌 통곡하지 않을 수 있겠는가?

이미 썩은 몸에선 구더기가 기어다니고 역한 기운을 내고 있었지만,

장천은 그의 시신을 부여잡고는 통곡을 멈추지 않았다.

　얼마의 시간이 흐른 후 간신히 정신을 차린 장천은 추노의 시신을 안아 들고는 밖으로 나왔는데, 그때 바닥으로 무엇인가가 떨어지는 것을 볼 수 있었다.

　"이건… 크흐흐흑……."

　추노의 몸에서 떨어진 것을 보는 순간 장천은 다시 한 번 오열할 수밖에 없었으니, 그것은 나무로 만든 작은 목상이었다.

　바로 자신의 모습이 새겨진 목상으로 상당 부분이 닳아 있는 게 추노가 죽어가기 전까지 그것을 고이 간직하고 있었다는 것을 알 수 있었다.

　추노의 시체를 장천이 안고 나오자 율명은 안타까운 듯 말했다.

　"서로 간의 생사를 확인하고 자네를 기다렸건만……."

　"죄송합니다."

　장천은 율명의 말에 눈물을 흘리며 죄송하다는 말밖에 할 수가 없었다.

　"아! 건너편 방에 있는 사람도 풀어주도록 하게."

　"건너편 방이오?"

　"오랜 시간 이곳에 있다 보니 건너편 방에 있는 사람과도 친해지게 되었네."

　"알겠습니다."

　그의 말에 장천은 추노가 있던 옆의 수옥 문도 열었는데, 그곳의 침상 위에 한 남자가 가부좌를 틀고 앉아 있는 모습을 볼 수 있었다.

　장천이 다가가자 그가 고개를 들고는 말했다.

"어르신은 돌아가셨는가?"

"그렇습니다."

"역시……."

그는 장천의 말에 천천히 고개를 끄덕이고는 가부좌를 풀고 수옥을 걸어나왔다.

"아!"

그가 입고 있는 옷이 다 해어져 있는지라 오랜 시간 이곳에 갇혀 있었다는 것을 알 수 있었지만, 예상외로 멀쩡한 모습은 조금 이상할 수밖에 없었다.

수옥을 나선 그는 치료를 받고 있는 율명을 보며 조용히 말했다.

"자네가 율명인가?"

"그렇소."

"추노가 이겼으니 내기의 대가를 치르도록 하겠네."

장천으로선 무슨 말인지 알 수 없었지만, 그와 추노 어르신 간에 무슨 내기가 있었다는 것은 알 수 있었다.

"저분은 누구십니까?"

장천은 율명을 보며 그에 대해서 물었다.

"저분은 과거 마교와 자웅을 겨루었던 최강의 단체 중 하나였던 혈교의 소교주이시네."

"혈교!!"

장천은 그 말에 크게 놀라지 않을 수 없었다.

불괴곡을 벗어날 때 강시의 이야기로 잠깐 듣기는 했지만 진짜 혈교의 인물을, 그것도 소교주의 신분을 가진 사람을 직접 보리라고는 생각지도 못했기 때문이다.

"30년 전 마교가 혈교를 멸문시킬 때 유일하게 남은 분으로 당시 12살의 어린 나이였지."

"그렇다면……."

"30년간을 수옥에 갇혀 사신 것이네."

"아!"

일 년을 갇혀 있었음에도 귀대인 율명 같은 사람이 폐인이 돼버렸는데, 12살의 어린 나이에 갇혀 30년간을 수옥에 갇혀 있었음에도 사지가 멀쩡하고 아무런 문제도 없는 그의 모습에 장천은 놀라지 않을 수 없었다.

"추노 어르신은 네가 살아 있음을 의심하지 않으셨고, 수옥에 갇힌 우리들을 반드시 구하러 오리라고 돌아가실 때까지 믿으셨다. 그 때문에 건너편 수옥에 혈교의 소교주가 있음을 알고 네가 우리를 구한다면 힘이 되어달라는 내기를 하신 것이지."

"그런……."

추노가 배신자인 자신을 죽을 때까지 믿었다는 말에 장천은 고마움과 죄스러움에 오열을 참을 수가 없었는데, 그 모습을 본 혈마가 다가서더니 말했다.

"꼬마야, 네가 진정 어르신의 은혜에 보답하고 싶다면 당당히 마교 교주의 좌를 차지하도록 해라. 그것만이 어르신의 뜻에 보답할 수 있는 길이니 말이다."

"……."

하지만 장천은 문성을 교주의 좌에 앉히기로 약속한지라 혈마의 말에 대답을 할 수가 없었다.

"생각보다 의지가 약한 녀석이군."

혈마는 그가 대답하지 않자 그의 의지가 약하다 생각하며 고개를 내젓고는 돌아서려 했기에 장천은 급히 말을 이었다.

"물론 추노 어르신의 뜻을 저버리진 않을 것입니다. 다만 교주의 좌는 제가 아닌 화의 무공을 이은 다른 사람이 오를 것입니다."

"다른 사람?"

장천의 말에 율명은 크게 놀라 되물었고, 고개를 끄덕인 그는 문성에 대해서 말해 주었다.

"그런 일이… 하지만 문성이란 아이는 천마의 아들이다. 교주의 좌에 문성이란 아이를 앉힌다 해도 나중에 너에게 큰 해가 닥칠 것이다."

"어느 정도 예상하고는 있습니다."

"그런데 왜……."

율명으로선 그의 뜻을 이해할 수가 없었다.

하지만 장천의 눈에 서려 있는 의지의 눈빛을 보며 뜻을 꺾을 순 없다는 것을 알아채고는 고개를 내저으며 더 이상 말을 잇지 않았다.

"꼬마야, 이제부턴 어찌할 생각이냐?"

"불괴대제와 만근퇴 우경이 천마와 교섭을 벌이기 위해 문성과 함께 가 있으니 조만간 소식이 올 것입니다."

"만근퇴 우경이라……."

율명 역시 만근퇴 우경에 대해서 알고 있었기에 조금 걱정될 수밖에 없었다.

"이곳 감옥에 갇힌 죄수들의 숫자는 어느 정도나 되느냐?"

"대략 40여 명이 되는 걸로 알고 있습니다."

"그들을 포섭하도록 해라. 마교의 세력 다툼에서 밀려난 자들이기는 하지만 외부와 선은 닿아 있을 테니 말이다."

율명의 말에 장천은 고개를 끄덕이곤 부하들에게 지시를 내렸다.

혈마와 귀대인 율명을 지하 감옥에서 구출하는 데 성공한 장천은 동조자로 만들 다른 죄수들과 함께 지하 감옥의 전각에서 불괴대제와 우경의 소식을 기다렸고, 두 시진 후 암혈당 무사의 옷을 입은 불괴곡의 전령이 지하 감옥의 전각으로 도착했다.

"어찌 되었느냐?"

전령은 고개를 숙이며 두 사람에게서 온 소식을 전했다.

"천마의 포섭에 성공했다 합니다."

"되었다. 천마의 전각으로 가도록 하자."

"예."

지하 감옥에서 나온 인물들과 함께 장천이 천마의 전각이 있는 곳으로 향하자 총단은 크게 난리가 날 수밖에 없었다. 하지만 이러한 소란이야 예상하고 있었던 일이기에 방해되는 무리들을 모두 처리하고 앞으로 나서는 일행이었다.

천마의 전각에 도착하자 이미 많은 수의 무사들이 전각의 주위를 감싸듯 지키고 있었으니 바로 천마의 부하들이었다.

"멈춰 서시오!"

"불괴곡의 화룡대주다!"

장천의 무리들이 안으로 들어가려 하자 당연히 천마의 전각을 지키는 무사들이 앞을 막아섰으나 장천이 불괴곡의 화룡대주라 하자 이미 천마에게 명령을 전달받은 그는 공손히 인사하고는 무리들을 전각 안으로 들어가게 했다.

안으로 들어서자 눈에 익은 남자가 장천들을 향해 포권하며 인사하니 그로선 조금 당황스러울 수밖에 없었다.

"불괴곡의 화룡대주께 인사드립니다."

"큭."

장천은 상대의 모습을 확인하곤 절로 신음이 흘러나왔는데, 그의 앞에 서 있는 자는 바로 홍련교에서 만나기 꺼려지는 인물 중의 한 사람인 은가장의 은석영이었다.

은가장이 천마의 세력으로 들어갔다는 것은 알고 있었지만, 설마 자신을 마중 나올 사람이 그일 것이라곤 생각지도 못한 일이었다.

"안으로 들어가고자 하니 길을 열어주시오."

"알겠습니다."

다행히 본 얼굴을 가리기 위해 전각 안으로 들어서기 전에 인피면구를 쓴지라 은석영이 장천을 알아보지는 못했지만, 그로선 조금 떨떠름할 수밖에 없었다.

장천은 불괴대제와 우경에게 자신이 귀옥각의 각주였다는 사실을 밝히지 말라고 했기 때문에 현재 이곳에서 자신의 정체를 아는 인물은 불괴곡에서 나온 사람들을 제외한다면 귀대인 율명과 혈마뿐이었다.

만약 자신이 교의 첩자였다는 것이 밝혀져 좋을 일이 없다는 것을 아는 장천으로선 당연한 일이었다.

은석영의 안내를 받아 들어서니 천마 문천익과 함께 불괴대제, 우경들이 담소를 나누고 있는 것이 보였고, 그 옆에선 시녀에게 시중을 받고 있는 문성의 모습이 보였다.

생각대로 문성은 천마의 자식으로 인정을 받았는지 값비싼 옷을 입고 있는지라 과거와 비교해서 많이 달라진 모습이었다.

"형아!"

인피면구를 썼다고는 하지만 문성은 장천을 알아보고는 반가운 듯 달려왔다.

달려온 문성의 머리를 쓰다듬어 준 장천은 천마의 앞으로 가서는 포권하며 인사했다.

"불괴곡의 화룡대주가 천마께 인사드립니다."

"오! 반갑소. 아! 지하 감옥 일은 잘 처리되었소이까?"

"그곳의 포로들을 포섭할 수 있었으니 저희로선 큰 힘을 얻었다 할 수 있겠지요."

"다행이오. 자, 자리에 앉아 차라도 한잔 드시도록 하시오."

"감사합니다."

천마의 말에 감사의 인사를 한 장천은 근처의 자리에 앉았다.

옆을 쳐다보니 우경이 시큰둥한 표정을 하고 있었는데, 그를 불괴곡에 떨어뜨린 원흉이 천마였으니 당연한 일이었다.

"과연 불괴대제께서 말씀하신 대로 믿을 만한 사람입니다. 총단의 지하 감옥을 이렇게 단시간 내에 점령하여 사람들을 포섭했으니 말입니다."

"하하하. 화룡대주는 제 손자의 스승이기도 합니다. 무공이나 지략에서는 가히 독보적이라 할 수 있지요."

천마가 장천에 대해서 크게 칭찬을 하자 불괴대제가 너털웃음을 지으며 당연하다는 말투로 답했다.

"이제 화룡대주께서 오셨으니 본격적으로 일을 시작하는 것이 좋을 듯합니다. 원로회에는 이미 손을 써놓았으니 이번 일은 단순한 교 내 권력 쟁투로 생각할 것입니다."

"과연 천마이십니다. 그럼 가장 먼저 구시독인이란 자의 세력을 치는 것이 좋을 듯하군요. 전에 있던 정파 첩자의 일로 교주의 세력은 급격히 줄었으니 말입니다."

장천이 불괴대제에게 제시한 것은 이런 것이었다.

교주와 천마, 구시독인의 사이는 서로 앙숙이라 해도 과언이 아니었다. 이런 관계에서 불괴곡의 무사들이 천마의 세력에 힘을 불어넣어 준다면 세 세력 간의 힘의 균형은 무너질 수밖에 없는 것이다.

이런 이점을 살려 한쪽 세력을 빠른 시간 안에 무너뜨리고, 뒤이어 나머지 세력마저 무너뜨린다면 마교를 장악하게 될 것이라 생각한 것이다.

물론 가장 중요한 것은 총단의 반대 세력들이 외부로 빠져나가는 걸 막는 것이었으니 이런 이유로 거사는 길어선 안 되었다. 일이 잘못되어 외부로 총단 내의 일이 전달될 경우 싸움은 총단이 아닌 홍련교 전체로 번져 갈 수 있기 때문이다.

잠시 후 한 남자가 안으로 들어와서는 천마에게 포권하며 인사를 하니 장천은 잠시 놀란 표정을 지을 수밖에 없었다.

"천마단주 은조상, 천마님께 아룁니다."

"말하라."

"천마단 200명은 모든 준비를 마치고 후원에서 명령만을 기다리고 있습니다.”

“수고했다. 화룡대주, 저 사람이 본인이 총애하는 천마단의 단주 은조상입니다.”

“화룡대주라 하오.”

장천은 은조상을 보며 착잡한 기분이 들 수밖에 없었지만 아무런 내색 없이 자리에서 일어나 포권을 하며 말했다.

“천마단의 무사들이 준비가 되었다 하니 이제 일을 시작할 때가 아닌가 합니다.”

은조상에게 가볍게 인사한 장천이 천마와 불괴대제들을 보며 말하자 그들은 고개를 끄덕였다.

“일이 잘 성사되기를 빌겠소.”

“그럼.”

간단하게 인사하고 난 장천은 불괴곡의 무사들이 있는 곳으로 향했다.

“준비되었는가?”

“물론입니다, 대주.”

교 내로 들어온 200명의 불괴곡 무사들은 명령을 기다리고 있었다는 듯이 장천이 들어서자 병장기 손질하는 것을 멈추고는 모두 자리에서 일어났다.

“혈강시는?”

이번 구시독인의 세력을 습격할 때 가장 선두에 설 것이 바로 혈강시였기에 불괴대제와 우경이 만든 두 구의 혈강시에 대해 묻자 화룡대의 부대주는 난처한 얼굴을 하며 말했다.

“그것이… 대주와 함께 오신 분이 혈강시를 보고는 대법이 잘못되었다 하시면서 들고 사라지셨습니다."

"음……."

자신과 같이 온 사람 중에 혈강시를 알아볼 사람이라면 수옥에 갇혀 있던 혈교의 소교주 혈마밖에 없었기 때문에 일단 그가 다시 돌아오기를 기다릴 수밖에 없었다.

"알겠다. 그렇다면 그분이 오실 때까지 잠시 기다리도록 하자."

"예."

장천의 말에 무사들은 혈강시가 돌아오기만을 기다렸다. 그렇게 삼다경 정도가 지나자 혈포를 입은 중년인이 두 구의 혈강시를 들고 그들의 앞에 내려섰는데, 혈강시가 입은 옷이 시뻘겋게 피로 젖어 있는지라 놀랄 수밖에 없었다.

"일은 다 끝내셨습니까?"

"녀석들의 힘을 두세 배 정도 끌어올렸으니 도움이 될 것이다."

"감사합니다."

혈마는 장천을 보며 차갑게 말한 후 휴식을 취하려는지 사색에 잠겼고, 장천은 부대주를 보며 명령을 전달했다.

"가자!"

"예."

드디어 본격적인 결전의 시작이었다. 은조상이 지휘하는 천마단 200명과 장천이 지휘하는 화룡대 200명의 무사들은 구시독인의 전각을 향해 나아갔다.

오랜 시간 세 세력의 다툼으로 인하여 총단으로 들어서는 경계가 허술해진 것이 오늘의 이 사태를 낳게 한 원인이었다.

"저곳이 구시독인의 전각입니다."

구시독인의 전각은 천마와 비등할 정도로 큰 곳이었다.

그가 거느리고 있는 무사 집단인 흑시단의 무사 300명이 거처하고 있는 탓도 있지만, 천마와 함께 홍련교의 쌍대거두로 군림하고 있는 그인만큼 천마각과 비교해 그 규모가 작을 수가 없었다.

전각을 보며 은조상은 장천에게 내부의 상황에 대해 설명해 주기 시작했다.

"총 300명의 흑시단 무사들이 거처하고 있기 때문에 수적으로는 우리들이 유리하다 할 수 있지만, 문제는 혈강시와 구시독인 예운입니다. 저희들이 조사한 바에 의하면 약 20구의 혈강시가 있다고 하는데, 칼이 먹히지 않고 피에 독이 퍼져 있기 때문에 상대하기 까다롭다고 하더군요."

"음……."

구시독인은 마교와 치열한 싸움을 벌였던 혈교의 강시 제조법과 시독술을 익힌 인물이었다.

이런 이유로 교주의 좌에 오르는 것은 마교의 정통성에서 벗어났다며 원로회의 반대가 많았고, 그 때문에 이인자의 자리에만 머물러 있던 사람이었다. 그럼에도 불구하고 그는 교주의 좌를 포기하지 않으면서도 계속 혈교의 술법을 연구하고 있었다.

"전체적인 무공의 수준은 흑시단보다 천마단이 한 수 위라 할 수 있지만, 혈강시의 존재 때문에 전력에 그리 차이가 나지 않고 있었습니다."

은조상의 말에 장천은 고개를 끄덕이며 말했다.

"일단 혈강시는 저희 쪽에서 맡도록 하겠습니다."

"알겠습니다. 하지만 구시독인 예운 역시 상대하기 어려울 텐데……."

"구시독인 예운이 강시술에 집착한 나머지 무공은 교주나 천마님에 비해서 크게 떨어지니 저의 힘으로 충분히 상대할 수 있을 것입니다."

"……."

은조상으로선 구시독인까지 상대하겠다는 화룡대주를 믿을 수가 없었다. 하지만 천마의 지시로 일단 그가 원하는 대로 따르라는 말이 있었기에 고개를 끄덕일 수밖에 없었다.

"알겠습니다."

간단한 협의가 끝나자 그들은 구시독인 예운의 전각을 향해 접근해 가기 시작했다.

"공격!!"

어느 정도의 거리까지 들어서자 은조상과 장천은 무사들을 향해 돌격을 명령했고, 400명의 무사들은 구시독인의 전각을 향해 일제히 경공을 시전하며 공격해 들어갔다.

"적이다!"

"천마단이다!"

총단 내부의 전각은 그 담이 그리 높지 않았기에 천마단과 장천의 부하들이 담을 넘어가는 것은 그리 어렵지 않았다. 갑작스러운 기습을 받은 흑시단은 적들이 천마단의 복장을 하고 있다는 것을 깨닫고는 소리치기 시작했다.

하지만 기습에 있어서 준비된 것과 그렇지 않은 것의 차이는 큰 것이기에 흑시단은 천마단의 공격에 제대로 싸워보지도 못하고 쓰러져 갔고, 접전이 시작된 지 반 시진도 되지 않아 반 이상의 무사들이 죽임을 당해야 했다.

반 시진 후 구시독인의 부하들은 넓은 외전에선 수적으로 앞서는 천마단의 무사들을 당해내지 못한다는 것을 깨닫고는 일제히 내전을 향해 후퇴했다.

"단주! 녀석들이 내전으로 후퇴했습니다."

"잠시 공격을 중단하라. 이곳의 내전에는 기관진식이 설치되어 있다는 소문도 있으니 함부로 담을 넘었다가는 어이없는 패배를 당할 수도 있다."

"예."

은조상의 지시로 내전까지 밀고 들어가는 것이 잠시 멈춰져 싸움은 소강 상태에 접어들게 되었다.

반 시진도 되지 않는 시간의 싸움이지만 흑시단은 100명도 남지 않은 숫자만이 간신히 내전으로 도망갈 수 있었고 나머지는 죽임을 당하거나 천마단의 포로 신세가 되어버렸다.

이에 반해 천마단과 불괴곡의 무사들이 입은 피해는 50여 명 안팎이기에 대승을 거두었다고 해도 과언이 아니었다.

하지만 이제부터가 문제였으니 구시독인의 주력이라 할 수 있는 혈강시가 남아 있었기 때문이다.

"대주, 저희 쪽 혈강시를 준비해 두는 것이 좋을 듯합니다."

불괴곡의 무사들 역시 혈강시의 위력에 대해 알고 있어 긴장된 모습을 감추지 못하고 있었기에 부대주는 장천을 보며 혈강시를 준비해 두는 것을 물어보았지만, 장천은 고개를 저으며 말했다.

"천마단이나 흑시단이나 우리 쪽에 혈강시가 있다는 것을 알지 못할 것이다. 후의 일을 대비하여 우리 쪽 혈강시는 잠시 숨겨두는 편이 좋을 듯하다."

"하지만 흑시단의 혈강시는 어떻게……?"

"본 대주가 직접 처리할 것이다."

부대주와 혈강시에 대해서 이야기를 나누고 있을 때 전방에 있던 천마단 쪽에서 큰 소란이 일기 시작했다.

"구시독인 예운이다!"

"음."

드디어 이번 싸움에서 가장 큰 적인 구시독인 예운이 나왔다는 말에 장천은 내전 쪽으로 시선을 돌렸다.

내전의 지붕 위엔 혈의를 입고 있는 노인이 서 있었는데, 바로 구시독인 예운이었다.

"천마의 쓰레기들이 감히 본좌의 전각을 습격하다니! 가소로운 것들! 한 놈도 살려 보내지 않겠다!"

구시독인의 내력이 실린 음성이 외전을 쩌렁쩌렁하게 울리니 무사들은 그의 엄청난 내력에 크게 위축될 수밖에 없었다.

"마교의 정통성을 버리고 혈교의 잡술을 익힌 개잡종에게 쓰레기란 말을 듣다니 어이가 없구나!"

일단은 구시독인과 비등한 모습을 보여주어 사기가 저하되는 것을 막아야 하기에 장천은 내력을 돋워 그의 말에 반격을 가했다.

'헉!'

수십 년 동안 천마와 같이 살아온 구시독인이었기에 천마의 수족에 대해서 잘 알고 있었는데, 자신과 비교해서 뒤지지 않는 내력이 실린 목소리였기에 크게 놀라지 않을 수 없었다.

'저 녀석은 누구지?'

천마의 부하들 중에 저런 자가 있다는 말을 들어본 적이 없었기에 구시독인은 잠시 당황했지만, 자신 역시 세 구 이상이면 상대하기 힘든 혈강시가 있었기에 그것으로 녀석을 상대하게 한다면 별문제는 되지 않으리라 생각했다.

"가소로운 놈! 본좌의 아이들로 하여금 쓴맛을 보여주마!"

내력을 돋워 장천의 말을 받아친 구시독인이 혈교의 술법을 외우기 시작하니, 그 순간 내전의 곳곳에서 흑의의 인영들이 솟구쳐서는 무사들을 공격해 오기 시작했다.

"혈강시다!!"

사방에서 튀어나온 혈강시들이 무서운 기세로 천마단과 불괴곡의 무사들을 공격하기 시작했다.

"흥!"

20구의 혈강시 중 하나가 자신을 향해 날아오자 장천은 코웃음을 치고는 가볍게 발을 굴러 몸을 날렸고, 녀석이 가까이 다가오자 허리에 차고 있던 도를 뽑아서는 녀석의 옆구리를 향해 휘둘렀다.

"화룡파천!!"

장천이 도에 내력을 쏟아 붓자 그 순간 뜨거운 불길이 터져 나왔고, 불길은 그의 도격에 따라 움직이며 한순간에 그를 향해 쇄도해 오던 혈강시의 허리를 잘라 두 동강을 내버리곤 불길로 태워 버렸다.

"헉!"

"설마… 화룡신도!"

장천이 혈강시를 일참에 두 동강을 내어버리자 좌중에 있던 자들은 크게 놀라지 않을 수 없었다. 구시독인 역시 시뻘건 불길을 내뿜고 있는 그의 도를 보고는 크게 당황한 표정을 지었다.

강호 십대신병의 하나인 화룡신도가 설마 천마 측에 있으리라곤 생각지도 못했기 때문이다.

"젠장!"

다른 검이라면 모를까 화룡신도라면 혈강시의 천적이나 다름없었다.

강호 십대신병 중에는 파사의 힘을 가진 병기가 몇 개 있었는데, 파사신검과 화룡신도의 파사의 힘은 상당히 강력했다.

모든 사마를 태워 버린다고 알려져 있는 화룡신도는 과거 공동파의 천무성자와 혈교의 싸움에서 그 위력이 밝혀진 바가 있었다. 그 싸움에서 천무성자에 의해 혈교가 자랑하던 강시 군단의 반 이상이 괴멸되었기 때문이다.

장천이 화룡신도를 사용하여 혈강시를 일참에 쓰러뜨리자 당황한 구시독인은 급히 다른 쪽의 혈강시로 하여금 장천을 공격하게 했지만, 화룡신도 자체의 파사의 힘이 워낙 강한지라 강시들의 힘은 반 이상이 줄었기에 얼마 지나지 않아 혈강시 10구가 화룡신도의 제물이 되어버렸다.

"큭!"

더 이상 혈강시를 희생했다가는 이 싸움에 승산이 없다는 것을 깨달은 구시독인은 내전에 숨어 있던 무사들에게 공격을 지시했고, 자신은 화룡신도를 휘두르고 있는 장천을 향해 몸을 날렸다.

카가강!

열한 구째 혈강시를 베려던 장천은 머리 위에서 엄청난 살기가 밀려오자 크게 놀라서는 급히 도를 휘둘렀고, 그 순간 고막을 찢어버릴 듯한 날카로운 파쇄음이 대지를 울렸다.

"드디어 나왔군, 구시독인!"

"가소로운 녀석! 본좌의 흑마겸으로 산산조각을 내리라!"

"흥!"

그의 말에 콧방귀를 뀌는 장천이었지만 사실 조금은 긴장될 수밖에 없었다.

자신이 십대신병의 하나인 화룡신도를 가지고 있다고는 하지만 상대인 구시독인의 흑마겸 역시 십대신병의 하나였기 때문이다.

흑마겸은 강한 사기가 깃들어져 있는 무기로 겸의 모양을 취하고 있었는데, 워낙 사기가 강한 탓에 구시독인과 같은 술법을 익힌 자가 아니고는 사용할 수 없는 무기였다.

원래 흑마겸은 혈교 교주의 독문병기였으나 혈교가 무너지며 구시독인이 얻게 된 것이다.

장천이 자신의 일격을 받아내자 구시독인은 왼손에 들려 있던 흑마겸을 휘둘러 녀석의 허리를 베려 했다. 하지만 장천 역시 왼손으로 도를 뽑아서는 그의 일격을 막고 급히 뒤로 물러섰다.

"역시……."

장천이 물러선 이유는 흑마겸의 공격을 보통의 도가 당해내지 못했기 때문으로, 왼손에 들려 있던 도 역시 그 일격으로 한 치 정도의 길이로 군데군데 이가 빠져 버렸던 것이다.

이가 빠지기 시작한 도는 장천이 처음 쌍도문을 나설 때 장춘삼에게 받은 것으로 화룡신도에는 못 미쳐도 명도의 축에는 들 수 있었는데 흑마겸의 일격에 이렇게 이가 빠져버리자 십대신병의 위력에 탄성을 내지를 수밖에 없었다.

"과연 흑마겸이로군!"

"같은 십대신병이라도 본좌의 흑마겸은 서열 6위, 너의 화룡신도는 10위에 속한다는 것을 명심하도록 해라!"

"흥!"

강호 십대신병에 서열이 매겨져 있긴 하지만 서열 3위 이상의 병기를 제외하고는 가진 자의 능력에 따라 분류된 것에 지나지 않았다.

만약 화룡신도를 천하제일인이 가졌었다면 십대신병의 서열 1위에 올라 있을 수도 있었으니 그것을 알고 있는 장천은 구시독인의 말에 콧방귀를 뀌고는 녀석을 향해 공격해 들어갔다.

"홍염만화!"

이가 빠진 도를 집어넣은 장천은 녀석을 향해 화의 무공의 초식 중 하나인 홍염만화를 시전했고, 그 순간 뜨거운 불길이 일렁이며 그를 공격해 가기 시작했다.

"화의 무공!!"

상대가 화의 무공을 시전하자 크게 놀라 구시독인은 급히 뒤로 물러서며 겸을 휘두르니 그의 겸에서 흘러나오는 사기가 불길을 사그라뜨렸다.

"네 녀석이 어떻게 화의 무공을!!"

홍련교의 교주만이 익힐 수 있는 무공을 상대가 알고 있자 구시독인은 당황한 표정을 지을 수밖에 없었다.

"흥! 그것은 저승사자에게나 물어보아라! 화룡분천!"

장천의 화의 무공이 화룡신도에 곁들어지자 대지를 모두 태워 버릴 듯한 열기가 사방으로 뻗어 나갔다.

"큭!"

구시독인은 흑마겸을 사용하여 녀석의 공격을 막을 수는 있지만, 그가 가지고 있는 사기가 장천의 열기에 크게 밀리는지라 몸의 군데군데에 화상을 입을 수밖에 없었다.

"마겸만참(魔鎌萬斬)!"

화기를 밀어내며 구시독인은 두 손에 들려 있는 흑마겸에 내력을 집중하여 장천을 향해 초식을 시전하자 수십의 잔영이 장천을 향해 밀려왔다.

"광룡낙월(狂龍落月)!"

하지만 강한 사기가 원천인 흑마겸은 장천이 휘두르는 화룡신도에 의해 그의 근처에도 가지 못하고 막히니 그로선 긴장할 수밖에 없었다.

오랜 시간 홍련교에서 강자로 군림했고, 혈교의 술법에 집중한 나머지 그의 무공은 크게 떨어진 상태였으니 무공을 연성하려 노력하지 않은 것을 후회함은 당연했다.

한편 구시독인과 화룡대주의 싸움을 본 은조상은 크게 놀랄 수밖에 없었다.

구시독인이 세 세력의 수장 중 가장 무공이 낮은 것은 알고 있었지만, 그렇다고 그렇게 많은 차이가 나는 것은 아니기 때문이다.

하지만 장천이 이번에 천마 측에 가담한 불괴곡의 인물들 중 세 번째의 직위를 가진 인물이었음에도 구시독인을 압도하고 있었으니 나머지 두 인물, 불괴대제와 만근퇴 우경에 대해 두려워질 수밖에 없었다.

지금 싸우고 있는 화룡대주의 실력을 본다면 천마 측에서 불괴곡의 삼 인과 대적할 만한 인물은 천마 한 사람밖에 없었기 때문이다.

'호랑이를 집 안으로 불러들인 것이 아닐까 걱정이군!'

하지만 지금은 그런 생각을 할 때가 아니었으니 은조상은 자신과 부하들을 향해 몰려드는 혈강시와 흑시단을 쓰러뜨리는 데 정신을 집중해야 했다.

"차압!"

장천의 공격에 계속 밀리고 있던 구시독인은 급히 옆에 있던 혈강시에게 명령하여 그를 공격하게 했으나 장천의 엄청난 내력이 실린 화룡신도의 일격에 혈강시는 두 동강이 나서 쓰러질 뿐이었다.

'무서운 녀석이군. 아직 나이도 많아 보이지 않는데 본좌와 대등하게 겨룰 정도의 무공을 지니다니……'

구시독인은 장천의 공격에 계속 밀리면서 자신의 직속 수하를 외부로 보낸 것에 한탄할 수밖에 없었다.

현재 그의 오른팔인 귀골령은 새롭게 들어온 제자인 동방명언을 비밀 수련장으로 데리고 가 5년 동안 그의 수련을 도우라는 명령으로 떠나 있었기 때문이다.

그의 독문병기인 백골독장 역시 새로운 제자에게 건네준 상태였으니 그가 흑마겸을 들고 있는 이유는 바로 이 때문이었다.

혈교의 흑마겸에 관한 무공을 십성이나 익혔던 그의 자만심이 지금의 이 사태를 불러온 것이니 만약 백골독장만 있었어도 오늘 같은 일은 생기지 않았을 것이다.

'본좌는 독 하나로 이 자리에 선 인물. 네 녀석 같은 새파란 애송이에게 뒤질 것 같으냐!'

무공으로는 장천에게 상대가 되지 않을 것이란 생각을 하며 구시독인은 이를 악물고는 소맷자락을 강하게 휘둘렀고, 순간 푸른색의 가루가 바람을 타고 장천에게로 흘러가기 시작했다.

"독?!"

구시독인의 소맷자락에서 뿌려진 푸른 가루가 자신에게로 밀려오자 장천은 독이라는 것을 판단하고 급히 화기를 끌어올리니, 예운의 독은 화기에 의해 연기가 피어오르면서 공중에서 타버렸는데 그가 노린 게 바로 이것이었다.

"큭!"

그가 날린 독은 가루 자체는 들이마셔도 인체에 별 해를 주지 않지만, 그 가루를 태워서 나오는 연기는 상당히 강력한 독이었다.

"젠장! 독연이구나!"

장천 역시 그것이 독연이라는 것을 깨닫고는 급히 소리쳤지만, 이미 타오르는 독연을 두세 모금 정도 들이마신 후였다.

'젠장! 구시독인을 너무 얕보고 있었군.'

그의 손에 백골독장이 없자 독에 대해서 방심했던 것이 큰 원인이었다.

물론 화의 무공 자체는 체내의 독을 태워 버릴 수 있기 때문에 독은 장천에게 그리 큰 위력을 나타내지 못하지만, 문제는 다른 사람이었다.

그의 주위에서 싸우고 있던 천마단과 불괴곡의 무사들은 독연에 중독되었고, 해독약이 있는 흑시단의 무사들은 그 틈을 타 맹공을 가하기 시작했다.

"큭! 염화표(炎火瓢)!"

크게 놀란 장천은 급히 화룡신도를 휘둘러서는 열기의 회오리바람을 만들어냈고, 구시독인의 독연은 하늘로 날아갔다.

하지만 이것 역시 구시독인의 계산 중 하나였으니 독연을 날리기 위해 많은 내력을 급격하게 사용한 장천은 한순간 틈이 생겨 버렸고, 그것을 구시독인이 놓치지 않았던 것이다.

"크윽!"

한순간의 틈새에 구시독인은 손에 들고 있던 흑마겸을 휘둘렀고, 장천은 허벅지에 상처를 입고는 급히 뒤로 물러섰다.

"젠장!"

상처가 생각보다 깊었는지 장천의 다리는 금세 시뻘겋게 물들어 버려 급히 왼손으로 점혈해 피를 멈추게 했다.

"크크크. 새파란 애송아, 본좌에게 대적하려면 아직 백 년은 더 있어야 할 것이다."

현재의 싸움은 일 대 일의 대결이 아닌 무리와 무리가 부딪쳐 싸우는 혼전으로 장천으로선 이러한 경험이 없었던 탓에 이처럼 일격을 당하게 된 것이다.

"역시 그것을 사용할 수밖에 없겠군."

장천의 말에 구시독인은 조금 긴장할 수밖에 없었다.

"부대주! 혈강시를 내보내라!"

장천이 내력을 돋워 부대주를 향해 소리쳤고, 그의 말이 끝나자 두 개의 인영이 튀어나와서는 흑시단의 진영을 뒤집어엎기 시작했다.

"헉! 저것은 혈강시!"

20구의 혈강시를 직접 만든 구시독인이 혈강시를 모를 리 없었으니 상대에게도 혈강시가 있다는 것에 놀라지 않을 수 없었던 것이다.

하지만 이내 두 구밖에 없는 혈강시로 무엇을 하겠냐는 생각에 급히 네 구의 혈강시를 녀석들에게 보냈는데, 잠시 후 그는 입을 다물지 못할 만큼 놀라고 말았다.

우두둑!

자신이 만든 혈강시는 천마 측의 혈강시와 상대가 되지 않았기 때문이다.

장천의 세력에서 나온 혈강시는 자신들의 주위로 네 구의 혈강시가 다가오자 빠른 속도로 움직여서는 그들의 사지를 잡아뜯어 버리니, 순식간에 네 구의 혈강시는 고깃조각이 돼서 사방으로 흩어졌다.

"이런… 일이……."

그가 만든 혈강시는 원래의 제조법은 아니지만, 우연히 얻게 된 제조비법의 일부에 오랜 시간 축적해 온 자신의 독공을 혼합하여 만들었기에 그 위력은 과거 혈교의 혈강시에는 미치지 못할 테지만 그에 버금가는 힘을 지니고 있었다.

그런데도 불구하고 상대의 혈강시에 상대조차 되지 못하자 구시독인은 그것이 혈교의 비전비법으로 만들어진 강시임을 눈치 채고는 크게 놀라 소리쳤다.

"네 녀석들, 혈교의 무리들이었나!"

"흥! 우스운 소리! 혈교는 이미 수십 년 전에 네 녀석의 손에 멸문되지 않았던가?"

구시독인은 혈강시를 보며 천마와 함께 싸우는 무리들이 혈교의 무리가 아닐까 하여 소리쳤지만, 장천이 코웃음을 치며 부정하자 더욱 의문이 커질 수밖에 없었다.

사실 구시독인이 얻게 된 제조비법은 혈교가 무림을 상대하기 위해 그 위력을 줄이고 대량생산이 가능하게 만든 비법이었다.

진정한 혈강시의 제조 비법은 오직 혈교의 교주만이 알고 있었으니 장천이 지하 감옥에서 구한 혈교의 소교주가 그 비법을 알고 있었던 것이다.

잠깐 손을 썼을 뿐이지만, 장천이 데리고 있는 두 구의 혈강시는 전과는 비교되지 않을 정도로 강한 힘을 보이게 되었으니 장천 역시 조금 놀라고 있었다.

'혈교의 소교주라……'

지하 감옥에서 그를 구출한 사람이 바로 장천이었으니 예상치도 않은 곳에서 불괴대제와 만근퇴 우경을 견제할 사람을 찾았다는 생각에 미소가 흘러나올 수밖에 없었다.

하지만 이런 생각을 모르는 구시독인에게는 장천의 미소가 모욕으로 생각될 수밖에 없었으니, 미간을 일그러뜨린 그는 흑마겸을 휘두르며 장천을 공격해 들어갔다.

"가소로운 애송이 녀석!"

"나이를 먹었으면 조용히 금분세수할 것이지 왜 이렇게 설치고 다니는지 모르겠군!"

미간을 일그러뜨리며 공격해 오는 구시독인을 도발하여 더욱더 노하게 만드니, 구시독인의 손발은 조금씩 흐트러지기 시작했다.

그와는 반대로 공격 하나하나에는 상당한 힘이 섞여져 있었기에 장천 역시 방심할 틈이 없었다.

하지만 평정심을 잃은 자와 잃지 않은 자의 싸움은 상당한 차이가 있었으니 한 초식, 한 초식에 강한 힘이 들어 있기는 했어도 그만큼 구시독인의 주위에는 틈이 많이 생겼고, 장천은 그것을 놓치지 않았다.

"섬광비도!"

왼손을 품에 넣어 비도를 손에 쥐고 있던 장천은 한순간의 틈을 놓치지 않고 비도문의 최고 절기 중 하나인 섬광비도를 날리자 아직 극성에 이르지 못해 희미한 불빛에 불과했지만 하나의 광선이 그의 손에서 뻗어 나가더니 구시독인의 목에 적중했다.

"헉!"

광선이 목에 적중하자 구시독인은 흑마겸을 휘두르던 동작을 멈추고는 자신의 목에 손을 가져갔고, 비도의 손잡이가 느껴지자 입에서 피를 흘리며 장천을 쳐다보았다.

"서, 설마… 혀, 혈비도 무… 무랑……."

"후후후."

털썩!

구시독인은 장천이 시전한 비도술이 혈비도 무랑의 절기라는 것을 알고 있었기에 혈비도 무랑이란 이름을 중얼거렸으나 이내 더 이상 버티지 못하고 땅에 쓰러져 버리고 말았다.

"차압!"

장천은 거기에서 멈추지 않고 구시독인의 몸 위로 올라가서는 일참에 그의 목을 베어버렸고, 몸에서 떨어진 그의 머리를 들고는 내력을 돋워 소리쳤다.

"본좌가 구시독인의 목을 베었노라!"

"와아!!"

적들의 수장인 구시독인이 화룡대주에 의해 죽임당했다는 것을 깨닫자 천마단과 불괴곡의 무사들은 함성을 내지르는 반면, 구시독인의 죽음을 확인한 흑시단은 더 이상 싸우지 못하고 병기를 떨어뜨렸다.

천마와 함께 수십 년간 홍련교의 세력을 양분해 왔던 거마 구시독인은 천마단과 불괴곡 무사들의 협공으로 고전하다 불괴곡의 화룡대주의 칼에 목이 잘리니 이로써 홍련교에는 어느 누구도 멈추게 할 수 없는 피바람이 불 수밖에 없었다.

그가 거느리고 있던 혈강시들은 주술자가 사라지자 시체로 돌아갔다.

한편 천마의 전각에서는 세 사람이 싸움의 결과를 노심초사하며 기다리고 있었으니 잠시 후 온몸에 피 범벅을 한 무사가 급히 뛰어오자 천마는 자리에서 벌떡 일어나서는 싸움의 결과를 물었다.

"싸움은 어떻게 되었는가?"

"태상교주, 기뻐해 주십시오! 저희가 승리를 거두었습니다!"

"오!"

방 안에 있던 세 사람은 그 말에 크게 기뻐하는 표정을 지었는데, 천마는 구시독인이 어떻게 되었는지 궁금한지라 급히 물어보았다.

"구시독인은?"

"불괴곡에서 오신 화룡대주님에 의해 목이 잘렸습니다!"

"아!"

오랜 시간 동안 자신의 숙적이었던 구시독인이 화룡대주에 의해 목이 잘렸다는 말을 들은 천마는 탄성을 내지를 수밖에 없었지만, 이상하게 기쁘지는 않았다.

'사제가 목이 잘렸다라……'

천마와 구시독인은 한때 홍련교 교주의 제자로 동문수학했지만, 교주의 권좌에 대한 욕심 때문에 갈라섰던 사람이었다.

스승이 죽은 후 천마는 암암리에 손을 써 구시독인의 세력을 누르고 교주의 좌에 오르는 것엔 성공했지만, 그를 완전히 숙청하는 데는 실패하여 수많은 싸움 끝에 어쩔 수 없이 교주의 좌를 제삼자에게 내놓을 수밖에 없었다.

그렇게 오랜 악연을 가지고 있는 구시독인이었는데, 막상 천마는 그런 그가 죽었다는 소식에 조금 아쉬움도 들었다.

'후… 정이 들었었단 말인가.'

하지만 이내 고개를 저어 그것을 떨쳐 낸 천마는 다음 계획을 세우기 시작했다.

'화룡대주라……'

천마는 구시독인의 목을 벤 화룡대주란 인물이 같이 있는 불괴대제와 만근퇴 우경보다 더 위험한 인물이 아닐까 하는 생각이 들었다.

이 소식을 듣기 전만 해도 천마는 야심 큰 불괴대제를 꼬셔 완전히 교를 장악한 후 만근퇴 우경과 그 두 사람을 싸우게 할 생각이었는데, 화룡대주의 출현으로 자신의 계획에 수정을 가할 수밖에 없게 되었다.

"율명 어른께선 암영자들에게 연락을 해주십시오."

"알겠네. 그런데 자네 정말 교주의 좌에 앉을 생각이 없는가?"

구시독인과의 일전에서 승리를 거둔 장천은 천마의 전각에서 치료를 받고 있는 귀대인 율명을 만났다.

장천이 그에게 부탁한 것은 암영자들과의 연락을 통해 교주의 정통성을 앞세워 문성을 지지해 달라는 부탁이었다. 하지만 율명은 마음속으로 장천을 교주로 밀고 싶었기에 그의 의중을 떠보았지만 역시나 고개를 내젓는 장천이었다.

"어르신께서 저를 위하시는 것은 알지만, 전 홍련교의 배신자. 이런 제가 어찌 교주의 좌에 오를 수 있겠습니까? 다행히 저의 아우인 문성은 화의 무공을 익혔을 뿐 아니라 자질 또한 뛰어나며 천마의 아들이라는 정통성도 있으니 교주의 자리에 오름에 문제가 없습니다."

"휴… 알겠네. 하지만 문성이란 아이를 암영자들이 지지하는 것은 상관없지만, 문제는 바로 천마이네."

"알고 있습니다."

"무슨 대책이라도 있는가?"

율명은 장천에게 천마에 대한 대책을 물어보았지만 역시나 묵묵부답이었는지라 한숨을 내쉴 수밖에 없었다.

"알겠네. 자네가 원하는 대로 해주겠네."

그로선 추노와의 당부도 있었던 만큼 그가 과거 홍련교의 밀정이었다 해도 그가 하는 모든 일을 믿고 따르기로 했지만, 마음속 한구석에는 아직 그가 어리다는 생각에 불안감이 잠재되어 있었다.

한편 총단에서는 구시독인의 일파가 단 하루 만에 천마의 세력에게 무너지자 큰 혼란이 일고 있었다. 천마의 부하들이 구시독인의 일파였던 홍련교 고급 간부들의 숙청에 들어갔기 때문이다.

물론 교주 측의 무사단인 귀영당이 남아 있긴 했지만, 실제 귀영당의 힘은 천마나 구시독인에 비해 미흡했고, 귀영당 자체 내에도 천마의 부하들이 섞여 있었기에 교주로선 천마의 행동을 막을 힘이 없었다.

귀영당이 구시독인과 천마의 대립을 중간에서 조절했던 것도 간신히 이루어지고 있었으니 어찌 이들을 막을 수 있겠는가?

천마가 이미 총단을 완전 봉쇄한 탓에 구시독인의 휘하 간부들은 외부로 나가 있는 자들과 연락조차 할 수 없었고, 그 때문에 대적할 새도 없이 천마 측 무사들에게 목숨을 잃어야 했다.

그렇게 신속하게 이루어진 숙청 작업으로 인하여 단 이틀 만에 총단

내의 구시독인의 세력은 전멸, 천마는 실질적으로 총단을 완전히 장악할 수 있었다.

하지만 천마라 해도 마음 놓을 수 있는 것은 아니었다. 교주 측 세력이 약하지만 아직 건재했고, 그것보다 큰 문제는 불괴곡 출신들의 무사들이 있다는 것이다.

거기에다 구시독인을 혼자서 쓰러뜨린 화룡대주는 불괴곡은 물론 천마 측 무사들 중 일부에게도 상당한 신망을 얻고 있었다.

쿠구궁!

총단 내 교주 집무실의 문이 쿵! 소리와 함께 부서지면서 삼십여 명의 무사들이 쏟아져 들어오니 그 안에서 회의를 하고 있던 다섯 명의 간부들과 교주로선 드디어 올 것이 왔다는 것을 알 수 있었다.

"유문영과 그의 도당들은 들어라! 그대들은 본 교의 중추에 있는 신분임을 망각하고 외부의 악적과 내통하여 반교의 죄를 범했으니, 본 화룡대주는 태상교주이신 천마님의 명을 받들어 그대들의 죄를 묻겠다!"

"감히 교주님 앞에서 무슨 헛소리를 지껄이느냐!"

장천의 말에 교주의 부하들은 크게 노성을 지르며 소리쳤지만 정작 당사자 유문영은 조용히 앉아 있을 뿐이었다.

이미 대세가 천마 측으로 기울었으니만큼 그들과 싸우는 것은 희생자만 낼 뿐임을 알고 있었기 때문이다.

"그만들 하게나."

"교주님!"

"허허허. 이미 대세가 기울었거늘 어찌하겠는가."

"흑흑흑……."

유문영은 이미 모든 것을 달관한 듯 자신을 보호하려는 부하들을 막고는 너털웃음을 흘렸고, 그 모습에 부하들은 무릎을 꿇고 오열을 터뜨렸다.

"뭐 하느냐! 저자를 끌어내지 않고!"

"예!"

"다른 자들은 소교주 유소양과 그의 일당을 잡아 하옥하라!"

"예!"

장천의 명령이 떨어지자 부하들은 교주에게 달려가서 포박하고 일부 사람들은 소교주를 잡기 위해 발걸음을 옮겼다.

하지만 소교주 유소양은 이미 도주한 후였으니, 이로써 홍련교 총단의 천마를 제외한 나머지 두 세력은 무너지고 말았다.

장천의 손에 잡힌 교주 유소양은 천마에 의해 열화의 계가 내려졌다. 이것은 불을 신봉하는 홍련교에서 교의 배신자를 처형하는 수법 중 하나로, 뜨거운 가마 속에서 자신의 죄를 불로써 태우는 것이다.

하지만 실제로 가마의 열기 속에서 살 수 있는 자가 없으니 일종의 화형과 같은 형벌이라 할 수 있었다.

홍련교 역사상 교주가 이런 형벌을 받는 것은 처음 있는 일인지라 반발은 있었으나 감히 천마의 힘을 거스르는 자는 없었다. 가장 큰 이유는 이 일을 진행하는 이가 바로 화룡대주라는 점이었다.

구시독인과 단신으로 싸워 승리를 거둔 화룡대주의 빠른 숙청은 어떠한 이도 그에게 대적하지 못하게 한 것이다.

총단의 지하 감옥.

이곳에 있던 죄수 대부분이 현재는 불괴대제를 따르는 동조자가 되었기 때문에 현재 죄수는 교주의 좌에서 밀려난 유문영뿐이었다.

삐그덕.

어두운 감옥 내부로 붉은 불빛이 아른거리기 시작했고, 그 불빛 밑에는 근래 들어 홍련교의 초고수 중 한 사람으로 두각을 나타내고 있는 화룡대주의 모습이 보였다.

유문영은 그가 안으로 들어서자 아무 표정 없이 조용히 말했다.

"무슨 일이오?"

"후후후. 교주의 마지막 모습이나 구경할 겸 왔소이다."

장천은 미소를 지으며 감옥 안으로 들어와 횃불 하나만을 남겨놓은 채 다른 이들을 모두 돌려보냈다.

"자네는 누구인가? 말하는 것으로 봐선 나를 아는 것 같은데."

유문영이 그의 말을 들으며 자신을 알고 있는 사람이라 확신하고는 물어보았다. 장천은 미소를 지으며 천천히 인피면구를 벗고는 말했다.

"오랜만입니다, 빙조부."

"……?!"

빙조부라는 말에 놀란 유문영은 크게 눈을 뜰 수밖에 없었으니… 화룡대주로 알려져 있던 사람이 자신의 손녀 사위인 장천이라는 것을 알고는 놀라지 않을 수 없었다.

"자네가 어떻게?!"

"역시 교주께서는 모르고 계셨군요. 제가 다시 살아났다는 것을 말입니다."

"음……."

확실히 그의 힘이 구시독인과 천마에 의해 줄어든 상태였기에 외부의 일에 관해서는 듣는 바가 적었다.

이런 이유로 천마나 구시독인 측에선 장천이 쌍도문에서 다시 나타났다는 소식을 입수했지만, 가장 높은 신분인 교주 유문영은 자신의 손녀 사위가 살아 있다는 소식을 듣지 못한 것이다.

하지만 그러한 놀람은 얼마 지나지 않아 사라졌고, 유문영은 다시 눈을 감고는 말했다.

"손녀와 증손자의 복수인가?"

"후후. 용서할 수 없습니다. 당신도, 그리고 홍련교란 단체도 말입니다."

"어찌할 생각인가? 본 교를 상대하기에는 자네의 힘이 미약할 텐데."

"후후후. 이곳에서 아주 재밌는 사람을 만났지요."

"재밌는 사람?"

"예. 바로 혈교의 소교주 말입니다."

장천의 말에 유문영은 놀라고 말았다. 그가 홍련교를 무너뜨릴 수단으로 무엇을 준비했는지 눈치 챌 수 있었기 때문이다.

"혈교를 부활시킬 생각인가……."

"물론입니다. 뭐, 교주의 좌에 오를 사람이 저의 의형제인지라 완전히 멸문시킬 생각은 없지만, 아내와 자식을 죽음으로 몰아넣은 자들에게 반드시 복수할 생각입니다."

"천마 역시 자네의 명단에 포함되어 있겠군."

"물론입니다."

유문영은 그의 말에 잠시 생각에 잠겼다.

구시독인을 쓰러뜨렸다면 그는 현재 교 내에서 다섯 손가락 안에 드는 고수라는 뜻이었다.

거기에 불괴대제란 자와 자신도 잘 알고 있는 만근퇴 우경이라면 천마를 몰아내는 것은 그리 어렵지 않을 것이라 생각되었지만, 과연 천마가 그의 계산대로 움직여 주는가 하는 것이 관건이었다.

자신이 알고 있는 천마라면 그는 반드시 불괴대제나 만근퇴 우경 중한 사람을 포섭하여 어느 한쪽을 쓰러뜨릴 게 뻔한 일이었기 때문이다.

"자네, 여기서 멈출 생각은 없는가?"

"물론입니다. 복수를 위해 이곳에 왔으니까요."

"하지만 아내와 자식이 살아 있다면?"

"……!!"

유문영의 말에 장천은 크게 놀라지 않을 수 없었다.

"무슨 말씀이십니까? 능예와 소천이 살아 있다니!"

"내 손녀는 죽지 않았네."

"그런… 분명 영영이 말하기를……."

자신을 불괴곡으로 떨어뜨리기 전 분명 은영영은 유능예가 스스로 목숨을 끊었다고 했기에 그것을 의심하지 않고 있었는데, 갑자기 유문영의 입에서 그런 말이 나오자 떨리는 몸을 진정시킬 수가 없었다.

"분명 자네가 죽은 후 손녀 아이가 자결을 시도하려 했음은 사실이나 나의 만류와 뱃속의 아이 덕분에 그것을 막을 수 있었네. 그 이후 손녀 아이를 둘러싸고 천마와 구시독인의 세력이 자결을 강요하고 있음을 알았기에 더 이상 총단에 두지 못하고 자결했다며 그들의 눈을 속여 외부로 그 아이를 내보내었네."

"아!"

"지금 그 아이가 어떻게 되었는지는 모르지만, 자네의 문파인 쌍도 문을 찾아갔다 생각했는데… 아쉽게 되었군."

유문영은 고개를 내저으며 말했고, 장천으로선 자신도 모르게 뒤로 넘어질 수밖에 없었다.

자신이 알고 있는 유문영은 거짓을 말할 사람이 아니었다.

그렇다고 한다면 분명 유능예가 어디선가 자신을 찾고 있을 것이 분명할 텐데, 자신은 이런 곳에서 그녀의 할아버지를 죽음으로 몰아넣고 있다는 생각에 도저히 정신을 차릴 수가 없는 장천이었다.

하지만 이런 장천의 생각을 아는지 모르는지 유문영은 더 이상 그에게 말을 걸지 않고 또다시 침묵에 잠길 뿐이니 장천으로선 멍한 얼굴이 되어 지하 감옥의 한편에 앉아 있을 수밖에 없었다.

"대주!"

얼마나 시간이 지났을까? 자신을 부르는 부하들의 소리에 장천은 인피면구를 다시 쓰고는 힘없는 몸으로 지하 감옥을 빠져나올 수밖에 없었다.

'젠장! 내가 무슨 일을 저지른 거지?'

지금까지 자신이 저지른 일에 대해 후회가 밀려왔다.

그 자신이 유문영을 열화의 계에 빠지게 했으니만큼 후회는 더욱 클 수밖에 없었지만, 지금 그의 사정으로는 빙조부를 빠져나가게 할 방법이 없었다.

자신이 직접 일을 하고는 있지만, 현재 그의 세력이라고 하면 지하 감옥을 빠져나가게 도와준 인물들과 귀대인 율명 등 몇몇 인물밖에 없었다. 실력은 뛰어날지 몰라도 소수에 불과한지라 함부로 움직일 수는 없는 일이었다.

하지만 모든 것이 오해였음을 알았는데 이대로 빙조부를 죽게 할 순 없는 일이 아닌가?

자신의 거처로 돌아온 장천은 그를 구출할 방법을 생각해 보았지만, 내일 아침에 형이 집행되느니만큼 시간이 없었기에 좀처럼 묘수가 떠오르지 않았다.

'능예… 난 어떻게 해야 하는 거지……'

사실 장천이 혈교를 이용하여 홍련교를 무너뜨리겠다는 말만 하지 않았어도, 유문영은 장천에게 이러한 이야기를 하지 않았을 것이다. 자칫 장천이 자신을 구하려다 위험에 빠질 수도 있는 일이었기에. 자신을 이런 신세로 만들기는 하였으나 어차피 그가 아니었어도 몰락은 예견되었던 일, 차라리 자신이 죽더라도 손녀 아이의 행복을 빌었을 인물이다.

하나 그는 홍련교의 교주였던 인물, 자신의 식솔들이 중요하다 할지라도 더욱 중요하게 생각하는 것은 홍련교였다.

만약 장천이 혈교와 관련된 말을 하지 않았으면 모를까, 그가 혈교를 이용하여 홍련교를 무너뜨리겠다고 말한 이상 유문영으로선 장천이 교를 무너뜨리는 것을 막아야 했던 것이다.

그 때문에 자신의 손녀 이야기를 해서 그가 더 이상 교에 신경 쓰지 못하게 했던 것이다.

방으로 돌아온 장천은 유문영이 한 말 때문에 고심하지 않을 수 없었다.

'어떡하지……. 젠장, 왜 이렇게 일이 꼬이는 거야!'

복수란 말은 장천을 냉혹하고 강하게 만들었지만, 자신을 변하게 만든 것이 모두 오해라는 것이 밝혀지자 마음을 진정시킬 수가 없었다.

'빙조부를 구해야 한다! 그렇지 않으면 능예와 아이를 볼 면목이 없지 않은가.'

두 손으로 머리를 감싸며 고심하고 있을 때 누군가의 인기척이 느껴졌다.

"누구냐!"

장천은 인기척을 느끼자 급히 옆에 놓여 있던 검을 들고 소리쳤는데, 조용히 방문이 열리면서 한 여인이 다소곳한 모습으로 안으로 들어왔다.

"천마님의 분부로 화룡대주님을 모시기 위해 왔습니다."

"은영영?!"

그녀의 얼굴을 보는 순간 장천은 크게 놀라지 않을 수 없었으니 바로 자신의 의형제였던 은조상의 여동생 은영영이었기 때문이다.

"과연 화룡대주님이시군요. 일개 단주에 지나지 않은 저를 알고 계시니 말입니다."

은영영은 화룡대주라 불리는 사람이 자신의 이름을 알고 있자 미소 지으며 고개를 들어서는 그를 바라보았다.

현재 인피면구를 쓰고 있는지라 은영영이 알아보지 못하고 있으니 그로선 뭐라 할 말이 없었다.

고개를 든 은영영의 모습은 과거와는 조금 다른 모습이었다.

성숙해졌다고나 할까? 지금의 얼굴에는 과거와는 다른 요염함이 서려 있었다.

"이상하군. 자네는 홍련교의 명문가인 은가장의 여식이라 알려져 있는데, 정체도 알 수 없는 나의 수청을 들겠다니 말이야."

"화룡대주님께선 앞으로 교주의 좌에 오르실 문성님의 스승이신데 어찌 저 같은 하찮은 계집과 비교할 수 있겠습니까?"

옥이 굴러가는 듯한 목소리로 말하는 그녀를 보며 장천은 뭐라 말을 할 수가 없었다.

자신이 떠난 후 몇 년 지나지 않았건만 그동안 알고 있던 사람들이 너무나 많이 변해 있었기 때문이다.

"돌아가라. 본좌는 수청 들 여인 따위는 필요가 없다."

의형제였던 자의 여동생이 수청을 들게 할 순 없었던 장천은 고개를 돌리고는 차갑게 말했으나, 잠시 후 스르륵 하는 소리와 함께 무엇인가가 떨어지는 소리가 들려오자 이상하게 생각하곤 돌아보았다.

"큭!"

역시나 그 소리는 은영영이 옷을 벗는 소리였으니, 이미 준비를 마치고 들어왔는지 겉옷을 벗자 실 한 오라기 없는 나신이 드러났다.

"무슨 짓인가! 필요없다 하지 않았는가?"

하지만 그녀는 장천의 말에도 아랑곳하지 않고 요염한 몸짓으로 다가서며 말했다.

"본녀는 화룡대주님의 수청을 들라는 명을 받았기에 돌아갈 수 없습니다."

"큭."

절대로 돌아가지 않겠다고 하는 그녀의 말에 장천으로선 당황할 수밖에 없었다.

장인의 문제에 이어 은영영의 문제까지 겹치니 그로선 갑작스럽게 닥친 일련의 사태에 어찌할 바를 몰랐다.

'젠장. 왜 자꾸 이런 일이 생기는 거지?'

하지만 나신의 몸으로 고개를 숙이고 있는 은영영의 모습은 뭐라 말을 할 수 없을 만큼 매혹적인지라 장천 역시 가슴이 떨려올 수밖에 없었다.

하지만 아직 이성이 남아 있는 장천은 장삼을 벗어 그녀에게 걸쳐 주며 말했다.

"그대가 누구의 명을 받았는진 대충 알고 있으나 본좌는 그것에 수긍할 수 없구나."

"……."

"돌아가거라."

장천은 돌아서서는 의자 쪽으로 걸음을 옮겼다. 하지만 그녀는 돌아갈 생각을 하지 않고 새벽까지 똑같은 자세를 유지하며 버텼다.

"휴."

이로 인해 장천 역시 한숨도 잘 수가 없었으니 아직도 무릎을 꿇고 고개 숙이고 있는 그녀에게 다가가 몸을 일으켜 주려 했는데, 그때 은영영은 그를 경직시키고 마는 한마디를 내던졌다.

"언제나 저를 대하는 모습은 똑같군요. 두형… 아니, 장천이라고 해야 하나?"

"헉!"

놀랍게도 은영영은 장천의 정체를 너무나 정확히 알고 있었던 것이다.

"아, 알고 있었나?"

"물론이죠. 당신을 불괴곡으로 떨어뜨린 사람은 나였고… 또 당신의 목소리… 그리고 느낌은 잊을 수 없으니까요."

은영영은 천천히 자리에서 일어나 장천이 걸쳐 주었던 장삼을 벗고는 옷을 입기 시작했다.

흑발의 탐스러운 긴 머리 뒤로 드러나는 여인의 곡선미를 보며 장천의 얼굴은 시뻘겋게 변할 수밖에 없었다.

처음 찾아와 옷을 벗던 느낌과는 전혀 다른 느낌이기에 당황스럽기도 하였다.

"천마에게 밝힐 생각인가?"

장천은 그녀를 보며 떨리는 음성으로 말했는데, 천천히 옷을 걸친 그녀는 고개를 돌려서는 말했다.

"당신이 불괴곡에 있었다는 사실을 아는 사람은 저와 저를 따르는 한 사람뿐, 천마는 물론 오빠조차 모르고 있어요."

"……."

차갑게 말을 건넨 그녀는 천천히 방문을 나서면서 말했다.

"천마를 조심하세요. 그는 당신을 노리고 있으니까요."

장천은 사라지는 그녀를 보며 도저히 정신을 차릴 수가 없었다. 자신을 절대로 빠져나올 수 없다던 불괴곡에 빠뜨릴 때는 언제고 지금은 자신을 위해하려는 천마를 조심하라는 말을 하고 있으니 말이다.

'여자는 이해할 수가 없어.'

그녀가 보이는 행동에 당황스러운 그였지만, 유문영이 열화의 계를 받는 시간은 정오였기에 시간을 지체할 수가 없었다.

지금 당장 대책을 생각하기엔 그 혼자의 힘으로는 역부족이었기에 장천은 율명과 혈교의 소교주를 찾아갔다.

"열화의 계에서 교주를 구하고 싶다고?"

"그렇소."

혈교의 소교주는 장천의 말에 한심하다는 표정을 지으며 말했다.

"그를 죽이려 할 때는 언제고 지금에 와서 살리겠다니……."

틀린 말이 아닌지라 장천으로선 뭐라 반박할 말이 없었다.

"열화의 계에 사용되는 가마는 내부가 직경 사 미터 정도 되는 원형의 공간으로 바닥은 강철로 뒤덮여 있어 웬만한 방법으로는 그를 구할 방도가 없지."

"그럼……."

"열화의 계는 불로서 죄를 태운다는 뜻이 포함된 형벌이다. 하지만 그 형벌에서 끝까지 살아남는다면 신화로부터 죄를 사함받았다는 뜻으로 지금까지의 모든 죄는 사라지게 되는 것이지."

"하지만 열화의 계에서 살아남은 사람은 아무도 없소."

장천 역시 열화의 계에 대한 이야기는 알고 있지만, 쇠도 녹일 것 같은 뜨거운 가마 안에서 다섯 시진을 버틸 수는 없는 일이기에 소교주의 말에 반박한 것이다.

"안에서 버틸 수 있는 방법이 없는 것은 아니지."

"버틸 수 있는 방법이 있다고?"

그의 말에 장천은 놀라지 않을 수 없었는데, 그는 오른손을 들어 세 개의 손가락을 펴며 말했다.

"첫 번째, 북해빙궁의 빙정을 이용하는 방법. 그것을 먹고 운기조식을 취한다면 열기가 침범하는 것을 막게 되지. 물론 한 가지 문제점은 빙공을 익힌 사람이 아니라면 불가능하다는 것이지만."

"……."

"둘째, 강시 비법이 있다. 혈교의 교주에게만 내려오는 무적강시의 비법을 따른다면 뜨거운 불길 정도야 쉽게 처리할 수 있지. 물론 무적강시가 되면 죽는 것이나 마찬가지이니 이것도 역시 제외겠군."

"휴……."

두 가지 비법 모두 이루기 어려운 것인지라 장천으로선 그의 말에 한숨밖에 나오지 않았다.

"마지막 세 번째 방법은 특수한 방법을 이용하여 열을 견딜 수 있는 물건을 만드는 것이다."

"특수한 방법?"

"당나라 때 기관진식으로 유명한 제갈유명이란 사람은 원수에게 잡혀 죽임을 당할 위기에 처했지만, 갇혀 있던 곳의 물건을 통해 불길을 견딜 수 있는 물건을 만들어 삼 일 낮밤을 태운 불길 속에서도 살아남았다 하지. 후에 그는 그 지식을 당의 황실에 전했다고 하지만 당이 멸망하면서 그 도면은 사라졌다고 하지."

"젠장! 사라졌으면 아무런 소용 없잖소!"

"그 도면을 백 년 전에 혈교의 인물이 우연히 얻지 않았으면 말이지."

"아!"

소교주의 말에 장천은 크게 탄성을 내지를 수밖에 없었다.

"그렇다면 그것을……."

"물론 알고 있지. 원한다면 정오 전까지 한 사람 정도 들어갈 수 있는 것을 만들어줄 수도 있다네."

"부탁하오!"

"후후. 대가는 지불하겠지?"

"물론이오. 무엇을 원하는 것이오."

"흑마겸."

소교주가 원하는 것을 말하라는 말에 흑마겸을 달라고 하자 그 순간 장천은 몸이 얼어붙는 듯한 모습을 보이다가 머리를 긁적이며 말했다.

"흑마겸을 원하고 있었소?"

"물론이지. 흑마겸은 혈교의 상징과도 같은 물건이었으니까."

"당신의 방 한구석에 상자가 하나 있을 테니 그것을 열어보도록 하시오."

"응?"

"푸하하하! 강호 십대신병이라 하여 본인이 쓰지도 않을 물건을 꽉 쥐고 있을 사람으로 보이시오? 흑마겸은 이미 건네준 지 오래라네. 어차피 물건이야 쓸 줄 아는 사람에게 건네주어야 한다는 생각에 구시독인을 죽인 후 사람을 시켜 당신의 방에 갖다 놓았소."

"……."

그 말에 소교주는 할 말을 잃고 말았으나 이내 정신을 차리고는 미소를 지으며 말했다.

"이런, 내가 쓸데없는 속물 짓을 하고 말았군. 알았다. 형이 집행되기 한 시진 전까지 물건을 만들어서 건네주도록 하지."

그 말 후 조용히 소교주는 뒤로 돌아서서 걸음을 옮겼는데, 귀가 시뻘겋게 변한 것으로 보아 부끄럽기는 부끄러웠던 모양이다.

제갈유명이란 사람이 만든 물건을 알지 못하는 장천으로선 과연 그가 잘 해낼까 걱정될 수밖에 없었다.

하지만 현재 그가 할 수 있는 일이라곤 하나도 없는지라 한숨을 쉴 뿐이었는데, 그때 그의 방으로 귀대인 율명이 들어왔다.

"아! 율명 어른."

"혈교의 소교주에게 들었다. 유문영을 살리려 한다고?"

"예."

"암영자들에게 소식을 전했으니 너를 도와주기는 하겠다만, 아무래도 조금 힘들 것 같구나. 불괴곡의 무사들에게 도움을 얻을 수는 없는 것이냐?"

"음……."

율명의 말에 한참 생각해 보았지만 역시나 하나의 이해관계로 모인 사람들인지라 도움을 얻기에는 만만치 않았다.

"홍련교에서 기반을 잡으면 적이 될 사람들인지라 도움을 얻기가 만만치 않군요."

"음… 그렇다면 우리들의 힘만으로 해결할 수밖에 없겠군."

시간은 점점 흘러 정오가 되어갔고, 드디어 유문영의 열화의 계 의식이 준비되기 시작했다.

열화의 계 의식이 행해지는 곳은 총단의 북쪽에 위치한 염화의 신전으로, 그곳에는 사람 한 명이 들어갈 정도의 입구가 있는 붉은색의 거대한 가마가 보였다.

"저것이 열화의 계가 진행되는 가마이군."

"소교주?"

장천은 자신의 옆에서 중얼거리는 사람이 소교주라는 것을 깨닫고는 크게 놀라 소리쳤다.

"음… 소교주라고 하니 누가 들으면 홍련교의 소교주인 줄 알겠군. 다음부턴 혈마라고 부르도록 하게."

"그나저나 기관진식은 완성이 된 겁니까? 이곳에 처음 들어오는 것 같은 모습인데?"

"후후. 물론 이미 제갈유명이 만든 방열구는 완성되었지."

"휴."

하지만 장난치듯 말하는 혈마의 모습에 장천으로선 안심이 되지 않았다.

"열화의 계가 진행되면 유문영에게 안에 설치된 방열구 안에서 귀식대법을 시전하라고 전하도록 하게."

"알겠습니다. 그나저나 어떻게 이 안으로 들어왔지요? 지금 이곳은 간부 이외에는 들어오지 못하는 곳인데?"

"하하하. 화룡대주의 이름을 대니 간단하더군."

"음."

"어쨌든 잘 해보도록 하게."

혈마는 장천의 어깨를 두드려 주고는 다시 밖으로 나갔다.

"도대체 적응이 안 되는 사람이군."

정오가 다 되자 천마를 비롯하여 홍련교의 상위 간부들이 한 명씩 들어오기 시작했고, 불괴대제와 만근퇴 우경 역시 안으로 들어섰다.

"화룡대주, 이제야 자네의 숙원을 풀겠군."

불괴대제가 미소 지으며 말했지만, 장천은 그의 말에 기뻐할 수가 없었다.

'휴.'

천마와 불괴대제 두 사람 모두 유문영을 죽여야 한다고 생각하는 사람이었으니만큼 지금에 와서 되돌릴 수는 없는 노릇이었다.

한편 천마의 옆에는 은조상과 은석영 형제가 옆에서 보좌를 하고 있었는데, 그들 사이로는 심상치 않은 이야기가 오가고 있었다.

"그것이 정말인가?"

"예. 구시독인을 처리할 때 쓴 무공은 분명 혈비도 무랑의 비도술이었습니다."

"음……."

구시독인과 장천의 싸움을 보지 못했던 천마는 화룡대주가 혈비도 무랑의 수법을 사용했다는 이야기를 듣고는 잠시 생각에 잠길 수밖에 없었다.

정파와 사파도 그렇듯이 마교 역시 과거 혈비도 무랑에 의해서 많은 수의 교 요인들이 희생되었기 때문이다.

"일단은 열화의 계 의식을 진행하도록 하지."

"알겠습니다."

일단은 유문영을 처리하는 것이 우선이라 생각한 천마는 그 일을 뒤로 미루기로 하고는 의식을 진행하기로 했다.

잠시 후 열두 명의 붉은색 사제복을 입은 사람의 손에 이끌려 유문영이 모습을 드러내었는데, 그는 죽음을 앞에 둔 지금에도 전혀 흐트러지지 않는 모습을 보이고 있었다.

장천은 유문영에게 전음을 통해 열화의 계에서 살아남을 수 있는 물건이 안에 있으니 그 안으로 들어가 귀식대법을 펼치라는 말을 전했지만, 그가 들었는지는 알 수 없었기에 긴장이 될 수밖에 없었다.

드디어 의식이 진행되었다.

유문영이 가마 안으로 들어가자 붉은 장삼을 입고 있는 무사 몇 사람이 가마를 달구기 위해 불을 붙였고, 그들이 물러서자 수십 명의 여인들이 나신으로 춤을 추기 시작했다.

이것은 일종의 불의 신을 위한 춤이라 할 수 있었다.

이러한 제사의 모습은 중원이 아닌 풍문으로 들었던 변방 오랑캐들의 제사와 같은지라 장천으로선 흥미로움에 한시도 눈을 뗄 수 없었다.

그리고 나신의 여인들이 춤을 추고 있는 가운데 붉은 장삼의 무사들이 제단을 들어서 가마 앞에 내려놓자 의식을 주관하는 천마가 앞으로 나와서는 제단에 열두 번의 절을 올렸다.

"오랜만에 보는 열화의 계 의식이군."

"우경 어르신?"

멍하니 열화의 계 의식을 보고 있던 장천의 옆에서 중얼거린 이는 만근퇴 우경이었고, 갑작스럽게 들려온 그의 목소리에 장천은 놀란 표정으로 돌아보았다.

"열화의 계는 교 내에서도 장로급 이상의 인물이 큰 죄를 범했을 때만 내려지는 의식이라 본 교 역사에서 열화의 계가 치러진 적은 일곱 번밖에 없었지."

"그렇군요."

"그리고 일곱 번의 제사 중에 살아남은 이는 단 한 명도 없었다네. 그 때문에 나로선 유문영이 살아서 나올 수 있을까 궁금하군. 본 교의 교리에 따르면 열화의 계는 오직 본 교의 배교자만을 태워 죽인다는데, 유문영은 교를 배신하지 않았다는 것이 확실하니 말이야."

"음."

장천이 보기에도 죄를 짓지 않은 사람이 살아서 다시 나올 수 있다는 것은 열성 교도들의 터무니없는 믿음으로 생각되었다.

뜨거운 열기 속에서 수 시진 동안을 버틸 수 있는 인간이 어디 있겠는가? 그저 죄를 지은 교도를 처벌하기 위해 만들어낸 터무니없는 형벌이니 열화의 계는 화형과 별로 다를 바 없었다.

"그나저나 자네, 매아를 어떻게 생각하는가?"

"예?"

"아직도 매아는 자네를 잊지 못하고 있는 듯하네."

"큭."

그의 말에 장천은 조금 긴장할 수밖에 없었다.

천진난만의 경지를 벗어나 남자에 대해서는 전혀 무지한 여인 매아를 그가 어찌 잊을 수 있겠는가?

"홍련교 내에서 자네의 세력은 전무하다고 할 수 있네. 우리 매아를 받아들인다면 자네의 힘이 돼줄 수도 있는데 말이야."

솔깃한 이야기이지만, 자신의 야망을 위해 한 여자를 이용한다는 것은 장천으로선 받아들일 수 없는 이야기였다.

"거절하겠습니다."

유능예가 뻔히 살아 있는 것을 알면서 아내를 맞아들인다는 것은 그녀에게 미안한 일이었다.

"알겠네."

우경 역시 장천의 말에 고개를 끄덕이며 쉽게 받아들였는데, 그는 이미 매아의 혼사를 결정한 상태였기 때문이다.

바로 천마의 아들 문성, 그를 매아의 남편으로 내정하고 있었던 것이다.

이미 천마와는 이야기가 모두 끝난 상태였지만 매아가 장천을 잊지 못하는 것을 알고 다시 한 번 제의한 것이다.

'장천… 자네에게 호감은 가지만 딸을 위해서 죽어줘야겠군.'

우경은 열화의 계 의식을 보고 있는 장천을 보며 마음속으로 중얼거린 후 천마의 곁으로 갔다.

"오셨소이까."

"천마, 자네의 뜻을 받아들이도록 하지."

"하하하하. 우경 형님께서 저의 뜻을 받아들여 주시다니 몸 둘 바를 모르겠습니다."

"……."

우경 역시 천마의 간교한 면을 잘 알고 있었지만, 불괴대제에 비해 세력이 떨어지는 편에 속한 그로선 천마라는 이름이 반드시 필요했다.

자신과 딸이 교에서 살아남기 위해선 비겁하지만 장천을 팔아넘길 수밖에 없었다.

열화의 계는 점점 절정으로 올라가고 가마를 달구는 불길이 천천히 약해지고 있을 때 염화의 신전으로 일단의 무사들이 모습을 드러냈다.

그들 모두가 교 내에서 그리 알려져 있지 않은 무사들이었기에 천마의 수하들이 급히 그들의 앞을 가로막으며 소리쳤다.

"멈추어라! 여기가 어딘 줄 알고 들어오려 하느냐!"

"흥!"

자신들의 앞을 막고 있는 자들을 보며 콧방귀를 뀐 그들은 무공을 사용하여 순식간에 천마의 수하들을 제압했고, 그 때문에 열화의 계 제사장은 어수선해졌다.

천마로선 정체를 알 수 없는 자들이 나타나 자신들의 수하를 쓰러뜨리자 미간을 찌푸릴 수밖에 없었는데, 자세히 보니 저들 하나하나의 무공이 홍련교에서 비전되고 있는 무공인지라 문득 하나의 존재가 생각나 자신도 모르게 소리쳤다.

"암영자?"

"그렇소."

천마의 말에 일단의 무사들 앞에 있던 귀대인 율명이 천천히 모습을 드러내고는 말했다.

"암영자가 나타났다!"

"어떻게 암영자들이……!"

그들이 암영자라는 것이 밝혀지자 염화의 신전은 큰 소란이 일 수밖에 없었는데, 귀대인 율명은 이십여 명의 암영자들을 이끌고 장천의 앞에 무릎 꿇으며 말했다.

"암영신군(暗影神君)님께 암영자들이 인사드립니다!"

"일어나시오."

이미 사전에 율명과 이야기가 오간 상태였기에 장천은 놀라지 않았다.

"암영신군이라고?!"

암영신군은 홍련교 내에서 비밀리에 이어져 내려오는 암영자들의 우두머리를 칭하는 칭호였다.

후대 교주를 지명하는 것은 물론이요, 후계자를 양성하는 임무를 맡는 것이 바로 암영신군이었는데, 전대 암영신군은 지하 감옥에서 죽임을 당한 추노였다.

이런 이유로 추노의 뒤를 이은 장천이 암영신군의 자리에 앉는 것은 어쩌면 당연한 것이라 할 수 있었고, 장천은 열화의 계 의식을 치르기 위해 모여 있는 홍련교의 간부들을 보며 소리쳤다.

"본인은 이번에 선출된 암영신군으로 전대 암영신군의 뒤를 이어 본교의 흐트러진 교리를 바로잡기 위해 여러분들 앞에 모습을 드러내었소!"

홍련교 내에서 비밀리에 활동하는 암영신군이 모습을 드러내기는 이번이 처음인지라 사람들은 모두 크게 놀란 표정을 감출 수 없었다.

거기다 불괴곡에서 왔다는 화룡대주가 암영신군으로 밝혀지자 이러한 소란은 더욱 커질 수밖에 없었으나, 몇몇 사람들은 그가 구시독인의 목을 벨 정도의 실력임을 보았는지라 수긍하였다.

장천이 암영신군으로 등장하는 것을 보며 가장 놀란 것은 바로 불괴대제와 우경을 비롯한 불괴곡의 무사들이었다.

자신들과 함께 불괴곡을 빠져나가고 문성을 교주의 좌에 앉히기 위해 힘을 썼던 그가 설마 어둠에서 홍련교를 지키고 있다는 암영자들의 우두머리인 암영신군이란 것을 어찌 알았겠는가?

　"암영신군이라… 골치 아픈 일이군."

　한쪽에서 이들의 모습을 지켜보고 있던 천마는 고개를 내저었다.

　'이렇게 된 이상 저 암영신군이란 놈을 쫓아내는 것이 가장 중요하겠군.'

　"어르신, 저자가 암영신군이라면 당분간 놓아두는 것이 좋지 않겠습니까?"

　은석영은 불괴곡의 화룡대주가 암영신군이라는 게 밝혀지자 천마를 보며 자신의 의견을 표출했는데, 그는 고개를 내저으며 말했다.

　"어차피 나의 아들 문성이 교주의 좌에 오르는 것은 이미 정해진 것이나 마찬가지다. 물론 암영신군이란 자가 있으면 교 내의 반대파 역시 이의를 제기하지 못하겠지만, 암영신군이 나와 손을 잡지 않는 이상 구시독인과 유문영에게 있었던 세력은 저자에게 돌아갈 가능성이 크다."

　"하지만 저자는 구시독인과 유문영을 제거한 인물이 아닙니까? 오히려 그들이 저희에게 올 것이라 생각됩니다."

　은석영이 자신의 말을 이해하지 못한 듯하자, 그는 탁자 위의 용정차를 한 모금 마신 후 말했다.

　"구시독인과 유문영의 세력이 우리 쪽으로 들어온다 해서 그들에게 주어지는 것이 무엇이 있겠는가?"

　"……."

"시간이 지나면 분명 나와 불괴곡에서 온 녀석들로 본 교의 세력이 갈라질 것이 분명할 터. 기존에 있던 자들은 나에게는 먹을 것이 없고, 외부라고도 할 수 있는 불괴곡 세력의 밑으로 들어가기는 더 더욱 싫을 터. 그렇다면 어디로 발길을 돌리겠는가?"

"……"

"만약 너의 뜻대로 한다면 우리에게 돌아오는 것은 구시독인이나 유문영의 밑에서도 바닥에서 놀던 놈뿐, 힘을 가진 녀석이라면 모두 암영신군에게 붙을 것이다."

"아!"

그제야 천마가 생각하는 바를 이해한 은석영은 고개를 끄덕이며 수긍할 수 있었다.

또 한 가지 장천에게 유리한 것이 있다면 바로 대의명분이라 할 수 있었다. 홍련교 내의 인물이라면 암영자들이 교의 수호 무사들이라는 것은 모두 알고 있는 사실. 그들이 표면적으로 나선다면 그 힘이 되어 줄 인물들이 많다는 것이다.

다른 무림문파들과는 달리 홍련교는 종교를 기반으로 한 문파였기에 그 어떠한 것보다 교리에 따른 대의명분이 중요하기 때문이다.

천마의 이런 생각을 증명이라도 하는 듯 신전에 있는 이들이 장천을 바라보는 눈은 크게 달라져 있었다.

과거에는 갑자기 등장한 자가 자신의 윗자리를 차지한 것에 대한 시기심이나 불쾌함이 가득한 눈빛이라면 지금은 경외감을 가진 눈빛이었다.

'일이 좋지 않게 변하는군.'

"어르신, 무슨 언짢은 일이라도?"

"아니다."

우경 역시 장천이 이런 식으로 자신을 부각시키자 안색이 달라질 수밖에 없었다. 현재 홍련교에서 상위의 신분을 가진 세 사람, 즉 천마, 불괴대제, 우경은 모두 장천을 한시라도 빨리 처리해야 한다는 생각을 하게 되었다.

물론 이러한 생각은 율명 역시 하지 않은 것은 아니지만, 유문영이 열화의 계에서 벗어났을 때 교리에 입각하여 그의 직위를 확립시켜 주기 위해선 암영자의 존재가 반드시 필요하기 때문에 나설 수밖에 없었다.

시간은 점점 지나가고 드디어 열화의 계 의식이 진행되는 가마의 열기가 서서히 줄어들기 시작하니 의식을 진행하던 이는 가마의 입구를 막고 있던 돌을 부수기 시작했다.

장천은 과연 혈마의 기관진식이 성공했을까 조마조마할 수밖에 없었다.

서서히 가마의 열기가 빠져나가기 시작하자 잠시 후 신전에 있던 사람들은 크게 놀라 뒤로 넘어지고 말았다.

"헉!"

"유문영!"

놀랍게도 가마에서 온몸이 시뻘겋게 화상을 입은 채 피를 흘리고 있는 사람이 천천히 출구 쪽으로 걸음을 옮기고 있었기 때문이다.

바닥에는 피와 함께 짓물러진 살점들이 떨어져 있었고, 복부의 한쪽에선 내장이 새어 나오고 있는 모습이었다. 어떻게 사람이 이런 모습으로 움직일 수 있을까 의심이 갈 정도의 모습이었다.

"우웩!"

수많은 인간의 시체를 보았음에도 지금 나오는 이의 모습에 역겨움을 참지 못한 사람들은 바닥에 먹은 것을 토하고 있었으니, 장천 역시 목구멍에서 무엇인가가 넘어오는 듯했지만 그것을 참을 수밖에 없었다.

"성공이군."

그때 그의 옆에서 한 사람의 목소리가 들려왔으니 바로 혈마였다.

"저게 성공이라고?"

"후후후."

혈마는 자신의 기관진식이 성공했다고 말하지만 저 정도의 상처를 입고 살아 있는 것이 오히려 이상할 정도였다.

"살아 있다!"

"열화의 계에서 벗어났다!!"

하지만 일단 목숨을 건졌다고 하는 것은 열화의 계 의식에서, 신벌에서 벗어났다는 뜻이기에 사람들은 경악된 목소리로 웅성거리기 시작했고, 유문영의 부하였던 자들은 가마에서 벗어난 그를 치료하기 위해 달려갔다.

"어허, 그러면 안 되는데… 뭐 하는가? 빨리 멈추게 하지 않고!"

혈마는 유문영에게 달려가는 자들을 멈추게 하라 말했고, 장천은 경공을 사용해서는 한달음에 달려가 그들의 앞을 막아서며 소리쳤다.

"멈춰라!"

장천의 외침에 유문영에게로 달려가던 사람들은 모두 자리에서 멈춰 설 수밖에 없었다.

"본 교의 교리에 따라 유문영은 암영자가 맡도록 하겠다."

"그런!"

교주의 신분을 가진 자가 아니면 암영신군의 행동을 막을 수가 없기 때문에 유문영을 치료하기 위해 뛰어나갔던 사람들은 장천의 명령에 돌아설 수밖에 없었다.

유문영의 부하들이 물러서자 장천은 암영자들에게 유문영을 자신의 등에 업히게 한 후 신전을 빠져나갔다.

'이상한데…….'

유문영을 업고 나가던 장천은 그의 몸이 상당히 무겁다는 것을 깨달았다.

또 방금 전에는 몰랐지만, 키는 그리 많이 커지지 않았지만 그의 몸집이 변한 것 같은 느낌이 들었다. 하지만 상처를 치료하는 것이 우선이기 때문에 급히 총단의 의당으로 그를 옮겨갔다.

의당에는 이미 혈마가 몇 가지 준비를 하고는 기다리고 있었다.

"혈마!"

"일단 유문영을 이곳에 눕히도록 하게!"

그의 말에 장천은 유문영을 침상에 눕혔는데, 그가 눕자마자 혈마는 칼을 들어서 그의 몸을 째기 시작했다.

"무슨 짓입니까!!"

크게 놀란 장천은 혈마의 칼을 잡고는 소리쳤는데, 그는 고개를 내저으며 말했다.

"이런! 자네, 제갈유명의 방열구가 무엇으로 만들어진 줄 아는가?"

"무엇으로 만들어지다뇨?"

"제갈유명이 적에게 사로잡혔을 때 그 주위에는 십여 명의 호위 무사들 시체 외에는 아무것도 없었다네."

"…설마?"

"그래, 그가 만든 방열구는 바로 사람의 시체로 만들어진 것이네. 그러니 우리 혈교에서 우연히 그 비법을 입수할 수 있었다네."

혈마는 다시 칼을 들어 유문영의 몸을 째면서 말했다.

"당시 이 방열구의 비법을 입수한 이들은 놀라움을 감추지 못했는데, 제갈유명의 비법에 바탕이 된 것은 바로 강시술이었다네. 그가 기관진식에 뛰어난 것은 알고 있었지만, 설마 혈교의 자랑이라 할 수 있는 강시술마저 뛰어난 것은 충격일 수밖에 없었지."

"강시술……."

"강시는 일단 만들어지면 보통 살아 있는 인간의 몸보다 몇 배는 더 단단해지지. 물론 이런 이유로 체내의 모든 열을 빼앗기면 차갑게 변하는데, 거기에 다시 두세 가지 수법을 더한다면 강시의 피를 얼음보다 차갑게 만들 수 있다네."

"그런……."

혈마가 시체를 칼로 잘라내기 시작하자 서서히 갈라진 살 아래로 또 다른 옷이 드러나기 시작했다.

그가 서두르지 않고 그것을 둘러싸고 있는 살점을 칼로 떼어내기 시작하니 서서히 그 안에서 사람의 모습이 드러나기 시작했다. 그리고 얼마 지나지 않아 얼굴 부위의 모습이 완전히 드러나게 되었다.

"아!"

안쪽의 모습은 조용히 잠을 자고 있듯 누워 있는 유문영의 모습이라 장천은 자신도 모르게 탄성을 내지를 수밖에 없었다.

"일종의 강시술을 혼합하여 만든 방열구라고 할 수 있네. 방법이 사도라 하지만 효과는 최고라고 할 수 있지."

점점 드러나는 유문영의 모습을 보며 혈마는 자랑스럽게 말한 후 그의 몸을 둘러싸고 있는 살점들을 모두 제거했고, 한 시진 정도가 지나자 유문영이 완전히 그 모습을 드러내었다.

"그럼 처음 가마를 나온 것은?"

"물론 내가 강시를 조종해서 나오게 한 거지. 안쪽의 사람은 귀식대법으로 움직일 수 없으니 말이야."

"그렇군요."

장천은 혈마의 치밀함에 혀를 내두를 수밖에 없었다.

혈마는 유문영을 준비한 따뜻한 물에 집어넣어 씻기고는 다시 깨끗한 침상에 눕혀놓고 금침대법을 펼치기 시작했다.

"차가운 강시의 몸 안에 오랜 시간 누워 있었기 때문에 장기는 강시의 음기로 인해 크게 상한 상태이지. 그것을 금침대법을 통해서 해소시키며 양기를 계속 주입한다면 세 시진 안에는 정신을 차릴 수 있을 것이라 생각하네."

장천으로선 수십 년을 지하 감옥에 갇혀 있던 혈마가 어떻게 이런 많은 지식을 가지고 있는지 이해할 수가 없었다.

그가 알고 있는 혈마는 어린 시절에 지하 감옥에 갇혔기 때문이다.

"굉장하군요."

"후!"

장천의 놀란 표정에 재밌다는 듯 웃음을 지은 혈마는 손에 들린 금침을 빠른 손놀림으로 유문영의 요혈에 놓기 시작했고, 온몸 가득히 금침을 꽂자 장천을 보며 말했다.

　"자! 지금부터는 자네가 할 일이네. 화의 무공은 양강 계열의 무공 중 최고의 무공이니 이제부터 화의 기운을 천천히 불어넣도록 하게."

　"알겠습니다."

　"이 사람의 몸이 안정을 찾게 되면 내가 꽂아놓았던 금침은 서서히 빠져나올 것이니 마지막 금침이 빠질 때까지 화기를 불어넣는 것을 멈추면 안 되네."

　"예."

　혈마의 말대로 장천은 꾸준히 양강의 기운을 그의 몸에 불어넣었다. 시간이 지나자 서서히 그의 몸에 박혔던 금침이 빠져나오기 시작했고, 혈마가 말한 세 시진이 지나자 몸 가득히 꽂혀 있던 금침은 모두 빠져나왔다.

　"휴……."

　금침이 모두 빠져나오자 장천은 자리에 털썩 주저앉아 한숨을 내쉬었고, 혈마는 천천히 다가가 유문영의 혈도에 지법을 사용하여 타격을 주기 시작했다.

　"이번엔 또 무엇입니까?"

　"별거 아니네. 혈도에 타격을 주어 몸을 풀어주고 있는 것뿐이니까."

　혈마의 그런 작업은 또다시 한 시진 정도 계속되었다.

　"음… 이제 맥은 정상으로 돌아왔고 몸도 대충 풀린 것 같은데……."

타혈 작업을 끝낸 혈마는 멍하니 유문영의 나신을 바라보며 무엇인가를 생각하고 있는 듯이 보였다.

'중년 남자를 좋아하나 보군.'

물론 그런 것은 아니지만 한번 생각해 본 장천이었다.

"좋아! 자네, 뭐 하는가. 빙조부 어른 옷이라도 입혀 드려야지."

"아! 예."

혈마의 말에 그는 유문영의 옷을 입혀주기 시작했는데, 한참을 작업에 열중하던 장천은 무엇인가 이상하다는 생각이 들어 혈마를 돌아보며 말했다.

"잠깐만요. 제가 손녀 사위라는 것을 어떻게 알았죠? 분명 율명 어르신도 가르쳐 주지 않았을 텐데?"

"하하하하."

쑥스러운 듯 뒤통수를 긁던 혈마는 아무것도 아니라는 듯이 말했다.

"별거 아니네. 저번에 자네가 감옥에 찾아왔을 때 유체 이탈을 통해 잠시 엿들었던 것뿐이네."

"유체 이탈이오?"

"혈교는 홍련교와는 달리 주술이 많은 곳이네. 그중에 유체 이탈의 수법도 있는 것이 당연하지 않은가?"

"오오오!"

생각보다 능력이 많은 혈마를 보며 장천은 쭈그려 앉아서는 박수 치는 모습을 보여주었다.

"그나저나 이제부터는 어떻게 할 텐가?"

"열화의 계에서 빙조부 어른이 살아나셨으니 교리에 따라 무죄는 중

명된 셈. 하지만 현재의 상황에서 천마를 감당할 순 없으니 총단 밖으로 피신시킬 생각입니다."

"그것이 좋을 것 같군."

장천이 혈마와 이야기를 나누고 있을 때, 유문영의 입에서 신음 소리가 들려왔다.

"으음……."

"어이, 자네 빙조부가 정신이 드는가 보군."

"예?'

혈마의 말에 장천은 자리에서 벌떡 일어나서 유문영에게 가니 그는 천천히 눈을 뜨기 시작했다.

"으음… 여긴?'

"빙조부 어른, 정신이 드십니까?'

"자넨… 아, 손녀 사위로군."

유문영은 천천히 자리에서 일어나서는 주위를 돌아보았다.

"여긴 어딘가?'

"의당입니다."

"음… 자네의 말에 따라 기름종이에 싸여진 물건에 들어가 귀식대법을 펼친 이후부터는 아무런 기억도 나지 않는군."

혈마는 제갈유명의 방열구를 기름종이로 싸 미리 가마 안에 넣어 두고 있었고, 유문영은 그것이 강시인 줄 알지 못하고 들어가 귀식대법을 펼친 것이다.

"축하드립니다. 빙조부 어른께선 열화의 계에서 살아 돌아오셨습니다."

"열화의 계를?"

"예."

유문영은 자신이 열화의 계에서 살아 돌아왔다는 것이 도저히 믿기지 않는 표정이었다.

자신의 손녀 사위가 안으로 들어가기 전 미리 준비되었던 물건 안으로 들어가 귀식대법을 펼치라는 전음을 보냈기에 지푸라기라도 잡는 심정으로 그의 말에 따른 것인데, 이렇게 열화의 계에서 살아남아 돌아오니 정신을 차릴 수가 없었다.

며칠 후, 유문영이 어느 정도 기력을 되찾자 장천은 이후의 일을 생각하며 혈마와 이야기를 나누고 있었는데, 그때 혈마가 미간을 찌푸리며 말했다.

"이런, 적의를 가진 이들이 이곳으로 오는군."

"예?"

하지만 혈마는 장천에게 더 이상 말을 하지 않고 유령처럼 사라져 버렸기에 장천은 당황할 수밖에 없었다. 이윽고 외부에서 많은 이들의 인기척이 느껴져 왔다.

쿠구궁!

"누구냐!!"

"무림의 공적 혈비도 무랑을 잡아라!"

갑자기 문을 박차고 들어선 무사들은 장천을 보며 소리치고는 그의 주위를 감싸기 시작했다.

"혈비도 무랑……."

아직 혈비도 무랑이란 이름이 얼마나 위험한 것인지 알지 못하는 장천은 자신의 주위를 감싸고 있는 천마의 무사들을 보고 콧방귀를 뀌며 말했다.

"내가 혈비도 무랑이라니, 그게 무슨 말이지?"

"당신이 구시독인을 죽일 때 사용한 무공은 혈비도 무랑의 비도술임이 확실하거늘 발뺌을 하려 하느냐!"

무사들의 말에 장천은 허리에 차고 있던 화룡신도를 뽑아서는 말했다.

"흥! 천마가 나를 쫓아내기 위해 쓴 술수임을 아는데 변명은 필요없겠지!"

그 말이 끝남과 동시에 장천이 문 쪽으로 몸을 날려 도를 휘두르자 순식간에 서너 명의 허리가 잘려 나가서는 바닥에 나둥그러졌다.

"너희들 정도의 무공으로 본 암영신군을 상대할 수 있다 생각했느냐?"

"큭!"

무공의 수준이 너무나 크게 차이가 나는지라 천마의 무사들은 감히 그에게 접근하지 못하고 주위만을 감쌀 뿐이었다.

장천은 겁을 먹고 있는 무사들 사이를 휘저으며 순식간에 자신을 둘러싸고 있던 천마의 부하들을 모두 처리할 수 있었다.

하지만 이들을 처리한 장천은 조금 이상한 생각도 들었는데, 이런 소란이 일어났음에도 암영자들이 한 사람도 모습을 보이지 않고 있다는 것이었다.

그런 생각에 장천은 혹시나 암영자들이 적과 대치 중이 아닐까 하는 생각에 정신을 집중하여 다른 이들의 기운을 느끼려 했고, 그 순간 주위가 극도로 고요하다는 것을 깨달을 수 있었다.

"차압!"

경공을 사용하여 장천은 거처에서 빠져나와 담을 넘어 밖으로 몸을 날렸고, 그곳에 많은 수의 암영자들이 죽임을 당해 있는 것을 볼 수 있었다.

'암영자들이……!'

암영자들은 총단 무사들의 실력 중에서도 상위에 속한 자들. 이런 자들을 자신이 눈치 채지도 못하게 죽일 수 있는 자들은 교 내에서 최상위에 속한 인물들뿐이었다.

"젠장!"

유문영의 일 때문에 교의 일에 신경 쓰지 않는 틈을 타 천마가 한 발 먼저 손을 썼다는 것을 깨달은 장천은 분노가 치솟아오를 수밖에 없었다.

슈슈슉!

그때 자신의 머리 위로 공기를 가르는 음이 들려오자 장천은 크게 놀라서는 뒤로 몸을 날렸다.

쿠구궁!

엄청난 강기가 그가 서 있던 곳의 땅을 파헤쳤다. 장천이 공격이 날아온 방향을 쳐다보자 익숙한 얼굴의 주인공이 미소 짓고 있는 것이 보였다.

"불괴대제!"

"허허허. 역시 이 정도의 수법으로는 처리할 수가 없는 녀석이군."

"저래 뵈도 저와 수십 초를 겨루었던 상대이니까요."

그의 말에 대답이라도 하는 듯 수풀의 한쪽에서 남자의 목소리가 들려오니 장천은 그것이 만근퇴 우경의 목소리라는 것을 알 수 있었다.

"두 분께서 애먹을 상대라니 놀랍군요."

"천마!"

천마의 모습까지 이곳에 드러나자 장천으로선 크게 당황할 수밖에 없었다.

화룡신도를 손에 넣은 장천이기에 만근퇴 우경과 싸워도 이번에는 어이없이 패배하지 않으리라 자신했지만, 천마와 불괴대제까지 가세한다면 십 초도 버틸 수 없다는 것은 자명한 일이었다.

"크으윽."

장천으로선 이들이 암영자들을 처리하고 이제는 자신을 해하려 한다는 사실에 이를 갈 수밖에 없었다.

"설마 네 녀석이 혈비도 무량일 줄은 생각지도 못했구나."

"누가 혈비도 무량이라는 건가!"

불괴대제가 장천을 보며 놀랍다는 듯이 말하니 장천은 혈비도 무량으로 몰아가는 그들을 향해 소리를 지를 수밖에 없었다.

"네 녀석의 비도술. 그것이 혈비도 무량임을 증명하지 않는가?"

"크윽!"

세 사람이 점점 자신에게 가까이 다가오자 장천은 등에서 식은땀이 흘렀다. 그때 어디선가 검은색의 불길이 날아오더니 세 사람의 앞에서 크게 불타올랐다.

"누구냐!"

천마들은 크게 놀라 불길이 날아온 방향을 보며 소리쳤는데, 전각의 담장 위에서 한 남자가 차를 음미하고 있었으니 바로 혈마였다.

"음… 수십 년 만에 마시는 차라서 도저히 입에서 뗄 수가 없군."

"네 녀석은?!"

불괴대제와 우경은 부하들에게서 수옥에서 나온 혈교의 인물에 대해 들어본 적이 있는지라 그가 혈마라는 것을 알 수 있었다.

"후후후. 저의 생명의 은인을 당신의 더러운 야욕에 희생되게 만들 수는 없지요. 안 그렇습니까, 천마… 아니, 아버지?"

"……."

"아버지?"

장천은 혈마가 천마를 아버지라고 부르는지라 크게 놀라지 않을 수 없었다.

천마는 한참 그를 쳐다보고 있다가 천천히 입을 열었다.

"무엇을 원하느냐?"

"원하는 것이라… 음, 별로 없군요. 어머니를 다시 살려내라고 할 수도 없으니 말입니다."

"……."

"도대체 무슨… 아버지라니?"

장천의 물음에 혈마는 담장 아래로 내려와서는 말했다.

"혈교가 멸문된 것은 천마가 교주의 좌에 오른 후 얼마 되지 않아서였지. 조금 이상하지 않은가? 홍련교의 전성기에도 버티어냈던 혈교가 구시독인과 중립파, 그리고 천마 이렇게 세 개의 세력으로 교가 분리되어 홍련교가 개교 이래 가장 힘이 약한 시점에 붕괴되다니 말이야."

"음."

생각해 보니 그의 말이 틀리지 않는지라 장천은 고개를 끄덕였다.

"당시 혈교의 교주였던 뇌력신군에게는 한 명의 딸이 있었지. 한월이라는 이름의 여인이 말이야."

"……."

"빌어먹게도 그 여인은 교를 빠져나간 지 얼마 지나지 않아 더러운 자에 의해 몸이 더럽혀지게 되었지. 바로 네 앞에 서 있는 천마라는 녀석에게 말이야."

"아!"

"여인의 정을 이용하여 그녀를 속이고 혈교의 수뇌부들을 모두 중독시키고, 그로 인하여 혈교는 제대로 된 반항도 하지 못한 채 천마와 구시독인에 의해 붕괴되고 말았다. 뭐… 거기까지는 이해할 수도 있다지만, 녀석은 자신의 스승의 딸과 성혼하여 입지를 강화하기 위해 한월이란 이름의 여인을 잔인하게 죽였다. 그리고 자신의 아이를 수옥에 가두어 버렸지."

"아!"

장천은 설마 혈마와 천마 사이에 그런 일이 있었으리라고는 생각지도 못한지라 놀라지 않을 수 없었다.

"다행히 뇌력신군이 죽기 전 대법을 통하여 나의 몸속에 들어왔고, 난 조부의 혼을 통해 혈교의 무공과 지식을 수옥 안에서 익힐 수 있었다. 조부의 도움으로 간신히 썩어가는 몸이 제자리를 찾기는 했지만, 어머니를 죽이고 자식을 사지로 보낸 천마라는 자로 인하여 마음은 점차 썩어갈 수밖에 없었지."

"……."

"분노로 인하여 몸이 망가져 가 죽음에 닿을 무렵 그런 나를 구해준 사람이 바로 추노였다."

장천은 그의 이야기에서 추노의 이름이 나오자 잠시 사색에 잠겼다.

"후후후. 옛날이야기나 늘어놓고 있을 자리는 아니라고 생각하는데?"

혈마의 말을 막은 사람은 불괴대제였다.

"이 자리에서 네 녀석이 누구의 아들인지는 중요하지 않다. 단도직입적으로 말하지. 우리의 일을 방해할 생각인가?"

불괴대제가 미소를 띠며 말하자 혈마 역시 그의 미소에 답하며 말했다.

"물론. 적어도 가증스러운 자에게 은인을 넘겨줄 수는 없으니까."

"그럼 죽어라!"

그 말과 함께 불괴대제는 두 손에 내공을 돋워서는 혈마를 향해 장풍을 날렸다.

쿠구궁!

이미 주화입마의 영향에서 완전히 벗어난 불괴대제는 예전의 무공을 모두 되찾은 상태, 엄청난 기세의 장풍이 뻗어왔지만, 혈마는 간단히 장풍을 피하면서 흑마검을 꺼내 들었다.

"시작이로군!"

우경은 불괴대제가 적에게 선공을 가하자 가볍게 발을 구르더니 장천을 향해 빠른 속도로 쇄도해 들어왔고, 장천 역시 어느 정도 예상하고 있었던지라 화룡신도에 내공을 돋워 그의 공격을 받아쳤다.

쿠구궁!

이곳에 모인 다섯 사람은 현재 홍련교의 무공 서열로 치면 최상위의 인물들인지라 한 번의 초식에도 사방의 건물이 크게 부서져 나갈 정도였다.

"암영신군! 천마의 천마패를 조심해라!"

"천마패!"

천마패는 십대신병의 서열 3위에 들어 있는 무기로, 길이는 1척 정도에 불과하지만 내공을 주입하면 봉으로 변하는 무기였다.

"차압!!"

아니나 다를까, 천마가 드디어 몸을 움직였는데 다행히 천마패를 사용하지 않고 장을 이용하여 장천을 공격하기 시작했다.

"천마뇌살장(天魔雷殺掌)!"

"낙뇌신각(落雷神脚)!"

한 사람 상대하기도 버거운 현실에서 천마와 우경이 협공을 가하자 장천으로선 크게 당황할 수밖에 없었지만, 그나마 다행인 것은 두 사람의 기세가 너무 강하여 무공을 사용할 때 서로의 힘이 상충되어 제대로 된 협공이 이루어지고 있지 않은 것이었다.

"홍염만화!"

화룡신도를 사용하여 주위를 뜨거운 불길로 가득 채워 잠시 시간을 번 장천은 뒤로 몸을 날려 다음 대책을 생각했다.

'시간문제로군!'

세 명의 초고수를 상대로 승리를 거둔다는 것은 조금 어려운 일이라 고민이 될 수밖에 없었다.

물론 침상에 누워 있는 유문영이 도와준다면 가능성도 있겠지만, 현재 그의 몸 상태로 보면 도움을 얻기에는 조금 어려웠기에 혈마와 둘이서 이들을 상대해야만 했다.

"만귀탈명(萬鬼奪命)!"

"혈영쌍참(血影雙斬)!"

혈마와 불괴대제의 싸움은 무공 면에선 혈마가 한 수 위였지만, 경험이 크게 뒤처지고 있어 다소 밀리는 양상이었다.

하지만 시간이 지나면서 혈마는 점차 안정감을 보이고 있어 승패는 쉽게 나지 않을지라도 마지막에는 충분히 승리할 수 있을 것처럼 보였다.

그에 반해 천마와 우경을 동시에 상대하고 있는 장천은 혈마와는 달리 불안한 모습을 보이고 있었다.

홍염만화로 잠시 시간을 벌었지만 천마와 우경을 상대로 승기를 잡기는 불가능한 일이었다.

"차압!"

우경의 일각을 간신히 피하기는 했지만 천마의 강공이 뒤이어 밀려왔고, 그것을 피하면 또다시 우경의 공격이 밀려오는 악순환이 계속 되풀이되고 있어 정신없이 몸을 피하는 데 급급했다.

'젠장!'

두 사람의 공격을 피한 장천은 왼손을 품에 넣어 비도를 잡고는 천마의 아랫도리를 향해 집어 던졌다.

"회선비도(回線飛刀) 승(乘)!"

장천의 손에서 비도가 던져지자 천마는 크게 놀라 위로 몸을 날렸는데, 그것이 바로 장천이 노리고 있던 것이다.

회선비도는 곡선의 형태를 그리며 날아가는 비도문의 초식이기에 아래로 향하던 비도는 곡선을 그리며 솟아올랐고, 그대로 천마의 정수리를 향해 날아갔다.

"큭!"

아직 장천의 비도술은 그렇게 뛰어난 경지가 아니라 회선비도의 경우에는 직선비도보다 속도가 떨어졌기에 천마는 고개를 젖혀 간신히 정수리에 비도가 꽂히는 것을 면할 수 있었다.

하지만 이마에 하나의 혈선이 그어졌으니 얼굴로 흐르는 핏줄기를 느낀 그의 등에서 식은땀이 흘렀다.

'이것이 혈비도 무랑의 수법인가!'

천마 역시 장천이 혈비도 무랑이 아니라는 것은 알고 있었지만, 그에게 비도술을 배운 제자라 생각하고 있었다.

혈비도 무랑의 명성을 생각한다면 아직 장천의 비도술이 극성에 이르지 않음을 알 수 있었지만, 극성에도 이르지 않은 비도술이 이 정도의 위력을 내는 것을 보면 결코 살려두어서는 안 된다는 것을 다시 한 번 생각하게 되었다.

"천마! 비도술을 조심하시오! 녀석의 비도술은 방향을 예측할 수가 없으니 피하는 것보다 차라리 병기로 쳐내는 것이 좋을 것이오!"

우경은 장천의 비도술을 경험한 적이 있는지라 그에게 충고를 건넸고, 천마는 품에서 천마패를 꺼내어 들었다.

'젠장!'

비도술 하나로 천마가 천마패를 꺼내어 들게 만든 장천으로선 상황이 더 악화되었는지라 욕을 할 수밖에 없었다.

차라리 비도술을 사용하지 않은 편이 좋았을 것이란 생각을 했지만, 이미 때는 지나갔으니 그로선 천마패를 상대할 방법을 생각할 수밖에 없었다.

한편 이들의 싸움을 지켜보고 있는 두 인물이 있었다. 그들은 장천이 머물고 있던 전각의 지붕 위에서 아무 말 없이 다섯 사람의 싸움을 바라보고 있었다.

"저 아이의 비도술도 이제 어느 정도의 경지에 이른 것 같군."

"그렇군요. 하지만 문주의 직전 되는 구결을 배우지 않는 한 저 이상은 발전하기 어려울 것입니다."

거지노인의 말에 중년 남자는 고개를 끄덕이고는 말했다.

"어찌할 텐가? 저렇게 가다가는 천마와 만근퇴라 불리는 자에게 당할 것 같은데?"

"그것이 운명이라면."

"차갑군."

그의 말에 고개를 저으며 한숨을 내쉬는 거지노인이었다.

"큭!"

천마가 천마패를 꺼내어 공격을 시작하자 장천은 밀리기 시작했고, 얼마 지나지 않아 왼쪽 어깨를 천마패에 가격당해 나가떨어지게 되었다.

"젠장!"

상당한 공력이 실린 일격인지라 장천의 왼쪽 어깨뼈는 부러져 버렸고, 그 때문에 비도술을 사용하는 것은 어려운 형편이었다.

천마의 입에선 살기 어린 미소가 흐르고 있었지만, 우경의 표정은 그리 밝지 않았다.

'간계에 능한 천마나 불괴대제보다는 그래도 무인 같은 성정을 지닌 우경의 손에 죽는 것이 억울하지는 않겠군.'

이젠 더 이상 버틸 수 없다는 생각에 마지막 일격을 준비하고 있었는데, 그때 한쪽에서 빠른 속도로 일단의 무사들이 뛰어오는 것이 보였다.

"율명 어른!"

그 선두에 선 자가 바로 율명이기에 장천은 크게 소리쳤고, 그들이 나타나자 천마는 미간을 찌푸릴 수밖에 없었다.

"벌써 돌아왔는가."

천마로서도 암영자들을 빠른 시간 안에 모두 처리하는 것은 불가능한지라 그들을 외부로 유인하여 시간을 벌었던 것인데, 생각보다 그들이 빨리 모습을 드러내자 당황할 수밖에 없었다.

"암영신군은 내가 맡겠소!"

우경의 말에 천마는 고개를 끄덕이고는 암영자들을 향해 몸을 날렸고, 우경은 왼쪽 어깨를 늘어뜨리고 있는 장천에게 다가가면서 말했다.

"유감이군. 자네를 내 손으로 없애야 한다니 말이야."

"아직 한 팔이 남아 있으니 쉽게 끝나지는 않을 것입니다."

"그래야지. 매아가 사모했던 아이니까!"

그 말과 함께 우경은 각공을 사용하여 장천을 압박해 들어가기 시작했고, 장천은 한 손으로 화룡신도를 휘두르며 그의 공격에 대응해

갔다.

하지만 한쪽 팔이 부러짐으로써 그의 움직임은 자연히 느려졌고, 내공 역시 급격하게 떨어졌는지라 얼마 지나지 않아 우경의 일각에 복부를 강타당하고는 담벼락에 몸이 처박히고 말았다.

"큭!"

큰 내상을 입은 몸에선 피가 솟구쳐 올라오는지라 입에서 피를 쏟은 장천은 이제 팔을 움직일 힘조차 없었다.

장천에게 천천히 다가선 우경은 안타까운 표정을 지으며 말했다.

"이제 끝내야겠군."

"…매아에게 미안하다고 전해주십시오."

"알겠네!"

그 말과 함께 우경은 오른발을 들어 그대로 장천의 정수리를 향해 뒤꿈치를 내리꽂았다.

슈우욱!

하지만 그의 공격은 성공하지 못했으니, 치켜든 오른쪽 허벅지에 한 자루의 비도가 틀어박혔기 때문이다.

"끄윽."

갑작스러운 공격을 피하지 못한 우경은 그 자리에서 주저앉고 말았고, 장천이 틀어박힌 담장 위로 정체를 알 수 없는 복면의 무사가 모습을 드러내었다.

"누구냐!"

우경이 자신을 공격한 남자를 보며 소리치자 복면인은 품에서 여덟 자루의 비도를 꺼내고는 조용히 말했다.

"혈비도 무랑이라 하네."

"헉!"

그의 입에서 무림에선 금기시되어 있는 이름이 튀어나오자 우경은 크게 놀라 뒤로 자빠질 뻔했다.

"크윽… 혈비도 무랑?"

장천은 혈비도 무랑이라는 말에 고개를 들어서는 그를 쳐다보려 했지만, 몸을 움직일 힘조차 없었기에 그 자리에서 혼절하고 말았다.

"혈비도 무랑?"

갑자기 튀어나온 의문의 남자가 혈비도 무랑이라는 것이 밝혀지자 지금까지 싸우고 있던 사람들은 모두 자세를 멈출 수밖에 없었다. 그의 악명은 무림에서 모르는 자가 없었기 때문이다.

'젠장! 혈비도 무랑이 직접 모습을 나타낼 줄이야!'

천마로선 혈비도 무랑의 출현에 간담이 써늘할 수밖에 없었다.

아직 그가 진짜라고는 밝혀지지 않았지만, 진짜 혈비도 무랑이라면 지금 이곳에 있는 자들 중에 살아서 돌아갈 사람은 아무도 없다는 것을 알고 있었기 때문이다.

무림인들은 밝히지는 않고 있었지만, 무림의 천하제일고수가 혈비도 무랑이라는 것은 모두 인정하고 있는 사실이니 그의 앞에서는 어떠한 이도 그가 시전하는 첫 초식을 피하지 못했다.

"혈마라 했는가?"

복면인은 천천히 불괴대제와 싸우고 있던 혈마를 보며 말했고, 그의 목소리에서 느껴지는 강한 기운에 혈마는 자신도 모르게 존대를 하며 답했다.

"그렇습니다."

"이 아이를 데리고 이곳을 벗어나게."

"알겠습니다."

혈마는 혈비도 무랑의 말에 고개를 끄덕이며 대답하고는 혼절한 장천을 등에 업고 몸을 날렸다.

"젠장! 녀석은 꼬마 녀석이 만들어놓은 가짜라고!"

불괴대제는 장천과 혈마를 놓치자 화가 나서 소리쳤는데, 그 순간 한줄기 섬광이 뻗어 나와 그의 어깨를 꿰뚫었다.

"끄악!"

비도에 부상을 입은 불괴대제는 고통스러운 비명을 내지르며 쓰러졌고, 그 순간 혈비도 무랑의 차가운 목소리가 그의 귀로 들려왔다.

"아직 그 아이를 위해 네 녀석의 존재는 필요하니 목숨은 살려주도록 하지."

"크윽!"

불괴대제는 그에게 욕을 하고 싶었지만, 바보같이 목숨을 버릴 수는 없다는 생각에 입을 다물 수밖에 없었다.

"율명이라 했는가?"

"그렇습니다."

"암영자들을 데리고 아이의 뒤를 따르도록 하거라."

"예."

무랑의 말에 그가 남아 있는 암영자들을 데리고 경공을 사용하여 벗어나니 무랑은 천천히 몸을 날려 전각 안으로 들어가 유문영을 어깨에 짊어지고는 사라졌다.

"헉헉……."

곁에 있던 탓에 혈비도 무랑의 가공할 기운을 가까이에서 경험한 우경은 크게 숨을 몰아쉴 수밖에 없었다.

"혈비도 무랑……."

우경이 소문으로만 듣던 혈비도 무랑이란 존재의 두려움을 처음으로 깨닫는 순간이었다.

제32장
습격당한 쌍도문

　장천들이 혈비도 무랑과 함께 사라진 후 교세는 완전히 천마의 손으로 넘어가고 불괴대제와 만근퇴 우경은 태상장로의 신분을 얻게 되었다.

　하지만 태상장로의 직위를 얻은 후에도 불괴대제만은 성격이 날로 포악해지고 있었으니 바로 혈비도 무랑의 비도술에 당한 상처 때문이었다.

　"크아악!"

　"대제시여!!"

　"으드득… 혈비도 무랑! 혈비도 무랑!!"

　오른쪽 어깨에 비도술로 입은 상처의 고통과 분노로 인해 광인이 되어가고 있는 듯했다.

"할아버지."

불괴대제의 손자인 마운성은 조부의 모습을 보며 한숨을 내쉴 수밖에 없었다.

"도련님, 이제 그만 돌아가셔서 쉬심이……."

"되었다. 조부께서 고통스러워하심을 보고 어찌 편히 쉴 수 있겠느냐?"

"……."

마운성이 부하의 말을 자른 후 조부인 불괴대제에게 다가가서는 그의 몸을 감싸 안았다. 손자가 자신을 안자 그의 발작도 가라앉기 시작했다.

"혈비도… 혈비도……."

마운성으로선 도대체 혈비도란 자가 누구이기에 자신만만하고 당당했던 조부에게 분노와 공포를 안겨다 주었는지 궁금하지 않을 수 없었다.

"여명, 혈비도 무랑이란 자는 누구인가?"

마운성의 말에 그의 부관인 여명은 고개를 숙이며 말했다.

"혈비도 무랑은 전 무림의 제일공적으로 실질적인 무림의 천하제일 고수입니다. 물론 허세만 가득한 무림인들은 제일공적에게 천하제일의 이름을 붙이기를 꺼려하지만, 이미 그의 손에 죽은 자가 수천에 이른다 합니다. 그리고 그의 손에 죽은 자치고 강호에서 명성을 떨치지 않은 자가 없다고 하니 세상에 누가 그를 상대할 수 있겠습니까."

"으음……."

마운성은 평생을 불괴곡에서 살아왔던지라 혈비도 무랑에 대해선 자세히는 모르지만 조부인 불괴대제를 한 수에 쓰러뜨렸다는 걸 들었을 때는 경악을 금치 못했다. 그 자신이 알고 있는 조부의 무공은 강호에서도 대적할 자가 그리 많지 않았기 때문이다.

그 때문에 마운성으로선 혈비도 무랑의 무공이 어느 정도인지 감조차 잡히지 않았다.

"사부가 혈비도 무랑의 제자였을 줄은 정말 몰랐어."

이미 화룡대주가 혈비도 무랑의 제자였다는 사실이 총단 전체에 퍼진 것은 오래인지라 그 역시 잠시 사라져 간 사부에 대해서 생각해 보았다.

"천마 쪽 반응은 어떻던가?"

"아무래도 화룡대주님의 사문인 쌍도문이란 곳에 손을 쓸 생각인가 봅니다."

"쌍도문을?"

"예. 그를 찾기보다는 스스로 찾아오는 것을 선택했다고나 할까요? 아무튼 화룡대주도 사문이 멸문의 위기에 닥친다면 가만히 보고만 있지는 않을 것이라 생각한 모양입니다."

"음."

장천의 스승인 혈비도 무랑이 조부를 이렇게 만들었다고는 하지만 마운성에게 장천은 새로운 길을 찾아준 스승, 그의 사문이 무너지게 가만히 앉아 있을 수만은 없었다.

"사람을 시켜 쌍도문에 천마의 계획을 알리도록 해라."

"하지만……."

"화룡대주는 우리 모두의 은인이다. 강호의 무인에게 은원이 무엇보다 중요한 것임을 아는 사람이 그것을 외면할 생각인가?"

"…알겠습니다."

마운성이나 그의 부관 모두가 장천이 불러온 견즉사의에 의해 목숨을 구한 사람이기에 장천에 대해서는 악의가 없는 사람들이었다.

"소교주 문성님에게선 연락이 왔는가?"

"아직……."

"문성님 역시 화룡대주에게 은혜를 입었으니 우리와 뜻이 같을 것이다. 최대한 빨리 그쪽의 의향을 알아보도록 해라."

"예."

마운성으로선 천마나 우경, 불괴대제들의 행동이 마음에 들지 않을 수밖에 없었다.

'이렇게 되면 천마가 조부나 우경을 배신할 날도 얼마 남지 않았다. 가장 위험한 것은 조부께서 병상에 누워 있어 힘이 약화된 우리 쪽이겠지.'

불괴대제가 병상에 누워 있는 만큼 천마가 가장 먼저 손을 쓸 사람이 자신들이라는 것을 알고 있기에 불안할 수밖에 없었다.

한편 혈비도 무량의 도움으로 총단을 벗어난 장천 일행은 인적이 없는 숲의 동굴에 숨어 있었다.

그들을 이곳까지 데리고 왔던 혈비도 무량은 아무런 말도 없이 사라졌기에 동굴에는 장천과 그 일행만이 남아 있을 뿐이었다.

장천이 우경에 의해 큰 상처를 입은 상태였기에 움직이는 것은 조금 어려운 형편이었다.

"혈마, 아이를 치료할 수 있겠소?"

"다행히 아이의 내공이 높아 우경의 공격에 약간이나마 호신강기가 발현되었소. 금침대법을 통해 내상을 치유한다면 한 달 정도의 시간이면 완치될 것이라 생각하오이다."

"다행이오."

귀대인 율명은 혈마의 말에 안도의 한숨을 내쉬었다.

"그나저나 귀대인께선 어찌하실 생각이오?"

"일단 암영신군의 몸이 완쾌되기를 기다렸다가 호남으로 가볼 생각이오."

"호남이라……."

혈마는 그의 말에 한참을 생각에 잠겨 있다가 말했다.

"혈교와 손을 잡지 않겠소?"

"혈교?"

율명은 혈교가 멸문당했다고 알고 있었기에 그의 말에 되물어볼 수밖에 없었다.

"물론 혈교는 멸문당했지만 혈교의 세력이 완전히 사라진 것은 아니오."

"음."

과거 혈교의 성세를 생각한다면 그의 말이 틀리지는 않을 것이라 율명은 고개를 끄덕이며 말했다.

"알겠소이다."

이렇게 해서 혈마는 귀대인 율명과 손을 잡게 되었다.

이들이 마교를 벗어난 지 얼마 되지 않아 천마는 혈비도 무랑이 홍련교의 총단에 나타났다는 것과 함께 쌍도문이 혈비도 무랑과 손을 잡고 무림을 기만한다는 소문을 퍼뜨렸다.

물론 쌍도문을 알고 있는 사람들은 그런 소문이 거짓이라는 것은 알고 있었지만, 문제는 구파의 하나인 청성파였다.

쌍도문의 세가 점점 커지자 구파일방 중 가장 말석에 있던 청성파는 구파에서 밀려나고 쌍도문이 새로운 구파의 자리에 오를 것이라는 말이 있었기 때문이다.

거기에다 독문의 일로 청성파의 장문인이 독에 중독되어 세력이 더욱 약해진지라 청성파로선 쌍도문에 구파의 자리를 빼앗길까 안절부절못하였고, 그런 때에 쌍도문과 혈비도 무랑이 손을 잡았다는 소문이 들려오게 된 것이다.

"혈비도 무랑과 쌍도문이 손을 잡았다라……."

현 청성파의 문주인 청검 진인 형천의 수제자이자 현 청성파의 제일검수인 궁명은 사제들의 말에 잠시 생각에 잠겼다.

스승이 독에 중독되면서 청성파와 연결되어 있던 외부 인사들과의 접촉이 잦아든 지금, 다시 청성의 성세를 되찾기 위해 사방으로 돌아다니고 있던 그였기에 혈비도 무랑과 쌍도문에 관한 소문은 솔깃할 수밖에 없었다.

"이 기회에 쌍도문을 쓸어버리는 것이 어떻습니까? 정파도 사파도 아닌 색을 가진 녀석들이 구파일방의 자리를 넘보는 것이 예전부터 마음에 들지 않았는데 말입니다."

궁명의 사제인 성천이 열을 내며 사형에게 말하였다.

"하지만 쌍도문은 공동파는 물론 무당과 개방, 심지어는 관에까지 연줄이 있는 문파입니다. 섣불리 손을 댔다가는 저희들 쪽에 오히려 그 화가 밀려올 것입니다."

성천의 말에 다른 사제가 반박하고 나서니 그 역시 그것을 아는지라 입을 다물 수밖에 없었다.

"정파의 문파를 이용할 수 없다면 다른 곳을 찾으면 되지 않겠느냐?"

"다른 곳이라뇨?"

"대사련을 이용하도록 하자꾸나."

"아!"

"사파의 연맹이라는 대사련은 쌍도문 때문에 감숙과 사천 쪽의 사파에게 지지를 받지 못하고 있는 형편이니, 그들을 이용하여 쌍도문을 친다면 아무런 문제가 없을 것이다."

"하지만 어떻게 그들을……."

"작은 불씨 하나로도 능히 태산을 태워 버릴 수 있다는 것을 왜 모르느냐?"

궁명의 말에 성천은 무엇인가 깨닫는 것이 있었던지 손뼉을 치며 말했다.

"알겠습니다, 대사형!"

"알아들었으면 되었다. 중원에서 쌍도문을 몰아내도록 하자꾸나."

"예."

청성이 이러한 움직임을 보이고 있을 때 중원의 남쪽에 위치한 광서성에서도 사파의 연합체인 대사련이 비슷한 움직임을 보이고 있었다.

계림에 위치한 대사련의 총단, 총단의 중앙에 위치하여 련주가 거처하고 있는 만사전(萬邪殿)에선 현 대사련의 련주인 유일랑과 부련주 양진이 오붓하게 용정차를 즐기며 담소를 나누고 있었다.

"듣자 하니 혈비도 무랑과 쌍도문이 손을 잡았다고 하더이다."

"혈비도 무랑과 쌍도문? 헛소문이로군."

양진의 말에 유일랑은 코웃음을 치며 말했으니 최근 들어 크게 이름을 떨치고 있는 쌍도문이 무림의 공적으로 알려져 있는 무랑과 손잡을 이유가 없었기 때문이다.

"하지만 명분은 서지 않겠습니까?"

"명분이라… 대사련의 이름으로 쌍도문을 쳤다 관과 마찰이 있을 것은 뻔할 터인데, 무엇 하러 그리 위험한 일을 자처하겠느냐?"

"음……."

련주의 말이 틀리지 않은지라 양진은 고개를 끄덕일 수밖에 없었는데, 그렇다고 해도 쌍도문이란 존재를 없애 버리고 싶은 마음이 사라진 것은 아니었다. 그들만 아니라면 감숙과 사천 쪽의 사파들을 대거 대사련으로 끌어들일 수 있기 때문이다.

"그렇다면 정사마로 이루어진 토벌대를 조직하심이 어떻겠습니까?"

"토벌대?"

"예. 혈비도 무랑이 마교의 총단에 침입하여 소란을 피웠다 하니 그들을 끌어들여 혈비도 무랑의 토벌을 빌미로 쌍도문을 치는 것입니다."

"아서라. 잘못하다간 능구렁이 같은 천마에게 덜미를 잡힐 수도 있을 것이다."

유일랑은 천마가 얼마나 간계에 능한 자인가를 잘 알고 있었다.

"그렇다면 이런 방법은 어떻습니까?"

"이런 방법이라면?"

"혈비도 무랑으로 위장하여 타 문파들을 휘저어놓는 것입니다. 그들 역시 혈비도 무랑과 쌍도문에 관한 소문을 들었을 터이니 잘만 부추긴다면 손을 쓰지도 않고 쌍도문을 멸문시키는 게 가능하리라 생각합니다."

양진의 말에 조용히 차를 음미하던 유일랑은 찻잔을 내려놓고는 미소를 지으며 말했다.

"비도술에 능한 자들을 소집하도록 하여라."

"련주!"

"그동안 정파와 마교에 눌려 대사련이 너무 조용했어. 이제 일어설 때가 되었지. 거기에다 멋지지 않나? 정사마의 연합이 모여 복면을 쓰고 감숙성의 이름난 문파를 하루아침에 멸문시킨다. 아! 마치 한 편의 소설과도 같은 이야기가 되겠군."

"련주, 옳으신 판단이십니다."

"후후후. 그건 그렇고, 보통 이런 이야기의 마지막은 멸문을 당한 가문의 자손이 복수를 하던데 말이야?"

"말이 씨가 된다 합니다. 어찌 그런 말씀을……."

"후후후, 받은 것이 있으면 그만큼 돌려주어야 하는 것이 인지상정. 까짓거 대사련을 해체시키면 그만 아니냐."

"련주!"

"하하하, 농담이다. 아무튼 흥미로운 이야깃거리임에는 틀림없구나. 너에게 모든 것을 일임할 터이니 정사의 문파들을 돌아다니며 재주껏 휘저어보도록 하거라."

"알겠습니다."

마교와 정파에 눌려 강호에서 그 진면목을 좀처럼 드러내지 못했던 대사련. 이들이 혈비도 무량의 등장으로부터 점점 시작되어지는 혼란에 첫발을 내딛고 있었다.

한편 무림맹에 있던 곽무진과 요운 역시 이런 소문을 들었기에 긴장하지 않을 수 없었다.

무림맹의 외객관인 주작관은 무림맹으로 파견된 타 문파의 무사들이 머물고 있는 곳으로 그곳의 서쪽에는 쌍도문의 무사들이 머물고 있었다.

응접실에선 두 남자가 술을 벗 삼아 담소를 나누고 있었으니 바로 쌍도문의 요운과 곽무진이었다.

무진은 소홍주를 한 잔 들이킨 후 요운을 보며 심각한 표정으로 말했다.

"사숙, 소문 들으셨습니까?"

"물론이네, 곽 사질. 혈비도 무량과 본 문이 손을 잡았다는 소문 말인가?"

"그렇습니다. 물론 무림맹 내에서도 헛소문이란 것은 알고 있는 듯하지만, 그대로 간과할 수는 없는 일이라 생각합니다."

"동감이네. 구파의 자리를 위협당하는 같은 정파의 청성파만 하더라도 쌍도문을 눈엣가시처럼 보고 있으니 본 문에 눌려 있던 다른 문파들은 어떻겠는가. 아마도 이 소문을 이용하여 획책을 꾸미고 있는 자들도 있을 것이야.”

요운 역시 느끼고 있는지라 심각한 어조로 말했다.

“문도를 시켜 서신을 보내기는 했지만, 걱정이 사라지지를 않습니다.”

“음…….”

현재 쌍도문은 철사방을 치기 위해 상당수의 무인들이 외부로 나가 있기 때문에 문 내에 남아 있는 인물들은 삼대제자나 이대제자, 그리고 무공을 모르는 식솔들뿐이었다.

물론 문주인 등평이 남아 있다고는 하지만, 정예가 빠져나간 지금의 쌍도문은 비어 있는 집이나 마찬가지인지라 걱정이 사라지지 않는 것은 당연했다. 한참을 생각에 잠겨 있던 요운이 사질을 보며 말했다.

“철사방을 토벌하기 위해 나가 있는 장 사숙께 서한을 보냈는가?”

“물론입니다.”

“일단 외부로 나가 있는 문도들만이라도 되돌아가면 안심이 될 텐데. 음…….”

요운은 서신을 보냈다는 말에 조금 안도의 한숨을 내쉬기는 했지만 마음이 놓이지 않았다. 그때 방문이 벌컥 열리면서 한 무사가 숨을 헐떡이며 안으로 뛰어들어 왔다.

“무슨 일이냐?”

난데없이 방문을 박차고 들어온 이가 쌍도문의 삼대제자인지라 요운은 미간을 일그러뜨리며 물었는데, 그는 숨을 헐떡이며 말했다.

"혀, 혈비도 무랑이 나타났습니다!"

"혈비도 무랑?"

"예."

삼대제자가 가져온 소식에 요운이나 곽무진은 크게 놀랄 수밖에 없었다.

"대사련의 유령문, 백골파, 혈도방이 습격을 당하고, 청성파의 외가 제자가 만들었다는 문형객잔마저 습격을 당했다고?"

"예."

"이런, 젠장!"

소식을 전해 들은 요운은 자리를 박차고 일어날 수밖에 없었다. 대사련의 세 문파는 쌍도문과 앙숙 관계에 있는 사파의 문파였고, 청성파는 구파의 자리 때문에 쌍도문과 크게 사이가 안 좋은 형편이기 때문이다.

"사숙!"

"당했다! 아무래도 본 문을 암해하려는 무리들이 혈비도 무랑과의 소문을 이용하여 본 문을 고립시킬 모양이로구나!"

"그런!"

"무림맹에 있는 쌍도문의 문도들에게 모두 알려라! 지금 당장 본 문으로 이동한다!!"

"예!"

소문이란 와전되기 마련인지라 그리 믿을 것은 못 되지만, 그런 소문이 사람들을 현혹시키는 일은 다반사였다.

요운은 갑작스럽게 닥친 이번 사태가 쌍도문을 노리는 술수라는 것을 깨닫고는 대책을 서두를 수밖에 없었지만, 아쉽게도 세상은 그들을 그대로 놓아두지 않고 있었다.

"무림맹의 정검단(正劍團)이다! 쌍도문의 제자들은 당장 무기를 버려라!"

"사숙!"

"이런… 무림맹까지!!"

갑자기 닥친 정검단 무사들의 모습에 요운은 무림맹까지 본 문을 암해하려는 무사들의 간계가 미쳤음을 알 수 있었다.

주작관으로 밀어닥친 무림맹의 정검단은 쌍도문의 제자들을 무림맹에서 벗어나지 못하도록 만들어 버렸고, 이에 요운은 크게 노기가 치솟아오를 수밖에 없었다.

이 무렵 맹의 고위 간부들이 머물고 있는 청룡관의 한쪽에선 두 명의 남자가 담소를 나누며 술을 들고 있었다.

흑발의 긴 수염을 드리우고 있는 중년인은 백화주가 가득 담겨 있는 잔을 들어 마시고는 미소를 지으며 말했다.

"이로써 귀 문의 중원 진출에 가장 문제였던 녀석들이 사라지겠구려. 축하하오."

"모두가 구룡각주 덕분이 아니겠습니까. 하하하!"

구룡각. 호북에서 크게 세를 떨치고 있는 문파 중 하나로 구파일방에 미치지는 못하지만 각주인 민도형은 강북십웅의 세 번째 서열에 오를 만큼 뛰어난 무공을 소유하고 있다고 알려져 있었다.

흑발의 긴 수염을 드리우고 있는 중년인이 바로 구룡각의 각주 민도형이니 그의 앞에는 화상으로 인해 일그러진 모습의 남자가 미소를 짓고는 민도형의 잔을 채워주고 있었다.

화상으로 인해 흉측한 몰골의 남자는 사천당가와 함께 독의 양대산맥 중의 하나인 남만 독문의 문주인 사도경이었다. 어이없게도 정파에 속하는 무림맹의 간부와 세외무림으로 사파에 속한다고 할 수 있는 독문이 중원 정파무림의 집합체라 할 수 있는 무림맹에서 은밀한 만남을 가지고 있었던 것이다.

"이번 일의 답례로 보름 후쯤에 오백 관의 황금이 구룡각으로 보내질 것입니다."

"하하하. 대가를 바라고 한 일은 아니라오."

하지만 오백 관의 황금이란 말에 민도형의 얼굴에는 탐욕스러운 미소가 흘러나오고 있었으니 사도경은 속으로 그에게 비웃음을 던져 주고 있었다.

'어리석은 놈! 우리의 일이 성공한다면 네 녀석은 오백 관의 황금이 아니라 천 관의 황금을 되바쳐야 할 것이다.'

손을 잡았다고는 하지만 사도경은 구룡각주인 민도형을 자신의 편으로 생각한 적이 없었다.

"그나저나 철사방 쪽 일은 잘 진행이 되었는지 궁금하구려."

"후후후, 어차피 철사방이야 외부의 이목을 돌리기 위한 희생양일 뿐입니다."

"하하하. 과연 독문의 문주구려."

사도경의 말에 그는 호탕하게 웃음을 터뜨리고는 천천히 자리에서 일어났다.

"본인은 이만 돌아가도록 하겠소. 일이 일인만큼 직접 손을 대야 하는 일이 많은 것 같아서 말이오."

"그럼 구룡각주만 믿겠습니다."

"하하하하."

웃음을 지으며 나가는 구룡각주를 공손히 배웅한 후 사도경이 가볍게 손가락을 마주쳐서 소리를 내자 두 명의 인영이 그의 뒤로 모습을 드러내었다.

"쌍도문에서 보낸 녀석들은 잘 처리했겠지?"

"예."

사도경이 말한 자들은 곽무진이 쌍도문과 철사방 쪽으로 서신을 전달하기 위해 보낸 문도들이었으니, 그들은 이미 독문의 무사에 의해 죽임을 당했던 것이다.

"크크크, 천마가 아주 일을 재밌게 만들어주는군."

서신을 전달하려 했던 자들을 처리했다는 보고를 들은 사도경은 음흉한 웃음을 지으며 천마를 언급하니 그 둘 사이에는 이미 거래가 있었던 것이다.

"철사방 쪽의 문도들을 철수시키고, 대사련에 연골독을 전달하도록 해라. 쌍도문을 처리하는 데 큰 도움이 될 듯하니 말이다."

"예."

사도경의 명령이 떨어지자 두 사람은 고개를 숙여 대답하자마자 안개처럼 방 안에서 모습을 감추었다.

쟁! 채재쟁!

귀를 찢는 듯한 병기의 마찰 소리가 울리는 가운데, 대지는 수많은 무인들의 피로 물들고 있었으니 바로 철사방과 사천당가, 쌍도문 등의 정파 연합과의 싸움이었다.

지리적 이점을 이용한 철사방은 초반에는 정파 연합을 상당히 괴롭혔지만, 광무자와 이준이 철사방이 준비한 함정들을 모두 파훼함으로써 싸움은 정파 연합에 유리한 쪽으로 흘러가기 시작했다.

싸움이 시작된 지 한 달이 넘어가는 시점. 정파 연합은 드디어 철사방의 본거지를 파악하고 총공격을 가했고, 오백 명에 이르는 철사방의 문도들은 정파 연합의 무사들에 의해 거의 반수 이상이 목숨을 잃어 이제 싸움은 막바지에 이르렀다.

"대사형!"

"아! 이 사제, 다친 곳은 없는가?"

"철사방의 삼류잡배들을 상대하는 데 무슨 문제가 있겠습니까."

"그럼 다행이지. 아! 유 부인은 안전한 곳으로 잘 모셨는가?"

"예. 문도들 중 몇 명을 유 부인이 거처하는 곳으로 보냈으니 큰 문제는 없을 듯합니다."

"음……."

광무자는 유 부인의 이야기를 할 때 이준의 얼굴이 밝아지는 것을 보며 조금 안타까운 생각이 들었다.

"그런데 이상하군요. 독문 무사들의 모습이 보이지를 않으니 말입니다."

"나 역시 그것이 조금 이상하던 차였네. 사천당가가 있다고 해도 독문의 독에 상당히 고전하리라 생각했는데 말이야."

이준의 말에 고개를 끄덕이며 생각에 잠긴 광무자지만, 좀처럼 독문의 속셈을 알 수가 없었다.

"아! 여기들 다 모였군."

"장 사숙님."

장춘삼이 피로 물든 쌍도를 들고 다가오자 두 사람은 포권을 하며 반갑게 그를 맞았다.

"무슨 이야기들을 그리 심각하게 하는가?"

"독문 무사들의 모습이 보이지 않아 조금 이상하다는 이야기를 나누고 있었습니다."

"음. 나 역시 마찬가지이네. 아무래도 독문이 철사방을 이용한 것 같은 기분이 드는군."

"그렇습니다. 하지만 철사방이란 존재를 아무런 이유 없이 버릴 독문이 아닌지라 조금 걱정이 되는군요."

광무자는 심각한 어조로 장춘삼을 보며 이야기했다.

"음… 사천당가의 일을 생각하면 독문이 무슨 짓을 할지 걱정이 되는데… 일단은 당 대협에게 이야기를 해서 만약의 경우를 대비해야겠군."

"그러는 편이 좋을 듯합니다."

"아! 그리고 이 사질."

"예."

"듣자 하니 자네가 아름다운 여인을 보호하고 있다 하던데, 사실인가?"

"아! 유 부인을 말씀하시는가 보군요. 예. 대사형과 길을 가다 우연히 만나게 된 사람입니다."

"음……."

장춘삼 역시 이준이 그 여인을 말할 때의 표정을 보며 미간을 찌푸리고는 말했다.

"아무래도 자네가 성혼할 때가 된 듯하니 본 문으로 가면 내 사람을 알아보도록 하겠네."

"사숙 어른."

"자네의 혼기가 조금 늦었다고는 하나 본 문의 이름과 자네의 가문이라면 충분히 자네의 마음에 드는 여인을 만날 수 있을 테니 그만 유 부인은 잊도록 하게."

"……."

장춘삼의 단호한 말에 이준은 고개를 숙이고 말았다.

"보아하니 며칠이면 이곳 일도 정리될 듯한데, 사질은 어찌할 생각인가?"

"이왕 나온 김에 한 일 년 정도 강호를 돌아볼 생각입니다."

"음… 알겠네. 문주께는 그리 전하도록 하겠네."

"감사합니다."

장춘삼이 사라지자 이준이 크게 한숨을 쉬니, 광무자는 그의 어깨를 두드려 주며 말했다.

"사숙께서는 다 사제를 걱정해서 하는 말이니 너무 아쉬워하지 말게."

"알고 있습니다. 하지만 좀처럼 유 부인이 머리 속에서 사라지지를 않는군요."

"쯧쯧."

그의 말에 혀를 찰 수밖에 없는 광무자였다.

철사방의 일이 대충 정리된 후 이준은 유 부인이 머물고 있는 객점에 들렀고, 그곳에서 소천을 가슴에 안고 젖을 물리고 있는 그녀를 볼 수 있었다.

"아! 오셨습니까?"

"예, 유 부인."

뽀얗게 드러나는 그녀의 가슴을 보며 이준은 얼굴이 시뻘겋게 변한 채 고개를 돌릴 수밖에 없었다.

"아! 제가 실례를 했군요."

이준의 모습에 그녀는 조금 부끄러운 마음이 들었는지 옷을 추스르고는 소천을 안고 그에게 차를 따라주며 말했다.

"철사방 쪽의 일이 정리되었으니 이제 문파로 돌아가시겠군요."

"그렇습니다."

능예는 그간에 있었던 일로 그가 쌍도문의 문도로 철사방을 치기 위해 내려왔다는 것을 알 수 있었기에 그에게서 장천의 소식을 듣고자 했지만 쉽게 말문을 열지 못했다.

그도 그럴 것이 총각으로 알려진 소주에게 난데없이 아이까지 있는 여인이 남편이라고 말한다면 어느 누가 믿을 수 있겠는가?

"실례가 되는 줄은 알지만 쌍도문에 몸을 의탁하고 싶은데……."

"예?"

이준은 장춘삼의 명령으로 쌍도문으로 돌아가면 유능예와 헤어져야 한다는 생각에 고심하고 있었는데, 갑자기 그녀가 쌍도문에 몸을 의탁하고 싶다는 말에 크게 놀랐다.

"아이와 함께 갈 곳도 없는지라……."

유능예는 이렇게 부탁하는 것이 무리라는 것을 알기에 말끝을 흐리고 있었고, 이준은 아니라는 듯이 손을 내저으며 말했다.

"실례라니요. 소천이는 대사형께서 점찍은 아이이니 유 부인이나 소천이 모두 쌍도문의 식솔이라 할 수 있습니다. 부인께서 원하신다면 아이가 장성할 때까지 본 문에 머무르셔도 괜찮습니다."

"아! 이 대협, 호의에 정말 감사드립니다."

"별말씀을 다 하십니다."

이준의 말에 유능예는 장천의 소식을 들을 수 있다는 생각에 크게 마음을 놓았다.

'아이야, 이제 아버지를 만날 수 있단다…….'

소천을 가슴에 안고 눈물을 흘리는 유능예의 모습을 본 이준은 무엇인가 이상하다는 생각이 들었다. 단순히 몸을 의탁할 수 있는 곳을 찾아서 흘리는 기쁨의 눈물이 아닌 듯했기 때문이다.

'혹시… 쌍도문에 죽었다는 그녀의 남편이 있는 것은 아닐까?'

그런 생각이 밀려오자 그는 불안감을 지울 수가 없었다.

자신의 물건을 남에게 주기 싫어하는 꼬마처럼 그의 가슴에선 욕심이 밀려오고 있었다.

'절대 줄 수 없어, 어느 누구에게도……!'

그날 밤 유능예와 이준이 객점에서 모습을 감추었다.

"이런."

이준과 유 부인이 사라졌다는 소식을 들은 광무자는 한숨을 내쉴 수밖에 없었다. 어느 정도 낌새는 채고 있었지만, 설마 그가 이런 짓을 저지르리라고는 생각지도 못했기 때문이다.

두 사람이 사라진 곳에서 남은 것은 그녀가 사랑하던 아이뿐이니 광무자는 엄마를 찾아 울고 있는 소천을 가슴에 안고 한탄할 수밖에 없었다.

'바보 같은 녀석……'

광무자는 이준이 아이를 데리고 가지 않은 것에 고개를 내저었다.

"사질! 이준이 사라졌다는 것이 사실인가?"

아이를 안고 달래고 있을 때 장춘삼이 놀란 얼굴을 하고는 방으로 찾아와 묻자 그는 고개를 끄덕이며 말했다.

"그런 것 같습니다."

"이런… 아무래도 내가 성급한 짓을 했던 것 같군. 그런데 그 아이는?"

"유 부인의 아이입니다. 아마 사제가 그녀만을 데리고 간 것 같습니다."

"음……"

엄마를 찾아 울고 있는 아이의 모습을 보며 장춘삼은 광무자에게서 아이를 받아 안고는 달래주기 시작했다.

"불쌍한 아이로군."

"사제가 잔인한 일을 저지른 것이지요."

"듣자 하니 냉혈검도 사라졌다 들었는데?"

"어차피 저의 물건도 아닌지라 사라졌다 해도 아쉬울 것은 없습니다만 사제가 걱정이군요. 아직 사제의 실력으론 분명 검에 지배당할 것이 분명하니 말입니다."

광무자의 목소리에는 진정으로 이준을 걱정하는 모습이 담겨 있었다.

"이 아이는 어찌할 셈인가?"

"일단 제가 맡고 있다가 차후에 유 부인에게 아이를 돌려줄 생각입니다."

그의 말에 고개를 끄덕인 장춘삼은 이제 울음을 그치고 잠이 든 아이를 침상에 눕히고는 말했다.

"문도들을 이끌고 내일 쌍도문으로 돌아갈 것이네."

그 말과 함께 장춘삼은 품에서 주머니를 꺼내어서는 광무자의 곁에 내려놓았다.

"이건?"

"한 200냥 정도 될 것이네. 자네 혼자라면 모를까 아이와 같이 있으면 꽤 돈이 들 테니까 말이야."

"아, 그렇군요. 감사합니다."

아직 아이를 길러보지 못한 광무자이기에 장춘삼의 말에 고개를 끄덕이며 감사의 인사를 표했다.

자정이 넘는 시간, 쌍도문의 외곽으로 수백이 넘는 인영이 빠르게 움직이고 있었으니 그들은 한결같이 병장기와 함께 얼굴을 복면으로 가리고 있었다.

복장 역시 가지각색이지만 모두 똑같은 생각을 가지고 모인 사람들이니 바로 감숙성의 양대무문 중 하나인 쌍도문을 멸문시키기 위함이었다.

"평상시라면 모를까 문도의 대부분이 무림맹과 철사방 쪽의 일로 나가 있는 지금 우리들의 습격을 막지는 못할 것이외다."

"과연 이런 방법이 옳은지는 모르겠지만, 이것으로 무림은 한동안 혈풍 속에 잠기겠구려."

검은색의 장삼을 입은 두 명의 무인이 멀리 보이는 쌍도문의 불빛을 보며 이야기를 나누고 있었으니 그들의 손에는 똑같은 모양의 검이 들려 있었다.

흑검과 백검, 복면으로 가리고 있어 알 수는 없지만, 몸에서 뿜어 나오는 기도는 범상치 않은 것이었다.

"쌍도문을 멸문시킨다면 꽤 재밌는 일이 벌어지겠지요."

이야기를 나누고 있는 두 사람의 뒤로 두 개의 연편을 들고 있는 무인이 모습을 드러내니 검을 든 두 명의 무인은 고개를 끄덕이며 말했다.

"식솔들이 죽임당한 것을 알게 된다면 쌍도문은 가만히 앉아 있을 리가 없으니까요."

"그렇습니다."

"쌍도문과 연이 닿아 있는 무당이나 공동, 개방, 사천당가 등의 움직임은 어떠리라 생각하십니까?"

"그들 역시 무림맹에 속한 문파이니 만큼 쌍도문의 복수에 동참하겠지요. 솔직히 독문이 원하는 게 그런 것 아니겠습니까? 강호의 혼란 말입니다."

"후후후. 역시 흑백쌍노시군요."

"독문의 호법인 쌍두편 구랍만 하겠소이까."

흑백쌍노. 대사련에 적을 두고 있는 무림고수로 대사련의 십대거두에 속해 있는 인물이었다.

흑검과 백검 사이에 갇힌 자는 죽음을 면치 못하리라는 말이 나돌 정도로 그들의 합격술은 상당한 경지에 이르렀는데, 그런 그들이 쌍도문의 공격에 가담하고 있었던 것이다.

이번 쌍도문의 공격에 참여하고 있는 사람들은 혈비도 무랑에 의해 문 내 중요 인물들이 목숨을 잃은 대소문파와 함께 남만의 독문, 대사련의 중소문파, 그리고 마교의 암혈당이 참여하고 있었기에 그 수는 수백에 이르고 있었다.

문파의 정예들이 외부로 빠져나가 있는 쌍도문으로선 수적으로나 질적으로 모두 그들을 막을 힘이 없었기에 흑백쌍노와 구랍은 이번 싸움에선 절대 패배가 없으리라는 것을 잘 알고 있었다.

"본인은 얼마 있지 않아 있을 쌍도문 문도들이 주도할 정사대전과 피의 복수를 행할 혈비도 무랑에게 기대를 하고 있소이다."

"쌍도문의 문도들에 의해 강호의 혼란이 야기될 것은 분명하나 과연 혈비도 무랑이 나타나겠습니까?"

"마교가 대사련으로 보낸 정보가 사실이라면 혈비도 무랑의 제자인 장천이란 아이 역시 복수에 가담할 터이니, 그 아이에게 위기가 닥친다면 혈비도 무랑 역시 가만히 있지는 않겠지요."

구랍의 말에 흑백쌍노는 말없이 고개를 돌려 쌍도문 쪽을 바라보았다.

"이제 시간이 되어가는군요."

"시작해 볼까요?"

흑백쌍노의 말에 구랍은 품에서 피리를 꺼내 불었고, 조용한 밤하늘에 피리 소리가 울려 퍼졌다.

그 순간 수백이 넘는 인영들이 각기의 병장기를 들고는 쌍도문의 전각을 향해 몸을 날리기 시작했다.

"습격이다!!"

땡땡땡!

적의 습격을 알리는 종소리가 쌍도문에 울려 퍼지고 있었으나 이미 만반의 준비를 마친 복면인들의 습격을 막을 수는 없었다.

챙챙!

병장기가 부딪치는 소리가 쌍도문 안을 시끄럽게 만들며 여기저기 사람들의 비명 소리가 울려 퍼지기 시작했다.

"문주!"

"방금 전 종소리는!!"

"복면인들이 본 문을 습격해 왔습니다!"

"이런! 수는 어느 정도 되는 것 같더냐?"

"족히 수백은 넘는 듯합니다!"

"수백?!"

등평으로선 문도의 말에 크게 당황할 수밖에 없었다.

수백이 넘는 자들이 습격해 왔다면 단순한 문제가 아니기 때문이다.

"본 문을 포기하는 한이 있어도 식솔들을 보호해서 통로를 통해 빠져나가라!"

"하지만!"

"이따위 전각이야 식솔들만 무사하다면 충분히 다시 세울 수 있다! 뭣 하느냐!"

"알겠습니다!"

등평의 명을 받은 문도가 빠른 속도로 명령을 알리러 떠나자 그는 옷을 갈아입고 두 개의 쌍도를 들고는 밖으로 뛰어나갔다.

밖으로 나오자 그의 딸인 등소소가 심상치 않음을 느끼고 아버지를 만나기 위해 나와 있었다.

"아버지!"

"소소야, 너는 금오각으로 가서 숙모와 함께 이곳을 빠져나가도록 하거라."

"하지만!"

"이 아비 혼자라면 충분히 빠져나갈 수 있으니 걱정하지 말거라!"

"예."

등소소는 마음이 놓이지 않지만 아버지 등평의 무공을 잘 아는지라 급히 금오각을 향해 몸을 날렸다.

한편 장춘삼의 가족들이 살고 있는 금오각에서도 복면인들이 기습을 해왔으니 금오각의 정원은 이미 피로 물들고 있었다.

"어머니!"

"소화야! 아이들을 데리고 먼저 피하거라!"

"예!"

임아란의 말에 남궁소화는 임아란을 공격하던 복면인의 허리를 베어 넘기고는 급히 아이들을 피신시키기 위해 자신의 방으로 뛰어갔다.

남궁소화가 방 쪽으로 달려가는 것을 보며 외손자들을 조금이라도 안전하게 피신시키기 위해 그녀는 빠른 속도로 경신술을 행하며 금오각에 잠입해 있던 적들을 베어 넘기기 시작했다.

임아란 역시 한때 여류고수로 이름을 날렸던 인물이기에 복면인들보다는 한 수 위의 솜씨를 보이고 있었지만, 오랜 시간 무공을 연성하지 않은 까닭에 체력이 급격하게 떨어지고 있었다.

'도대체 무슨 일이……'

그녀로선 갑자기 몰려든 복면인들의 습격에 정신을 못 차릴 정도였지만, 지금 그녀는 자신의 안위보다는 소화와 아이들이 도망갈 시간을 벌어주는 것이 더 급한 일이었다.

"태사숙모께서는 몸을 피하십시오. 이곳은 저희가 맡겠습니다!"

십여 명의 복면인들을 쓰러뜨렸을 때 임아란의 곁으로 다섯 명의 무사들이 뛰어왔지만, 그녀는 고개를 내저으며 말했다.

"아니네. 소화가 아이들과 같이 있을 테니 일단 그 아이를 먼저 피신시키도록 하게."

"…알겠습니다. 너희 둘은 안채로 들어가서 제수씨와 조카들을 피신시키도록 하여라!"

"예."

두 사람의 삼대제자를 안채로 보낸 그는 임아란에게 접근하는 복면인들을 베어 넘기며 말했다.

"문주께서 식솔들의 안전을 제일 우선하라 명하셨습니다. 태사숙모께서 지금 피하시지 않는다면 저희 역시 이곳을 피할 수 없습니다."

"그런… 알겠네."

자신 때문에 이들이 피할 수가 없다는 말에 그녀는 고개를 끄덕이고
는 안채로 몸을 날렸고, 그녀의 앞을 막은 삼대제자는 나머지 두 사람
과 함께 안채로 들어서는 입구를 가로막고는 말했다.

"지금부터 아무도 이곳으로 들어서지 못하게 해야 한다! 태사숙모께
서 몸을 피하신다면 우리가 죽더라도 장 태사숙께서 우리의 복수를 해
주실 것이다!"

"예!"

그의 말에 다른 문도 역시 비장한 각오로 의기를 다지니, 그런 그들
의 앞으로 수십 명의 복면인들이 병기를 빼 들고는 공격해 들어오기
시작했다.

"끄아악!"

"꺄악!"

하지만 쌍도문 문도들의 결사의 항전에도 불구하고 문 내 힘없는 여
인들이나 아이들은 그들에 의해 쓰러지고 문도들 역시 압도적인 복면
인들의 숫자에 눌려 점차 죽음을 면치 못했다.

"끼아악!"

"흐흐흐!"

문주의 딸인 등소소는 금오각으로 가는 도중 복면인들의 습격을 받
고 말았다.

부서진 전각의 뒤로 쓰러진 그녀는 이제 움직일 힘조차 없었으니 복
면인은 음흉한 웃음소리를 내며 그녀에게 덮쳐서는 옷을 찢어발기기

시작했다.

"끼야악! 저리 가!"

그녀는 필사적으로 그의 품에서 벗어나기 위해 발버둥 쳤지만, 이내 복부에 큰 충격이 밀려오며 숨조차 쉬지 못할 정도의 고통이 느껴졌다.

"흐흐흐! 귀여운 년!"

움직일 수조차 없는 몸이 되어버린 그녀의 옷은 이제 갈기갈기 찢어져 버리니 나신이 된 몸은 복면의 남자에 의해 더럽혀지고 있었다.

이러한 약탈과 부녀자들의 강간은 여기저기서 이루어지고 있었으니 이들의 모습을 보던 흑백쌍노는 혀를 찰 수밖에 없었다.

부서져 가는 전각 안에서 등소소의 몸을 탐하고 있던 복면인은 한순간 누군가 뒤에 나타났다는 생각에 고개를 돌렸으나 이내 섬광과 함께 목이 땅에 떨어지고 말았다.

"더러운 녀석이로군."

"대사련의 하위 문파 놈들인 것 같군요."

그의 목을 친 이는 이번 쌍도문의 공격을 지휘하고 있는 대사련의 고위 간부인 흑백쌍노였다. 흑노는 나신의 몸으로 초점없는 눈이 되어버린 등소소를 보고 혀를 차며 말했다.

"쯧쯧. 쌍도문 문주의 딸이자 강북오미의 한 명이었던 등소소라는 아이로군."

"이 정도의 미모이니 색심이 도는 것은 당연하긴 하다만 무림인이란 놈이 아녀자들을 강제로 취하려 하다니 녀석을 벤 검이 더러워진 느낌입니다."

백노의 말에 고개를 끄덕인 흑노는 검을 들어 그녀의 목을 찔렀고,

등소소는 한순간 고통에 의한 신음을 지르더니 이내 입에서 피를 쏟으며 눈을 감았다.

"이것이 내가 해줄 수 있는 최대의 배려로군."

"독문의 구랍이 등평을 상대하고 있을 듯하니 이만 자리를 뜨는 것이 좋을 듯합니다."

"그러지."

흑백쌍노는 더럽혀진 몸으로 죽어간 등소소의 얼굴을 한 번 보고는 쌍도문의 문주라는 등평이 있는 곳으로 몸을 날렸다.

"혁혁혁!"

"연환도격(連環刀擊)!"

"큭!"

쌍도문의 본전으로 향하는 길에서는 수십 명의 복면인과 쌍도문 문도들의 시체 위에서 두 사람의 무사가 싸우고 있었으니 두 자루의 검을 들고 상대를 압박하고 있는 무인은 바로 쌍도문의 문주인 패쌍도 등평이었다.

등평의 상대는 독문의 호법인 쌍두편 구랍이었는데, 그의 연편은 이미 갈기갈기 찢겨져 손잡이만이 달랑 남아 있었기에 그와 등평 간의 무공의 차이를 말해 주고 있었다.

등평은 다리와 옆구리에 상처를 입고 있었지만 치명상은 아니기에 쉬지 않고 쌍두편의 구랍을 밀어붙였다.

"과연 쌍도문의 문주로군!"

"흥! 네 녀석의 손에 들린 혈편을 보아하니 독문의 잡종 녀석인 듯하

구나. 철사방의 일은 본 문을 습격하기 위한 미끼였는가?'

"후후, 원래 그런 계획은 없었으나 일이 진행되다 보니 이렇게 되었군."

다리에 긴 도상을 입은 데다 무기조차 없었지만, 구랍은 자신이 유리할 것 같은 모습을 취하고 있었는데, 그의 웃음이 이상하다고 생각한 등평은 잠시 후 그 이유를 알 수 있었다.

"큭! 설마… 독?"

"후후후, 이미 쌍도문 전역에는 독문에서 가져온 독이 퍼져 있다."

"이런……."

등평은 근육이 마비되는 것을 느끼며 이것이 산공독의 일종이라는 것을 알 수 있었다.

급히 쌍도문의 해독단을 입에 넣었지만 해독하기에는 이미 독이 너무 많이 퍼져 있는지라 쌍도를 쥐고 있는 손의 힘이 떨어지기 시작했다.

"흥! 내 몸이 부서지는 한이 있어도 네 녀석의 목은 베고 죽으리라!"

등평은 자신을 조롱하는 듯한 그의 목소리에 노기를 느끼며 몸을 날렸고, 구랍은 그의 일격을 피하지 못하고 죽임을 당할 위기에 처했다.

채재쟁!

하지만 그를 돕기라도 하는 듯 두 개의 흑백 검이 등평의 쌍도를 막아섰고, 검의 모습을 확인한 등평은 크게 놀란 목소리로 소리쳤다.

"흑백쌍노?"

"오랜만이군, 패쌍도 등평."

흑백쌍도는 억양없는 목소리로 말하고는 그의 도를 튕겨내고 가볍게 구랍의 뒷덜미를 잡고는 뒤로 몸을 날렸다.

"이곳은 우리가 맡을 것이니 자네는 다른 곳의 일을 하도록 하게."

구랍으로선 사파의 고수인 흑백쌍노의 말에 미간을 찌푸렸지만, 그들과 등평 간의 일을 들은 적이 있는지라 고개를 끄덕이고는 다른 곳으로 향했다.

"자네들이 이곳에 있을 줄은 생각지도 못했군. 적어도 이런 비열한 책략에 협조할 자들은 아니라고 생각했는데 말이야."

등평은 휘청거리는 다리를 바로잡고는 흑백쌍노를 보며 말했다.

"오랜 시간이 흘렀군. 처음 자네와 우리 형제가 만났을 때를 생각하면 말이야."

백노는 등평을 보며 회상에 잠겼다.

처음 패쌍도 등평을 만난 것은 대사련에 두 형제의 이름이 오른 지 얼마 되지 않은 때였다.

당시의 쌍도문은 오립산이 문주로 있을 때로, 감숙성에서 그다지 알려져 있지 않은 문파였기에 대사련의 하위 문파와 함께 쌍도문의 세력을 흡수하기 위해 움직였지만, 어이없게도 이름없는 문파의 제자들에게 사파 거두의 제자인 흑백쌍노는 패배를 하고 말았다.

그 이후로 두 번의 대결이 더 있었지만 그 당시 흑백쌍검이란 이름을 가진 그들은 등평에게 연이은 패배를 당하고 대사련으로 모습을 감추게 되었다.

이십 년이 넘는 연공을 마치고 돌아온 그들은 대사련에서 흑백쌍노란 이름으로 사파의 거두가 될 수 있었지만, 과거 등평과의 싸움에서의 패배는 아직까지도 잊지 않고 있었다.

"이번 일은 련주의 명령인지라 우리 같은 이야 따를 수밖에 없는 일이었지."

"자네와 제대로 된 대결을 하지 못한다는 것은 참으로 안타까운 일이야."

살기를 띠고 자신들을 노려보는 등평을 향해 흑백쌍노가 검을 뽑아 들고는 천천히 그의 앞으로 걸음을 옮겼다.

"큭."

흑백쌍노의 합격술은 흑살검(黑殺劍)과 백생검(白生劍)으로 이루어지고 있었다. 흑살검은 빠른 속도로 적의 요혈을 노리며 공격해 들어오고 백생검은 적의 공격을 방어하는 역할을 하게 되는 것이다.

이러한 흑백쌍노의 합격술은 쌍둥이인 그들의 공수합격이 마치 한 몸처럼 이루어지기 때문에 상대할 자가 드물었는데, 두 개의 도를 사용하는 등평에게는 이러한 공수합격술이 통하지 않았던 것이다.

흑백쌍노는 이런 이유로 등평에게 세 번의 패배를 당하게 되었고, 대사련 내에서의 연공으로 등평의 쌍도술을 파해할 수 있는 공수합격술을 연성하게 된 것이다.

흑노의 검술은 쾌, 백노의 검술은 변의 형태를 지니고 있었지만, 수십 년간의 연공으로 두 사람은 각기 서로의 장기인 쾌와 변을 익혀 공수합격술의 경지를 끌어올린 것이다.

채재쟁!

흑백쌍노의 공격이 시작되자 등평은 자신의 절기이기도 한 패왕도법을 사용해서 강기를 뿌리며 그들을 공격했지만 이내 흑백쌍노의 검에 막혀 버리고 말았다.

그의 패도적인 도강의 위력이 한 사람에게는 통할지 모르지만 두 사람의 방어에는 막히고 말았던 것이다.

"패쌍도 등평, 지금 역시 우리 한 사람의 힘으론 너의 공격을 막을 수 없지만, 우리 두 사람이 합치면 너의 패도적인 도강을 막을 수 있다 생각했지."

"큭!"

흑노의 말에 등평이 이를 악물고 다시 공격을 시도했지만, 독에 중독되었는지라 이내 무릎을 꿇고 말았다.

독에 중독되어 있는 그의 방금 전 검강은 마지막 힘을 다한 공격이었던 것이다.

흑백쌍노는 무릎을 꿇은 등평에게 다가가서는 그의 몸에 검을 가져가며 말했다.

"이것으로 자네와 우리의 연은 끝이 나겠군."

그 말이 끝남과 함께 검은 등평의 목줄기를 파고들었고 대지는 피로 붉게 물들어갔다.

"쌍노 어르신, 쌍도문 내에 이제 살아 있는 이는 아무도 없습니다."

"쌍도문의 식솔들은?"

"상당수가 보이지 않는 것으로 보아 비밀 통로가 있었던 것 같습니다."

"상관없다. 어차피 목적은 쌍도문의 완전한 멸문은 아니었으니. 전각을 불태워라."

"알겠습니다."

흑노의 명령을 받은 무사가 빠른 속도로 움직이니, 공동파와 함께 감숙성의 양대무문으로 이름을 날리던 쌍도문의 불붙은 전각들은 하늘을 붉게 물들여 가기 시작했다.

한편 비밀 통로를 통해 빠져나간 쌍도문의 식솔들은 문파가 위치한 뒷산에서 불타고 있는 전각들을 보며 눈물을 흘릴 수밖에 없었다.

"흑흑흑……."

여기저기서 서러운 울음소리가 들려오니 장춘삼의 아내인 임아란이 자리에서 일어나서는 사람들을 향해 소리쳤다.

"모두들 정신 차리게!"

"태사숙모님."

"자네들이 이런 모습을 보이는 것은 죽어간 동문들을 모욕하는 일이라는 것을 모르는가! 일어나시게! 우리에겐 아직 일이 남아 있지 않은가!"

몇몇 무인들 외에는 모두 여인들과 아이들만이 남아 있는 이곳에서 임아란은 이들 중 가장 어른이라 할 수 있었기에 무너진 모습을 보일 수 없었다.

"할머니! 엄마가 많이 아픈가 봐요!"

그때 무진의 아들이자 그녀의 손자이기도 한 곽연이 울음을 터뜨리며 소리쳤다. 급히 임아란이 소화에게 달려가자 그녀는 통로가 무너지며 머리에 큰 부상을 입어 많은 피를 흘리며 신음하고 있었다.

"소화야!"

"어머니……."

남궁소화는 고통스러운 표정을 감추며 미소를 지어보려 애썼지만 이내 미소는 사라지니 임아란은 안타까울 수밖에 없었다.

남궁소화는 쌍도문의 식솔 중에서도 무공이 높은 축에 속해 있었기 때문에 다른 여인들과 아이들을 피신시키느라 가장 마지막에 위치해 있었는데, 전각이 불타는 와중에 통로가 무너지면서 큰 부상을 입고 말았던 것이다.

내장이 밖으로 나올 정도로 심한 부상임에도 자신을 보고 미소 지으려는 딸을 보며 임아란의 눈에선 눈물이 나왔다.

"현아는……."

현아는 남궁소화가 이번에 낳은 아들로 태어난 지 돌도 되지 않은 아이였다. 임아란은 문도의 손에 안겨 있는 현아를 그녀의 곁으로 데려다 주었다.

"현아는 무사하단다."

"다행이에요… 흑흑……."

자신이 살 수 없다는 것을 알고 있는 그녀로선 아직 돌도 되지 않은 아이를 두고 간다는 것이 마음 아플 수밖에 없었다.

고통에 신음하던 소화는 아이를 품에 안으며 숨을 거두었고, 그녀의 죽음을 알기라도 하는 듯 아이는 더욱 크게 울음을 터뜨리고 있었다.

임아란은 어머니를 여읜 현아를 가슴에 안고는 아무 말도 할 수가 없었다.

"태사숙모님……."

"…식솔들을 대피시키도록 하게… 이곳도 안전하지 못하니 말일세……."

"알겠습니다."

임아란의 명령에 그녀의 곁에 있던 무사는 고개를 끄덕이며 대답하고는 다른 문도들에게 지시를 내리며 미리 만들어놓았던 쌍도문의 대피소로 사람들을 대피시키기 시작했다.

다음날, 쌍도문의 멸문은 전 무림에 큰 파도를 일으켰다. 구파일방에 버금갈 정도의 대문파가 하루아침에 사라졌다는 것은 예삿일이 아니기 때문이었다.

하오문과 개방에 의해 쌍도문의 멸문 소식은 무림 전역에 퍼져 나갔고, 쌍도문에 연이 있는 자들은 이 엄청난 소식에 경악을 금치 못했다.

가장 먼저 소식이 전해진 곳은 쌍도문와 함께 감숙성에 위치한 공동파로 천무성자 양세기는 문도들이 전해온 소식을 듣고는 크게 놀란 표정을 지으며 되물을 수밖에 없었다.

"무어라 했느냐? 쌍도문이 어찌 되었다고?"

"개방에서 온 자에 의하면 어젯밤 의문의 복면인들에게 쌍도문이 습격당했다 합니다. 날이 밝은 후 개방의 방도들이 그곳을 샅샅이 뒤져보았으나, 살아남은 이는 단 한 사람도 없다 합니다."

개방이 보낸 전령이라면 결코 헛소문이 아니라는 것을 아는 천무성자로선 뭐라 말을 할 수가 없었다.

"아… 어찌 이런 일이! 구천에 있는 친구의 얼굴을 어찌 본단 말인가."

천무성자 양세기는 오립산의 오랜 친우였기에 그의 문파가 사라졌다는 소식을 듣자 구천에 있을 친구의 얼굴을 생각하며 고개를 숙일 수밖에 없었다.

"문강아."

"예, 문주."

천무성자는 한참을 그렇게 고개를 숙이고 있다 옆에 시립해 있던 파사대협 우문강을 불렀다.

"속히 문도들을 모아 쌍도문으로 향하도록 하거라."

"알겠습니다."

천무성자는 그 와중에 부상당하거나 살아남은 사람이 있을 것이라 생각하고는 사람을 보내기로 결정했고, 우문강은 포권하며 인사를 하고는 밖으로 나갔다.

"살아남은 사람이 없다면 분명 문파에 남아 있던 등평 역시 죽었을 것은 분명할 터. 이 일을 어찌한단 말인가……."

천무성자로선 이번 일로 이어질 쌍도문의 복수에 걱정이 될 수밖에 없었다.

쌍도문은 무림문파로도 이름을 날리고 있었지만, 유림과 관에도 연줄이 있는 문파였기 때문이다.

지금까지 정사의 사이에 있었음에도 구파일방이 쌍도문을 정파로 인정한 것은 바로 그런 이유 때문이니 등평이 죽었다면 외부에 나가 있는 나머지 세 명의 사형제들이 가만히 있지 않을 것은 분명했다.

관과 연줄이 있으며 유림과도 인연이 있는 구양생과 대사련을 제외한 사파에 속하는 문파들과 하오문에 속하는 정보를 한 손에 잡고 있는 양우생, 무당과 소림은 물론 거의 대부분의 구파일방과 정파의 중소 문파와 손이 닿아 있는 장춘삼이 등평의 죽음으로 무림에 대한 복수를 생각한다면 수십 년 전에 있었던 정사대전보다 더 많은 피가 강호에

뿌려질 것은 당연한 일이었다.

'마교, 대사련, 무림맹… 그중 하나이거나 전부일 수도 있다. 도대체 왜 그들이 이런 일을 저지른 것인지 알 수가 없군.'

천무성자는 이번 일을 해결할 방도를 생각해 보았지만 좀처럼 떠오르지 않는지라 답답할 수밖에 없었다. 잠시 후 문도 한 명이 방 안으로 들어왔다.

"문주님께 인사드립니다."

"무슨 일인가?"

"혈비도 무랑이 무림에 모습을 드러낸 것 같습니다."

"혈비도 무랑?"

문도의 말에 천무성자는 크게 놀란 표정을 지으며 고개를 들었다.

"혈비도 무랑이라니! 그게 무슨 말인가?"

"외부로 나가 있던 문도가 가져온 소식에 의하면 삼 주 전부터 정사 중소문파의 요인들이 암살되는 사건이 발생하였다고 하는데, 그들의 사인은 한결같이 비도에 의한 것이라고 합니다. 이 사건과 맞물려서 혈비도 무랑과 쌍도문이 손을 잡았다는 소문도 함께 돌고 있었던 것으로 보아 이번 쌍도문의 혈사는 이것과 관련이 되어 있지 않을까 생각되옵니다."

"혈비도 무랑… 혈비도 무랑……."

무림의 공포라 할 수 있는 혈비도 무랑의 이름을 계속 되뇌이던 천무성자는 자리에서 벌떡 일어나서는 말했다.

"개방에 사람을 보내어 근래 들어 혈비도 무랑과 관련되어 있는 모든 정보를 모아오도록 하게."

"예."

'아무런 이유 없이 혈비도 무랑과 쌍도문의 소문이 나돌 리는 없다. 무슨 연관이 있을 것은 분명할 터! 도대체 어떤 조직이 무엇을 노리고 이런 일을 행하고 있단 말인가. 답답하다.'

한편 장천은 내상이 어느 정도 치유되자 정신을 차릴 수 있었다.

"여긴……."

"마교 총단을 벗어나 안전한 곳으로 피신한 상태이네."

"아, 총단을 빠져나왔군요… 다행입니다."

율명과 혈마의 얼굴을 본 장천은 그들이 무사히 총단을 빠져나왔다는 것을 확인하고는 안도의 한숨을 내쉬었다.

상당한 내상을 입고 있었던지라 일이 있은 후 몇 주가 지난 상태였다. 아직 몸을 움직이면 통증이 밀려오긴 하지만, 장천은 고통을 참으며 몸을 일으켜 벽에 기대고는 혈마를 보며 물었다.

"기억이 가물거리기는 하지만 저를 구해준 사람이 있던 것 같았는데… 누구였습니까?"

우경에게 마지막 일격을 당할 뻔했을 때 중상으로 정신이 가물거리는 상태였지만 누군가가 자신을 도와주었음은 알고 있기에 그것에 대해 물어보았다.

"음… 자네를 구한 사람은 혈비도 무랑이네."

"혈비도 무랑이라 하셨습니까?"

혈마의 말에 장천이 놀라 되물었다.

비도문의 마지막 문주이자 무림제일의 공적이라고 불리는 혈비도 무랑이 설마 자신을 구해주었다는 것은 생각지도 못했기 때문이다.

'혈비도 무랑……'

어린 시절 처음 의부인 장춘삼을 만났을 때도 그는 혈비도 무랑이란 존재와 관련이 있었다는 것을 생각했다.

수많은 군웅들에게 둘러싸여 관 속에서 정신을 차렸을 때도 그들은 자신을 혈비도 무랑이라는 존재로 알고 있었다.

또 홍련교에 들어선 후 혈비도 무랑의 사문인 비도문에서 일 년간 무공을 닦은 기억도 있었기에 그런 여러 가지 일이 장천을 혼란시키고 있었다.

'왜 혈비도 무랑이 나를……?'

그로서는 이유를 알 수 없었기에 답답할 수밖에 없었다.

그 후, 다시 일주일이란 시간이 지나자 장천의 내상은 거동에 아무런 불편이 없을 정도로 회복되었다.

"이제부터 어찌할 생각인가?"

"일단 쌍도문으로 돌아갈 생각입니다."

장천의 말에 율명은 고개를 끄덕이며 말했다.

"일단 쌍도문으로 돌아가는 것도 나쁘지는 않겠지. 나와 암영자들은 호남으로 갈 생각이네."

"호남이요?"

"호남 지부에 암영자 중 한 사람이 나가 있지. 일단 그에게 몸을 의탁하고 때를 기다려 볼 생각이네."

장천은 내심 그들과 함께 쌍도문으로 가고 싶었지만, 일평생 홍련교에 몸담았던 그들이 정파에 들어간다는 것은 힘든 일이라는 것을 알기 때문에 고개를 끄덕였다.

"알겠습니다. 혈마 어르신께서는?"

"글쎄, 혈교를 다시 세울 생각도 해보았지만, 솔직히 그리 마음에 닿는 것도 아니니 일단 자네와 함께 중원을 좀 돌아볼 생각이네."

홍련교의 지하 감옥에서 평생을 보냈다 해도 과언이 아닌 그였기에 돌아갈 곳이 없는 처지였다.

이렇게 해서 장천은 귀대인 율명 등의 일행과 헤어져 혈마와 함께 쌍도문으로 돌아가게 되었다.

산에서 내려온 장천은 저녁 무렵 객잔에 도착할 수 있었다.

객잔 안에서 이십여 명의 여행객들이 음식을 나누며 담소를 즐기고 있는 것을 보며 장천은 혈마와 함께 비어 있는 자리로 향했는데, 자리에 앉으려던 장천은 옆 자리에서 담소를 나누고 있던 사람들에게서 예상치도 못한 말을 듣게 되었다.

"쯧쯧, 세상이 어찌 돌아가려는지… 감숙의 쌍도문이 무너졌으니 이제 피바람이 불겠군."

"……!!"

그들의 말에 장천은 다가가 놀란 표정으로 물어보았다.

"감숙의 쌍도문이 무너졌다니? 그게 무슨 말씀이십니까?"

두 사람의 무인은 갑자기 옆에 있던 청년이 큰 소리로 물어보자 조금 당황한 표정을 지었지만, 청년의 허리에 두 개의 도가 걸려 있는 것을 보고는 그 이유를 알 수 있었다.

"이런… 쌍도문의 문도인가 보군."

"쌍도문이 무너졌다니! 그게 무슨 소리입니까?"

장천이 재차 묻자 구레나룻을 기른 무사가 고개를 내저으며 말했다.

"나도 자세히는 모르지만 소문을 듣자 하니 이 주일 전쯤 복면인들에 의해 쌍도문이 습격당했다고 하더군."

"그런……!"

장천은 순간 다리에 힘이 빠지며 충격을 받았다. 자신이 없는 동안 설마 이런 일이 일어나리라고는 생각지도 못했던 것이다.

"어르신……."

"알겠네. 일단 최대한 빨리 쌍도문으로 가보도록 하세."

혈마가 고개를 끄덕이고 말하자마자 두 사람은 객잔 밖으로 나와 감숙으로 향했다.

밤낮을 가리지 않고 감숙으로 향한 두 사람은 이 주일 만에 감숙성에 도착할 수 있었지만 불에 타다 만 전각만이 남아 있는 쌍도문의 모습을 보며 장천은 허망한 표정을 지을 수밖에 없었다.

"이럴 수가……!"

자신이 떠나올 때의 그 거대한 전각의 모습은 온데간데없고 타다 만 검은 목재만이 흉하니 남아 있을 뿐이니 어찌 놀라지 않을 수 있겠는가?

떨리는 다리를 이끌고 안으로 들어선 장천은 금오각으로 향했는데, 그곳 역시 처참하리만큼 폐허가 되어 있는지라 그 자리에 털썩 주저앉고 말았다.

"어떻게… 이런 일이……."

한참을 그렇게 주저앉아 폐허가 된 금오각을 바라보던 장천은 무슨 생각이 났는지 자리에서 일어나서는 쌍도문의 뒷산으로 몸을 날렸다.

"어디로 가는 건가?"

"만약의 경우를 위해 본 문의 뒷산에 피신처를 만들어놓았는데, 그리로 가볼 생각입니다!"

한참 산을 오르자 우거진 수풀 사이로 거대한 동굴의 모습이 보이기 시작했는데, 그곳에서 사람의 인기척이 들려오자 살아남은 사람이 있다는 생각에 급히 그곳으로 몸을 날렸다.

"누구냐!"

수풀 속에서 사람이 튀어나오자 네 명의 남자는 쌍도를 뽑아 들고는 놀란 목소리로 소리쳤는데, 장천은 그들의 모습이 낯익은지라 크게 반가워하며 말했다.

"명진! 소한!! 나다, 장천!"

"아! 소주!"

쌍도문의 무사인 명진과 소한은 자신들의 이름을 소리쳐 부른 사람이 소주인 장천임을 확인하자 크게 기뻐하며 뒤를 보며 소리쳤다.

"소주께서 돌아오셨습니다!"

경비를 서고 있던 명진과 소한이 동굴을 향해 소리치자 수십 명의 사람들이 놀라 동굴에서 뛰어나왔고, 진실로 그가 자신들의 소주인 장천임을 확인하곤 크게 기뻐하는 모습을 보였다.

"소주!"

하지만 장천의 모습을 본 사람들은 이내 두 눈에서 눈물을 흘리기 시작하니 반가움과 함께 지금에 처한 상황이 너무나 서글펐기 때문이었다.

"흑흑흑… 소주……."

"도대체 어찌 된 일입니까?"

장천이 그들에게 연유를 물어보는 가운데 사람들 사이로 초췌한 모습의 여인이 모습을 드러냈다. 장천은 크게 놀란 목소리로 외쳤다.

"어머니!"

"천아!"

장천은 초췌한 모습의 어머니에게 달려가서는 큰절을 하고는 말했다.

"어머니… 이 불효자를 용서해 주십시오!"

"천아……."

어머니의 모습에 장천은 눈물을 멈출 수가 없었다. 자신이 방황하며 밖으로 나가 있는 동안 어머니가 이렇게 말랐다는 것을 참을 수가 없었기 때문이다.

"일단 안으로 들어가도록 하자꾸나."

"예."

"그런데 사숙, 저 사람은?"

"나에게 도움을 주신 어르신이네."

"아!"

장천의 말에 문도들은 혈마를 향해 포권을 하고는 정중하게 맞이했다.

어머니와 함께 동굴로 들어간 장천은 지금까지의 일을 모두 들을 수 있었는데, 문주인 등평 사백이 죽었다는 말에 비통함을 참을 수가 없었다.

"어떻게……!"

"식솔들과 함께 간신히 이곳으로 몸을 피신할 수는 있었지만 복면인들의 정체가 밝혀지지 않은지라 공동파의 사람들이 왔어도 모습을 드러내지 않았단다."

"철사방 쪽으로 간 아버지와 무림맹 쪽에 있는 사람들은 어찌 되었습니까?"

아들의 말에 그녀는 고개를 저으며 말했다.

"사람을 보내보았지만, 아직 소식이 없구나."

"그런… 적어도 무림맹 쪽의 사람들은 벌써 이곳에 도착하고도 남았을 시간이 아닙니까?"

"아마 무림맹도 이번 일에 관련이 되어 있는 것 같구나."

"크윽!"

임아란의 말에 장천은 분노가 치솟아오를 수밖에 없었다.

그동안 쌍도문은 무림맹에 상당한 지원을 아끼지 않았기에 그들이 배반하리라고는 생각지도 못했던 것이다.

"구양 사백님과 양 사백님은?"

"두 분께도 사람을 보냈으니 아마 몇 주 후면 소식이 있으리라 생각된단다."

두 분 사백이 안전하다면 쌍도문의 재건에는 별문제가 없을 것임을 알기에 장천은 불행 중 다행이란 생각이 들었다.

하지만 자신을 아들처럼 아껴주었던 등평 사백과 등소소, 그리고 누나와도 같던 남궁소화가 죽었다는 이야기를 들은 장천은 노기를 참을 수가 없었고, 본 문을 공격한 자에게 피의 복수를 다짐하게 되었다.

장천이 돌아오자 피신처에 있던 사람들은 조금씩 활기를 띠어갔다. 일단 쌍도문의 대를 이을 후계자가 무사히 살아 돌아왔다는 것은 희망이 남아 있다는 뜻이기 때문이다.

장천이 가장 먼저 한 것은 주변에 와 있는 정파의 무사들을 찾아가는 것이었다.

쌍도문의 피신처 주변에는 오립산이 만든 기문둔갑진이 펼쳐져 있어 웬만큼 진식에 뛰어난 사람이 아니면 발견하기조차 어려워 정파의 무사들도 이곳을 알아채지 못하고 있었다.

현재 남아 있는 사람들 중에서 제대로 싸울 수 있는 사람은 이십여 명밖에 되지 않는지라 만약 이 상태에서 기문둔갑진이 파훼되기라도 한다면 그나마 남아 있는 식솔들의 안전도 보장할 수 없기 때문에 외부의 도움이 필요한 상황이었다.

그런 이유로 믿을 수 있는 정파의 무리를 찾기 시작했으니, 그가 가장 먼저 찾은 곳은 공동파에서 파견된 사람들이었다.

다른 곳은 몰라도 오립산과 친분이 있는 천무성자 양세기가 있는 공동파는 믿을 수 있었기 때문이다.

제33장
장천을 둘러싼 암계

쌍도문을 돕기 위해 문도 오십여 명과 함께 공동파를 나온 파사대협 우문강은 쌍도문이 있던 곳에서 약 10리 정도 떨어진 객잔에 머무르고 있었다.

시끌벅적한 분위기를 벗어나고자 파사대협 우문강은 자신의 방으로 돌아가 공동파에서 가져온 책을 읽고 있었는데, 그때 창문 쪽에 누군가 있음을 느꼈다.

'응?'

상대가 범상치 않은 기운의 소유자임을 확인한 우문강은 조심스럽게 탁자 옆에 세워놓았던 도에 손을 가져갔다.

잠시 후 창문가에서 복면을 쓴 남자가 모습을 드러내고는 우문강에게 가볍게 포권하고 말했다.

"공동파의 우 대협께 인사를 드립니다."

"자네는 누구인데 이런 야심한 밤에 복면을 하고 본인을 찾아왔는가?"

"후후후, 너무 경계하지 마십시오. 제가 오늘 온 이유는 우 대협께 재밌는 이야기를 하나 해드릴까 해서이니까요."

"재밌는 이야기?"

복면인의 말에 우문강은 탁자 위에 있는 주전자를 들어 찻잔에 차를 따르고는 그것을 가볍게 복면인을 향해 내공을 사용해 던졌지만, 상대는 공력을 사용하여 가볍게 찻잔을 받아 들고는 창문가에 앉으며 말했다.

"차까지 내주시다니 감사합니다."

"음……."

찻잔에 칠성 정도의 공력을 실어 보냈음에도 그것을 가볍게 받는 복면인의 무공에 만만치 않은 상대임을 알 수 있었다.

"그래, 네 녀석이 가져온 재밌는 이야기란 것이 무엇이더냐?"

"대협께서는 혈비도 무랑의 제자에 대해 들어보셨는지요?"

"혈비도 무랑의 제자?"

복면인의 말에 그는 조금 놀랄 수밖에 없었는데, 지금까지 혈비도 무랑에게 제자가 있다는 말은 전혀 알려지지 않았기 때문이다.

"그런 이야기는 금시초문이군."

"후후후, 그럴 수밖에요. 녀석은 정파의 그림자 속에 숨어 있었으니까요."

"정파의 그림자 속?"

그의 말에 우문강은 조금 놀란 표정을 지었다. 혈비도 무랑의 제자가 정파 가운데 숨어 있다는 것은 간과할 수 없는 일이기 때문이다.

"쌍도문의 소주인 장천이란 녀석을 경계하십시오. 언제 혈비도 무랑의 주구가 되어 어금니를 들어낼지 모르니까 말입니다."

"장천?"

"그럼 이만."

그 말과 함께 복면인이 창문 밖으로 사라지니 파사대협 우문강으로선 이상한 생각이 들었다.

'쌍도문을 멸문시킨 자들인가?'

얼굴을 드러내지 않고 쌍도문을 음해하려는 자들이라면 충분히 가능한 예측이지만, 문제는 그들이 왜 쌍도문의 소주를 혈비도 무랑의 제자라고 말하는가였다.

"사부님!"

복면인의 말에 고심하고 있을 때 문밖에서 자신을 부르는 소리가 들리자 그는 생각하던 것을 멈추고 말했다.

"무슨 일이냐?"

"쌍도문의 소주라는 자가 사부님을 뵙고자 찾아왔습니다."

"쌍도문의 소주라고?"

"예."

마치 짜여진 것처럼 일이 진행되는 것을 보며 그로선 조금 이상하게 생각되었지만, 일단 자신의 일이 쌍도문의 사람들을 돕기 위한 것인지라 쌍도문의 소주를 만나기 위해 걸음을 옮겼다.

객잔 아래로 내려가니 눈에 익은 젊은이의 모습이 보였고, 우문강은 그가 쌍도문의 소주로 과거에 만난 적이 있었던 장천임을 알아볼 수 있었다.

"공동파의 우 대협님께 인사드립니다."

"장 소협, 오랜만에 보게 되는군."

장천이 일어나서 포권하며 인사를 올리자 우문강은 미소를 지어 그를 반기고는 천천히 자리에 앉았다.

"공동파에서 이렇게 사람을 보내주시니 몸 둘 바를 모르겠습니다."

"그간 저희 문파와 쌍도문의 관계를 생각하면 당연한 것이지요. 하하하."

우문강은 장천의 말에 웃음을 지으면서 그에게 차를 권했다.

'응?'

우문강이 건네주는 차를 받으려던 장천은 무엇인가 이상한 생각이 들었으니, 찻잔에서 상당한 내공이 느껴졌기 때문이다.

'시험해 보려는 건가?'

미끄러지듯 자신에게 날아오는 찻잔을 그대로 잡으려 했다가는 내공에 의해 잔이 박살날 것이 뻔한 일인지라 장천은 가볍게 손가락으로 찻잔의 옆면을 쳐서는 회전시켜 내공을 상쇄시킨 후 우문강이 전해주는 찻잔을 받았다.

'음… 그전과는 달리 상당히 무공이 늘었군.'

과거 장천의 무공 실력을 본 적이 있는 우문강은 탄지신공의 수법을 사용하여 자신이 보낸 찻잔의 공력을 상쇄시키는 장천을 보며 놀랄 수밖에 없었다. 그러한 수법은 자신도 행하기 어려운 수법인데 장천이 가볍게 해냈기 때문이다.

"보아하니 아직 저녁을 먹지 않은 것 같은데, 저녁이라도 같이 하지 않겠는가?"

"대협의 배려는 감사합니다만 본 문의 식솔들이 걱정되는지라 일찍 돌아가 봐야 할 것 같습니다."

"그렇다면 조금 아쉽군."

장천은 우문강에게서 몇 가지 원조를 약속받은 후 객잔을 나서 쌍도문의 피신처로 향하고 있었는데, 숲을 지나던 장천은 주위가 너무 조용하다는 것을 깨달았다.

"누구냐!"

산새 소리조차 들리지 않는 고요함이란 것은 이상하게 느껴질 수밖에 없는지라 급히 허리에 찬 도에 손을 가져가 소리쳤고, 순간 수십 개의 암기가 파공음을 내며 장천의 머리 위로 쏟아져 내려왔다.

"차압!"

갑작스런 공격이지만 장천은 이미 준비를 마치고 있었는지라 쌍도를 뽑아 들고는 급히 몸을 뒤로 날렸다.

파바바박!

장천이 있던 곳에 수십 개의 암기가 박혔는데, 암기의 끝에 시퍼런 빛이 흐르는 것으로 보아 상당한 맹독이 묻혀져 있다는 것을 알 수 있었다.

장천이 암기를 피하자 숲에서 십여 명의 무사들이 모습을 드러내었다. 하나같이 복면을 쓰고 있어 자신을 노리는 자들임을 알 수 있었다.

"누구냐!"

"쳐라!"

그들은 대답할 필요도 없다는 듯 병장기를 들고 그를 향해 빠르게 쇄도해 들어왔다.

"흥! 홍염만화!"

자신의 목숨을 노리고 있는 자들을 향해 장천이 한차례 콧방귀를 뀌고는 화룡신도를 휘둘러 그들에게 강한 화기의 기운을 날렸다.

"크악!"

쇄도해 들어가던 자들은 급히 몸을 피했지만 그중 한 사람은 미처 피하지 못하고 화기에 적중당하니 괴성을 지르며 불길에 휩싸여 쓰러졌다.

"화룡격세(火龍擊勢)!"

홍염만화의 초식으로 자신을 향해 밀려오는 자들을 분사시킨 장천은 왼쪽으로 몸을 날려서는 화룡격세의 초식을 사용하여 쌍도를 휘두르니, 그의 빠른 공격에 반응하지 못한 두 명의 무사는 허리가 두 동강이 나 땅으로 쓰러졌다.

"차압!"

순식간에 세 명의 무사가 쓰러지자 복면인들은 크게 당황하였으나 이내 정신을 차리고는 진세를 만들어 공격해 오기 시작했다.

'진법 훈련을 받은 자들이군!'

다수가 한 사람을 공격하는 진법 훈련을 받은 것을 보며 장천은 그들이 같은 무리에 속한 자들임을 알 수 있었다.

하지만 그 하나하나 무사들의 실력은 자신에 비해 크게 뒤처지는 듯했기에 장천은 가볍게 발을 한 번 굴러 진각을 시전했다.

쿵!

그 순간 엄청난 흙먼지가 돌풍을 이루며 녀석들을 향해 날아가니 그들의 진세는 이내 흐트러질 수밖에 없었다.

"아직 나를 상대하기에는 이른 것 같군!"

녀석들의 진세가 흐트러지며 자신을 압박하는 기운이 약해지자 장천은 그들을 향해 소리치고는 화룡신도에 내공을 돋워 그대로 횡으로 베어버렸다. 부채꼴 모양의 진세를 이루던 그들은 도강에 의해 허리가 잘려 나가면서 일순간에 모두 목숨을 잃고 말았다.

"휴!"

자신을 공격해 온 녀석들을 모두 쓰러뜨린 장천은 도를 다시 집어넣고는 그들의 몸을 살피기 시작했다.

한편 이들의 싸움을 지켜보고 있던 자들이 있었으니, 나무 위에서 장천의 모습을 보고는 크게 감탄할 수밖에 없었다.

"굉장하군. 흑사대의 무사들을 단 세 초식만으로 모두 전멸시키다니 말이야."

"강북십웅과 비교해도 뒤지지 않을 것 같군요."

"아니, 화룡신도를 가지고 있다는 것을 감안한다면 강북십웅보다 한 수 위로 평가해야 할 것이다."

"그렇군요."

"아무래도 흑백쌍노의 도움을 받아야 할 것 같군. 녀석의 정체를 밝히기 위해선 말이야."

복면인 두 사람은 장천의 실력을 측정하기 위해 무사들을 보낸 것이니, 장천의 실력이 강북십웅의 위라 판단한 그들은 몇 가지 이야기를 나눈 후 몸을 날려 그곳에서 사라져 갔다.

자신을 공격한 무사들을 모두 베어 넘긴 장천은 조금 안타까운 생각이 들었다. 정신없이 싸우다 보니 그들 중 한 명을 산 채로 잡는다는 것을 잊은 까닭이었다.

'쌍도문을 습격한 자들과 같은 무리라고 생각되었는데… 실수로군.'

그들만 잡을 수 있었다면 본 문을 습격한 자들의 정체를 알 수 있었을 것이란 생각에 자신의 성급함을 욕할 수밖에 없었다.

그들의 몸에선 아무런 단서도 찾을 수가 없었는데, 한결같이 흔히 구할 수 있는 장검과 평범한 흑의를 입고 있었고 몸에는 몇 푼의 은자 외에는 별다른 것을 가지고 있지 않았던 것이다.

그 때문에 녀석들의 정체는 알 수 없었지만, 아직 적들이 쌍도문을 노리고 있으리라 여긴 장천은 경신공을 사용하여 빠른 속도로 그 장소를 벗어났다. 자신을 주시하는 자를 따돌리기 위함이었다.

경신술을 사용하여 몸을 피하자 그를 쫓아오던 자들은 뒤처질 수밖에 없었고, 상대를 따돌린 장천은 쌍도문의 피신처가 들키지 않게 돌아올 수 있었다.

한편, 무너진 쌍도문의 전각이 있는 서쪽에선 이십여 명의 복면인들이 때를 기다리고 있었다. 그들의 기도는 하나같이 평범한 자가 없었다.

그들 중 가장 눈에 띄는 자는 각각 흑검과 백검을 들고 있는 두 명의 남자였는데, 두 명이 한 발자국 앞으로 내딛자 나머지 사람들은 기도에 눌려 자신도 모르게 걸음을 뒤로 뺄 정도였다.

"어서 오십시오, 흑백쌍노 어른."

그들의 기도를 견디며 적의를 입은 복면인이 앞으로 나와서는 포권하며 인사를 올리자 흑백쌍노는 기도를 갈무리하고 자리에 앉아서는 말했다.

"우리를 부른 이유는?"

백노가 적의복면인에게 용건을 묻자 그는 종이 하나를 꺼내어서는 그의 앞에 건네며 말했다.

"쌍도문의 소주란 자가 나타났습니다."

"쌍도문의 소주?"

그의 말에 흑노는 그가 건네준 종이를 받아 들었는데, 그것을 보자 아직 약관에 이르지도 않은 것 같은 소년의 얼굴이 있기에 이맛살을 찌푸리며 말했다.

"아직 어린것이 아니냐? 이런 녀석을 상대로 우리 흑백쌍노를 부른 것이냐?"

자신들이 상대해야 할 자가 어린아이라는 것을 안 흑백쌍노는 마음에 들지 않는다는 목소리로 말했는데, 적의복면인은 고개를 저으며 말했다.

"이자가 혈비도 무랑의 제자라면 어떻겠습니까?"

"혈비도 무랑?!"

그의 말에 흑백쌍노는 크게 놀랄 수밖에 없었다.

"음… 진실로 이 아이가 혈비도 무랑의 제자라면……."

"우리의 상대로선 부족함이 없겠지."

혈비도 무랑의 제자라는 말에 흑백쌍노는 고개를 끄덕여 말하고는 자리에서 일어났다.

"이 꼬마가 있는 곳으로 안내하거라."

당장이라도 녀석을 쓰러뜨리겠다는 모습을 보이는 흑백쌍노를 향해 적의복면인은 고개를 저어 보였다.

"단순히 어줍지 않은 꼬마를 제거하는 데 흑백쌍노 어르신들을 부른 것은 아닙니다."

"응?"

"그럼 무슨 이유냐?"

흑백쌍노로선 그의 저의를 알 수 없어 되물을 수밖에 없었다.

"현재 이 아이는 쌍도문의 소주라는 가면을 내세우고 있습니다. 무림의 인물들 중 이 아이가 혈비도 무랑의 제자라는 것을 알고 있는 사람은 몇몇 사람밖에 없는 것이지요."

"음……."

"그런 이유로 저의 주인께서는 이 아이의 정체를 강호의 형제들에게 알리고자 이렇게 흑백쌍노 어르신께 부탁드리는 것입니다."

"우리가 할 일은?"

"쌍도문을 돕고자 찾아온 정사의 인물들 앞에서 이 아이의 비도술을 끌어내 주십시오."

"비도술을?"

"혈비도 무랑의 비도술은 한 번 본 자는 잊을 수가 없는 것. 그것만 끌어내신다면 이 아이의 정체가 밝혀지겠지요."

적의복면인의 말에 흑백쌍노는 조금 마음에 들지 않지만 련주의 말도 있었던지라 고개를 끄덕이며 말했다.

"알겠다."

"진실로 그 아이가 혈비도 무랑의 제자라면 비도술을 꺼내도록 만들어주겠다."

"그럼 부탁드리겠습니다."

흑백쌍노가 사라지자 적의복면인은 뒤에 서 있던 복면인들을 보며 말했다.

"적영!"

"예."

"관전자들을 예정된 장소로 끌어내거라."

"알겠습니다."

그의 명령을 받은 적영이란 자는 포권한 후 다른 인물들과 함께 사라졌다.

경신공을 사용하여 피신처로 돌아온 장천은 일이 이상하게 흘러가고 있다는 것을 알 수 있었다.

'아무래도 범상치 않은 일이 일어날 것 같은데… 도대체 영문을 알 수가 없군.'

하지만 이내 그 생각을 지워 버릴 수밖에 없었으니, 일단은 식솔들을 챙기는 것이 우선이라 생각했기 때문이다.

동굴로 들어선 장천은 사람들을 지휘하고 있는 임아란 앞으로 가 고개를 숙이며 말했다.

"어머니."

"천아, 이제야 오느냐. 그래, 공동파 사람들은 만나보았느냐?"

"예. 공동파의 우문강 어르신께서 오셨기에 식량을 비롯하여 몇 가지 원조를 약속받을 수 있었습니다."

"잘했다. 지금 상황에선 외부에 있는 본 문 식구들의 도움을 받을 수 없으니 공동파의 도움이 절실히 필요하구나."

"그렇습니다."

쌍도문은 과거 오립산이 세워놓은 사업이 있었기에 돈에 대해선 문제가 없었지만, 지금의 상황에선 사람들을 함부로 밖으로 내보낼 수 없는지라 피신처에 저장해 놓은 것으로 살아가고 있었던 것이다.

무림맹에 가 있는 사람들과 철사방의 일로 나가 있는 쌍도문의 정예가 돌아와 확실한 대비책을 세우지 않는 이상, 밖에 있는 사업체와 연락하지 않는 것이 좋겠다고 판단한 임아란이었다.

"이곳 일은 괜찮으니 일단 혈마란 분과 함께 만선루(萬仙樓)로 가서 호영(狐英)이란 분을 만나고 오너라."

"호영 아주머님을요?"

호영은 쌍도문이 소유하고 있는 만선루의 루주 직에 있는 여인으로 과거 몇 번 쌍도문을 찾아온 적이 있었기에 장천도 잘 알고 있는 사람이었다.

"그래, 일단 우리들이 안전하다는 것을 알리는 것이 좋을 듯하구나. 호영이라면 필시 이곳으로 몇 번 찾아왔을 터인데, 아무래도 이곳 사정이 별로 좋지 않은 것 같아서 말이다."

"알겠습니다."

자신도 복면인들의 습격을 받았는지라 고개를 끄덕이며 말하고는 혈마가 있는 곳으로 향했다.

혈마는 복면인들의 습격에서 부상을 당한 사람 중 아직 치유가 되지 않은 사람들을 금침대법으로 치료해 주고 있었는데, 혈교 자체가 시체를 이용한 술법을 사용하는 곳인지라 의술도 크게 발달되어 있었기에 혈마는 온 지 얼마 되지도 않아 사람들에게 크게 호응을 받고 있었다.

"혈마 어르신."

"아! 이제 오는가? 잠시만 기다리게."

혈마는 장천을 보고 손을 내저으며 말한 후 자신의 앞에서 등을 보이며 엎드려 있는 사람의 어깨에 빠른 속도로 금침을 꽂은 후 자리에서 일어났다.

"한 시진 정도 지나면 자연적으로 금침이 빠질 것이니 그때까지는 움직이지 말게나."

"알겠습니다, 혈마 어른."

간단하게 주의 사항을 알려준 혈마는 잠시 고개를 좌우로 흔들어 뻐근한 목을 풀고는 장천에게 걸어왔다.

"무슨 일인가?"

"저랑 같이 만선루란 곳으로 가주셨으면 해서요."

"만선루?"

"예. 본 문의 사업체 중 하나인데, 그곳에 본 문 식솔들의 소식을 알려야 하거든요."

"그런데 왜 나를?"

"어머니는 아무 말도 없으셨지만, 아무래도 그곳의 루주님이 몸이 조금 안 좋으신 것 같습니다."

"음… 알겠네."

장천의 말에 고개를 끄덕인 혈마는 간단하게 물건을 챙기고는 그와 함께 밖으로 나갔다.

장천이 호영의 몸이 안 좋다고 판단한 이유는 임아란의 말 때문이다. 호영은 쌍도문과 친분이 있는 사람으로 이곳 진식의 생로를 알고 있었는데, 그럼에도 불구하고 한 번도 찾아오지 않았다.

그렇다는 것은 필시 복면인들로 인하여 이곳으로 오지 못하거나 그들에 의해 부상을 입었다는 뜻이었다.

피신처의 진식을 빠져나온 두 사람은 산 아래를 향해 경신술을 사용하여 내려갔는데, 한참을 내려가던 두 사람은 한순간 걸음을 멈추고는 병기에 손을 가져갔다.

"아무래도 우리를 노리는 사람이 꽤 많은 것 같구나."

"그러게 말입니다."

혈마의 말에 고개를 끄덕인 장천은 화룡신도를 뽑아서는 가볍게 휘둘렀고, 그 순간 뜨거운 불길의 검기가 형성되더니 숲 쪽에 있던 나무를 두 동강 냈다.

나무가 쓰러지자 그곳에서 세 명의 복면인들이 튀어나왔다. 혈마는 흑마겸의 하나를 꺼내어서는 그들을 향해 가볍게 휘둘렀다.

"혈마참(血魔斬)!"

"끄악!"

간단하게 휘두른 초식이지만 흑마겸에서 예기가 형성되더니 나무에서 튀어나온 복면인들의 다리를 베어버려 그들은 비명을 지르며 땅으로 쓰러졌다.

쓰러진 복면인들에게 다가간 장천은 한 사람의 태양혈을 양쪽 엄지손가락으로 누르고는 말했다.

"네 녀석들은 누군데 우리를 노리지?"

"크윽! 우, 우린……."

장천이 행하고 있는 것은 홍련교의 비전 중 하나인 일종의 현혹술로 상대에게서 비밀을 털어놓게 할 때 사용하는 수법이었다.

하지만 곧 이어 주위에서 수십 개의 암기가 그들을 향해 쏟아져 날아오자 수법을 행하던 자를 데리고 피할 수 없었던 장천은 할 수 없이 그를 버려둔 채 뒤로 몸을 날렸다.

"끄악!"

흑마겸에 의해 다리가 잘려져 나간 세 복면인들은 쏟아져 나오는 암기에 고슴도치가 돼서 쓰러지니 장천은 한숨을 내쉬었다.

"휴… 아무래도 만만한 자들은 아닌 것 같군요."

"일이 그리 쉽게 풀리면 재미가 없지."

미소 지으며 그렇게 말한 혈마는 나머지 흑마겸을 뽑아 들고는 자세를 취했다. 그 순간 수십의 인영이 협공의 진세를 이루며 산길의 양쪽에서 두 사람을 향해 자세를 취했다.

"제가 앞을 맡도록 하지요."

장천이 두 개의 도를 뽑아 들고서 진세를 이루는 사람들을 향해 가볍게 오른발을 내디뎌 진각을 시전하자, 그 순간 강한 모래바람이 복면인들을 향해 밀려갔다.

"크윽!"

"패룡포효(霸龍咆哮)!"

흙먼지로 인하여 시야가 가려져 있는 틈을 타 장천이 패룡포효의 초식으로 두 개의 도를 휘두르니 순식간에 십수 명의 복면인들이 두 동강이 나 땅으로 쓰러졌다.

강맹한 도법 중 하나인 패룡포효의 초식에 혈마는 크게 감탄했다.

"굉장한 도법이군."

"본 문의 진짜 도법이니까요."

"음… 쌍도문의 진짜 도법이라……."

혈마는 장천이 보여주는 수법을 보며 쌍도문에 대해 다시 평가할 수밖에 없었다.

지금까지는 근래에 이름을 날린 신흥 문파쯤으로 생각하고 있었는데, 장천이 보여주는 초식에는 상당히 오랜 시간 동안 다듬은 흔적이 보였기 때문이다.

"쳐라!"

혈마가 이런저런 생각을 하고 있을 때 뒤에서 진세를 펼치던 복면인들이 공격을 해오니 그는 흑마겸을 거꾸로 잡고 오른발을 박차고는 그들의 앞으로 쇄도해 들어갔다.

"섬영혈참(閃影血斬)!"

마치 빛과 같은 속도로 몸을 날린 혈마는 자신을 향해 밀려오던 복면인들의 사이사이를 헤집고 나가면서 흑마겸으로 베어 넘기니, 일 다경도 되지 않아 그를 공격해 들어오던 삼십여 명의 복면인들은 대지를 붉게 물들이며 땅으로 쓰러졌다.

처음 홍련교에서 싸울 때는 혈교의 수법으로 무공을 이어받았을 뿐 실전 경험이 없었으나 지금은 실전 경험이 늘었기에 그의 무공도 상당히 상승한 것이다. 지금이라면 홍련교의 삼대고수인 천마, 불괴대제, 우경과 비교해도 뒤지지 않을 것이라 자신하는 혈마였다.

자신들을 습격한 복면인들을 처리한 두 사람은 다시 숲을 내려왔고, 다음날 새벽쯤에야 겨우 만선루에 도착할 수 있었다.

만선루는 감숙에서 이름난 기루 중 하나였기에 큰 전각이 한눈에 들어왔지만, 새벽녘이라서인지 그리 사람은 많지 않았다.

기루의 대문 앞에 선 장천이 문을 두드리자 한참 후 하품을 하며 하인 한 명이 대문을 열고 모습을 드러내었다.

"무슨 일인데 새벽부터 난리유. 아직 문 안 열었으니 오후쯤에나 찾아오시구려."

"우린 쌍도(雙島)에서 온 사람이다. 만선루주를 만나기 위해서 왔으니 안내하거라."

"쌍도!"

대외적으로 쌍도문의 사업체들은 비밀로 되어 있었기에 쌍도(雙島)란 은어를 사용하는데, 하인은 그것에 대해서 잘 아는지 깜짝 놀란 표정을 짓더니 문을 열고는 두 사람을 안으로 맞아들였다.

"어서 오십시오. 루주께서 쌍도에서 오실 분을 기다리고 계셨습니다."

"음……."

하인의 말에 고개를 끄덕인 장천은 혈마와 함께 안으로 들어갔다.

과연 감숙에서 이름난 기루인지라 안에 들어서자마자 아름답게 꾸

며진 장원의 모습이 보였다.

정원을 지나 전각 안으로 들어서자 새벽부터 아름다운 기녀들이 꽃단장을 한 채 걸음을 옮기는 것을 볼 수 있었다. 장천 일행은 하인의 안내를 받으며 전각의 깊숙한 곳으로 걸음을 옮겼다.

하인을 따라 봉황각이란 곳으로 들어서자 지금까지 보던 곳과는 또 다른 모습이 눈에 들어왔으니, 마치 선계에 온 것 같은 착각이 들 정도로 아름다운 모습이었다. 작은 연못가에 피어난 연꽃은 새벽녘 이슬을 받아 신비할 정도의 빛을 드리우고 있었다.

꽃길을 지나 전각 안으로 들어서자 네 명의 여인들이 장천 일행을 맞았다.

"어서 오십시오."

"쌍도의 소도주 장천이라 합니다. 잠시 루주를 만나뵙고자 합니다."

"루주께선 쌍도에서 오실 분들을 기다리고 계셨답니다. 저희들을 따라오십시오."

네 여인들의 안내를 받으며 봉황각 안으로 들어선 사람은 봉황의 문양이 새겨져 있는 방으로 들어섰고, 그곳에서 투명한 천에 가려져 있는 침상에 한 여인이 누워 있는 것을 볼 수 있었다.

"루주님, 쌍도에서 오신 분들입니다."

"콜록콜록……."

여인의 말에 침상에 누워 있던 여인은 천천히 자리에서 일어나더니 휘장을 걷고는 장천에게 다가와 공손히 절을 했다.

"소도주께 천한 것이 인사 올립니다."

"호영 아주머니!"

루주인 호영의 모습을 보는 순간 장천은 크게 놀랄 수밖에 없었다. 과거에 봤던 호영은 아름다운 자태를 보이는 여인이었는데 지금은 눈빛이 어둡고 병약한 모습으로 가득해 있었기 때문이다.

"콜록콜록."

장천에게 인사를 하던 호영은 잠시 후 심한 기침을 하며 쓰러지고 마니 크게 놀란 장천은 급히 호영의 몸을 부축하고는 침상에 눕혔다.

"혈마 어르신, 부탁드립니다."

"알겠네."

한참을 호영의 맥을 살펴보던 혈마는 헛바닥을 차며 말했다.

"이런, 장기에 큰 내상을 입었군. 가장 심각한 것은 폐 쪽인데 며칠만 늦었어도 목숨을 부지하기 어려울 뻔했네."

"그렇다면 호영 아주머니의 병은 치유될 수 있단 말씀이십니까?"

"어렵긴 하지만 본 문의 대법과 몇 가지 약만 있으면 가능할 것 같군."

"다행입니다."

혈마의 말에 장천은 크게 안도의 한숨을 내쉬었다.

"아이야, 지필묵을 가져오거라."

혈마가 옆에서 지켜보고 있던 기녀에게 지필묵을 가져오라 시키자 잠시 후 그녀는 혈마 앞에 물건을 가져다 놓았다.

그가 붓을 들어 종이 위에 수십 가지의 약초 이름을 쓴 후 기녀에게 건네주며 말했다.

"여기에 적혀 있는 약초를 급히 구해오너라. 적어도 한 시진 안에는 약을 달여야 하니 서둘러야 할 것이다."

"예."

혈마의 말에 그녀는 고개를 숙이고는 급히 처방전을 가지고 밖으로 나갔다.

"루주께서는 제 말을 잘 들으십시오."

"콜록콜록… 말씀… 하십시오."

"이제부터 제가 행할 것은 금침대법 중에서도 가장 위험한 것인데, 이 대법을 행하기 위해선 루주께서 나신이 되셔야 합니다. 남녀 간의 법도가 유별하니 저로서는 대법을 행하기가 껄끄러울 수밖에 없어 루주의 허락을 받을까 해서 말씀드리는 것입니다."

그 말에 호영은 놀란 표정을 지었지만 이내 고개를 끄덕였다.

"이제부터 저를 도와줄 한 분만 제하고 다들 밖으로 나가주셔야겠습니다."

그의 말에 장천은 고개를 끄덕이고는 혈마와 호영을 보며 말했다.

"그렇다면 전 이분들과 본 문의 지원에 대해서 이야기하고 있겠습니다."

장천들이 밖으로 나가자 혈마는 남아 있던 여인에게 호영이 옷을 벗는 것을 도와주게 하니 서서히 호영의 나신이 드러나기 시작했다.

병 때문인지 그녀는 초췌하게 말라 있었지만, 그럼에도 불구하고 드러나는 원숙한 여인의 아름다움에 혈마는 절로 식은땀이 흘러내렸다.

'음…….'

어린 시절부터 홍련교의 수옥에 갇혀 있었던 그인지라 아름다운 여인을 접해 본 적이 없어 원숙한 여인의 미를 보이는 호영의 모습에 정신을 차릴 수가 없었다.

하지만 이내 심호흡을 하여 정신을 가다듬은 혈마는 나신으로 누워 있는 그녀를 보며 금침을 꺼내어 들었다.

호영은 낯선 남자 앞에서 나신을 드러내는 것이 부끄러운 듯 고개를 돌리고 있었는데, 가끔씩 기침을 참으려고 찌푸리는 모습이 마치 오나라 때의 미인 서시를 보는 듯한지라 혈마의 가슴은 두근거릴 수밖에 없었다.

'이런… 미치겠군!'

아름다운 여인을, 그것도 나신의 모습을 앞에 두고 정신을 집중하려니 혈마로선 죽을 맛이었지만, 이런 여인을 죽게 내버려 둘 수는 없는지라 입술을 깨물며 분산되는 정신을 집중했다.

"아!"

호영은 혈마의 입에서 피가 흘러내리는 것을 보며 크게 놀란 표정을 지었지만, 그의 모습이 너무나 진지한지라 뭐라 말을 하지 못했다.

금침을 손에 든 혈마가 드디어 그녀의 혈에 침을 놓기 시작하자 그의 손놀림에는 한 치의 흔들림도 없었다.

거의 반 시진이 넘게 걸린 금침 시술이 끝난 후 혈마는 크게 숨을 몰아쉬고는 옆에 있던 여인을 보며 말했다.

"약초는 어찌 되었느냐?"

"준비되었다 합니다."

"지필묵을."

여인이 지필묵을 건네주자 붓을 든 혈마는 한참 무엇인가를 쓰더니 그것을 건네주며 말했다.

"이것을 가져가서 탕약을 달여오도록 하거라. 여기에 적혀 있는 것에서 한 치의 오차도 없어야 하니 주의를 기울여야 할 것이다."

"예."

여인이 종이를 들고는 탕약을 끓이기 위해 밖으로 나가자 혈마는 호영의 맥문을 잡고는 다시 진맥하기 시작했다.

"음… 금침의 시술이 장기를 안정시키고 있으니 부인의 병은 치유될 것입니다."

"감사합니다……."

혈마의 말에 호영은 얼굴을 붉히며 감사 인사를 전했다.

기녀의 몸으로 자랐다고는 하지만 남자 앞에서 나신을 드러내고 누워 있는 것이 어찌 부끄럽지 않을 수 있겠는가?

어느 정도 시간이 지나 혈마가 천천히 금침을 빼가자 그녀의 몸에서 검은 피가 흘러나오기 시작했다.

"몸에 있던 독혈이 빠져나오는 것입니다."

검은 피를 보며 호영이 놀란 표정을 짓자 혈마는 독혈임을 말해 주었으나 문득 한 가지 사실을 깨닫고는 낭패함을 느끼고 말았다. 네 명의 여인 중 한 사람만을 남겨 자신을 돕게 하였는데, 탕약을 위해 그녀마저 다른 곳으로 보내어 방에는 자신과 호영밖에 없었기 때문이다.

"이런!"

그녀의 몸에서 빠져나온 독혈을 빨리 닦아내지 않으면 다시 피부 속으로 스며들 수 있는지라 혈마는 안절부절못하는 모습을 보이다 할 수 없이 근처에 있던 수건을 들어서는 직접 그녀의 몸을 닦아주었다. 그런 혈마의 모습에 호영의 얼굴은 더욱 시뻘겋게 물들어갈 수밖에 없었다.

한편, 다른 전각에선 장천과 세 명의 여인들이 쌍도문에 지원할 물품에 대해서 이야기를 나누고 있었기에, 혈마의 위기를 알지 못하고 있는 상태였다.

"그나저나 루주님의 병이 빨리 나으셨으면 좋겠어요. 모든 일을 처리하시던 루주님이 누워계시니, 저희들로선 본 문을 돕기 위해 어떻게 해야 할지도 막막하답니다."

여인의 말에 장천은 호영의 수완이 뛰어남을 잘 알고 있었기에 고개를 끄덕이며 말했다.

"그런데 어쩌다 호영 아주머니께서 병에 드신 것입니까?"

"그것이… 쌍도에 일이 생겨 잠시 외출을 하신다고 했는데, 돌아오셨을 때는 저렇게 병을 앓고 계셨습니다. 아마 사악한 무리의 습격을 받아 독에 중독된 듯합니다."

"음……."

"쌍도에서 이전에 보내주었던 해독단으로 급히 해독하기는 했지만, 독이 골수에 퍼진지라 이렇게 되었습니다."

"그렇군요."

장천은 자신을 습격했던 복면인들이 호영 아주머니를 습격했음을 눈치 챌 수 있었다.

"그나저나 전 루주님이 걱정입니다."

"루주님이요?"

"예. 그분이 기루에 계시긴 하지만 아직 순결한 몸인데 남자 앞에 나신을 드러내시다니… 아유, 망측스러워라!"

상상만 해도 부끄럽다는 듯이 두 손으로 얼굴을 가리며 고개를 흔들기 시작했다. 사실 그를 안내했던 네 명의 여인과 루주인 호영은 기녀라기보다는 쌍도문 지부의 문도라고 하는 것이 옳았다.

"음… 이왕 이렇게 된 것, 호영 아주머니와 혈마 어르신을 이어주는 것이 어떨까 생각합니다."

"예?"

"혈마 어른 역시 동정의 몸인데다 나이 또한 호영 아주머니와 비슷하니 금상첨화가 아니겠습니까?"

"아!"

장천의 말에 그녀들 역시 잠시 혈마의 얼굴을 떠올려 보곤 조금 병약해 보이는 모습이기는 하지만 잘생긴 미부인지라 루주의 남편이 된다 해도 빠짐이 없다고 생각했다.

"하지만 두 분이 서로를 허락하셔야 가능한 것이 아닙니까."

"이래 뵈도 한때 이름난 중신아비였으니 저한테 맡기신다면 아무런 문제도 없을 것입니다."

"아!"

장천의 자신있어하는 말에 기녀들은 다 같이 뭔가 기대하는 모습으로 탄성을 내질렀다.

밖의 분위기가 어떻게 돌아가는지 모르는 채 혈마와 호영은 서로를 바라보며 얼굴이 붉어지는 것을 감출 수가 없었다. 그녀의 몸에서 흘러나오는 독혈을 깨끗이 닦아준 후 혈마는 그녀에게 옷을 입혀주기까지 했다.

"실례를 범했습니다."

"…아닙니다. 의원이 병자의 병을 다스리려 함은 당연한 것이 아니겠습니까."

"아!"

그녀의 말에 혈마는 잠시 탄식을 내질렀다. 내심 무엇인가 가슴에 아쉬움이 남았기 때문이다.

한참 후 여인이 탕약을 가져와 그것을 마시자 호영의 기침은 크게 수그러들었으니 혈마는 고개를 끄덕이며 말했다.

"장기에 남아 있던 독혈은 거의 대부분 사라졌으나 가장 심했던 폐는 아직 독이 모두 사라진 것이 아닙니다. 앞으로 한 달 정도 제가 처방한 탕약을 식후 세 번 복용하신다면 폐의 독도 완전히 사라질 것이니 심려하지 마십시오."

"감사합니다."

공손히 감사의 인사를 하는 호영의 자태에서 혈마는 도저히 눈을 뗄 수가 없었다.

'이것이 여인인가……'

혈마가 치료를 끝내고 밖으로 나오자 장천이 호영의 상태를 물어보았다.

"혈마 어른, 호영 아주머니의 상태는 어떻습니까?"

"몸의 독혈은 거의 뽑아내었으니 앞으로 한 달 정도 후면 원래의 상태로 돌아올 것이네."

"다행이군요."

혈마의 말에 장천은 안도의 한숨을 쉬었는데, 그의 얼굴을 보니 상당히 고생한 듯한 모습이었다.

하지만 이상한 것은 쌍도문에 있었을 때는 이것보다 더 힘든 시술을 많이 했음에도 이렇게 지친 모습을 보인 적이 없는지라 그 역시 나신의 여인을 앞에 두고 시술한다는 것이 참기 힘들었던 것임을 눈치 챌 수 있었다.

"혈마 어른, 호영 아주머니를 어떻게 생각하십니까?"

"응? 무슨 말인가?"

"제가 아는 사람이 호영 아주머니와의 중매를 부탁했었는데, 저로선 그 사람에게 기녀인 호영 아주머니를 소개해 주기가 조금 그런지라 망설여져서……."

그 말에 혈마가 장천을 보며 노기 띤 표정으로 소리쳤다.

"그게 무슨 소리인가! 내가 사람을 잘못 보았군!"

"무엇을 그리 화를 내십니까, 어르신?"

"사람을 신분으로만 평가하려 하니 그런 것일세! 내가 본 호 루주는 정숙하며 기개 또한 있는 여인이라 오히려 겉만을 꾸미려 애를 쓰는 강호의 어리석은 여인들보단 백 배 더 뛰어난 여인이었네!"

혈마의 말에 장천은 입가에 미소를 짓고는 말했다.

"그렇군요. 제가 실례를 했던 것 같습니다."

혈마의 말을 들으며 장천은 그가 호영에게 마음이 있다는 것을 알수 있었으니 아무런 감정도 없는 사람을 욕하는 것에 크게 노기를 보일 사람이 아니라는 것을 알고 있었기 때문이다.

오랜 시간 수옥에 갇혀 있었던 탓에 남녀의 감정에 대해선 잘 모르는 혈마이기에 이런 실수를 한 것이다. 장천은 혈마에게서 벗어나 호영의 방으로 걸음을 옮겼다.

"아주머니, 몸은 어떻습니까?"

장천의 말에 그녀는 살짝 미소를 지으며 말했다.

"소도주께서 보내주신 분의 도움으로 몸은 많이 편해졌습니다. 내일이라도 당장 일어날 수 있을 것 같군요."

"다행입니다."

호영의 말에 미소를 지은 장천은 근처에 있는 의자에 앉아서는 그녀를 보며 말했다.

"호영 아주머니, 행여나 혈마 어르신을 가까이하지 마십시오."

"예? 무슨 말씀인지?"

"애석하지만 그분은 본 문에 속한 사람이 아닙니다. 지금은 저에게 힘을 빌려주고 있지만 사실 사파의 인물입니다."

"그런!"

"언제 저희들에게 암수를 펼지 알 수 없는 인물이니 호영 아주머니께서는 그분을 멀리하시는 게 좋을 듯합니다."

"아!"

장천의 말에 호영은 탄식을 내뱉으며 안타까운 표정을 지으니, 그녀역시 혈마에게 좋은 감정을 품고 있다는 것을 알 수 있었다.

두 사람에게 각기 별로 좋지 않은 말을 던진 장천은 자신이 머물 거처로 돌아갔고, 다음날 혈마에게 호영의 치료를 부탁했다.

혈마는 또다시 혼자 호영과 한 방에 머물게 되었는데, 자신을 보는 그녀의 눈에서 슬픈 빛이 비추어지자 크게 이상하다 생각할 수밖에 없었다.

'이런……'

병이란 마음의 변화에도 민감하게 반응하는 것이라 혈마는 침착한 목소리로 말했다.

"호 루주, 무릇 병이란 것은 심신의 의지가 약해진 것을 틈타 외부의 독기가 몸 안으로 스며 들어오는 것을 말합니다. 이런 이유로 병을 앓고 있는 자는 마음을 가라앉혀 군건히 하고 천천히 몸을 치료해야 하는 것인데, 호 루주의 눈에 근심이 보이니 걱정입니다."

"아!"

혈마가 자신의 마음의 변화에 걱정스러운 표정으로 말해 주자 호영은 그 따뜻함에 더욱 가슴이 아플 수밖에 없었다. 그가 진실로 장천의 말대로 자신들에게 해를 끼칠 사파의 인물이라면 지금의 따뜻한 이 한마디가 거짓일 수도 있었기 때문이다.

그런 생각이 들자 자신이 혈마에게 가졌던 연모의 감정이 슬픔으로 바뀌니 그녀의 눈에선 한줄기 눈물이 천천히 흘러내렸다.

"호 루주!"

호영이 눈물을 흘리는 것을 보며 혈마로선 크게 놀랄 수밖에 없었으니 왜 그녀가 눈물을 흘리는지 알 수 없었기 때문이다.

'내가 무슨 잘못을 한 거지? 여인에게 눈물을 보이게 하다니… 이런……'

남녀의 감정에 미숙한지라 왜 그녀가 눈물을 흘리고 있는지 알 수 없었던 혈마는 당황스러울 수밖에 없었다. 혈교의 술법으로 그녀가 눈물을 흘리는 원인을 알아낼 수는 없는지라 혈마는 한참을 안절부절못하는 모습을 보이다가 자리에서 벌떡 일어나서는 그녀 앞에서 무릎을 꿇고는 고개를 숙였다.

"아! 어르신!"

"호 루주! 내가 무슨 말을 실수한지는 모르지만, 지금 당신의 마음에 이런 근심이 생긴 것은 나로 인한 것 같아 이렇게 사죄를 드리는 것이오."

"어르신, 제발 일어나십시오."

혈마의 행동에 호영은 크게 당황해서는 아픈 몸을 이끌고 자리에서 일어나 그를 일으켜 주려고 했다. 하지만 아직 몸에 힘이 없는 상태인지라 지탱하지 못하고 침상에서 떨어지고 말았다.

"아!"

"호 루주!"

하지만 다행히 그 모습을 본 혈마가 빠르게 신형을 놀려 그녀의 몸을 안을 수 있었는데, 자신이 연모하던 남자의 품에 안겼다는 것을 안 호영은 얼굴이 시뻘겋게 변하고 말았다.

"아!"

"이런!"

나신까지 본 상태였지만 아직 부끄러운지 혈마 역시 얼굴이 시뻘겋게 변했으나 그녀를 땅에 떨어뜨릴 수는 없는지라 천천히 침상에 올려놓고는 자리에 앉았다.

"호 루주께 결례를 범했군요."

"아닙니다, 어르신."

그의 말에 침상에 몸을 기대앉은 호 루주는 흐트러진 옷매무새를 정리하는 모습을 보이니 그 모습 또한 혈마에겐 마치 선녀의 모습과 같이 보일 뿐이었다.

이렇게 아침 치료가 끝나자 혈마는 호 루주의 방에서 나와 거처하는 방으로 돌아섰는데, 방으로 돌아온 후에도 도저히 마음이 안정되지 않자 안절부절못하고 있었다.

"혈마 어르신, 무슨 근심이 있으십니까?"

"아, 아니네."

혈마는 손을 내저었지만 대충 눈치를 챈 장천은 천천히 그의 앞으로 가서는 말했다.

"호영 아주머니를 어떻게 생각하십니까?"

"어떻게 생각하다니?"

"삼십 대라 하지만 들리는 말에 의하면 수궁사가 아직 남아 있는 여인이라 하며 자태 또한 다른 여인과 비교하여 뒤처짐이 없습니다."

"지금 자네, 무슨 소리를 하고 있는 겐가!"

장천의 말에 혈마로선 그의 속셈이 무엇인지 의심이 갈 수밖에 없었다.

"저를 도와준 혈마 어르신에게 약간의 보답을 하고자 할 뿐입니다. 이곳 루주는 본 문의 소유이니 루주 또한 본 문의 소속이라 할 수 있습니다. 기녀의 몸이라 혈마 어르신과는 어울리지 않을 수 있으나 마음에 드신다면 첩으로 들일 수 있어서 하는 말입니다."

"그런!"

혈마로선 장천의 말에 크게 놀랄 수밖에 없었다.

"혈마 어르신께선 마교의 감옥에서 오랜 시간을 보내셨기에 아직 가까이 하신 여인이 없으니 약간의 보답을 할 뿐입니다. 자고로 영웅은 호색하다 하니, 혈마 어르신 같은 분에게 삼처사첩이 없는 것이 이상한 것이지요."

장천의 말이 끝나자 혈마는 노기를 띤 표정으로 자리에서 벌떡 일어나서는 소리쳤다.

"자네! 나를 모욕하는 것은 참을 수 있으나 호 루주를 모욕하지는 말게! 그 사람은 자네의 문파를 위해 일하는 사람이 아니던가!"

"어르신?"

"이만 나가보겠네!"

혈마가 화난 모습으로 문을 열고 밖으로 나가자 장천은 의자에 앉아서 가볍게 차를 한 모금 마신 후 만족한 미소를 띠었다.

"이제 거의 다 된 듯하군. 호영 아주머니에게나 가볼까?"

혈마가 화를 내고 자신을 떠날 수도 있다는 생각을 안 한 것은 아니지만, 그가 병자를 두고 떠날 리 없다는 생각에 여유롭게 호영이 있는 방으로 걸음을 옮기는 장천이었다.

"아주머니."

"소도주께서 오셨습니까?"

이제 몸이 많이 나아진 듯 호영은 시녀의 부축을 받으며 자리에서 일어서니 장천은 시녀를 밖으로 보낸 후 심각한 표정으로 말했다.

"아주머니, 아무래도 혈마 어르신이 심상치 않군요."

"무슨 말씀인지……."

"그분이 다른 생각을 하시는 것 같습니다."

"아!"

"그런 이유로 부탁을 한 가지 드리고 싶은데 괜찮겠습니까?"

"무슨 부탁입니까?"

"제가 보기엔 혈마 어르신이 호영 아주머니에게 마음이 있어 하는 것 같은데……."

"아!"

장천의 말에 그녀는 그가 말하고자 하는 것이 무엇인지 알 수 있었다.

무림문파에 속해 있는 기녀들이 어떤 일을 해야 하는지 잘 알고 있는 호영인지라 고개를 끄덕이며 말했다.

"알겠습니다. 천한 몸인 저를 이런 자리까지 오르게 해주신 보답을 해야겠지요."

그녀는 오랜 시간 쌍도문과 시간을 보내온 사람이었다.

고아로 자란 것을 오립산이 거두어 이렇게 루주의 자리까지 오른 이였으니 문파가 원한다면 자신의 몸을 버릴 각오가 되어 있는 사람이다.

하지만 상대가 연모하고 있는 혈마이다 보니 가슴이 아플 수밖에 없었다. 다른 사람이라면 모를까 진정으로 연모하는 이에게 거짓된 모습을 보여야 하기 때문이었다.

하지만 장천의 말을 거부할 수는 없었기에 그녀는 고개를 끄덕이며 그의 요청을 받아들였다.

정오가 지나자 혈마는 다시 그녀를 진맥하고자 방 안으로 들어섰는데, 호영의 모습을 본 그는 크게 놀랄 수밖에 없었다.

"호 루주?"

그의 눈앞에 보이는 호영은 말끔하게 옷을 갈아입고는 분단장을 한 모습이니 아침에 보았던 그녀의 모습과는 완전히 달라져 있었기에 놀라지 않을 수 없었던 것이다.

"어르신, 이리로 오시지요."

방 안의 탁자 위에는 주안상이 차려져 있어 혈마로선 영문을 알 수 없었지만 그녀가 시키는 대로 자리에 앉았고, 호영은 미소를 지으며 그의 앞에 있는 잔에 술을 따라주며 말했다.

"그동안 저를 보살펴 주신 것에 감사드리고자 간단히 술상을 마련했습니다."

"음… 하지만 호 루주, 아직 몸이……."

술자리가 나쁘지는 않지만 아직 호영의 몸이 완쾌된 것이 아닌지라 그로선 조금 걱정될 수밖에 없었다.

혈마로선 감미로운 미소를 지으며 자신을 접대하고 있는 호영을 보며 난처할 수밖에 없었지만, 그녀는 아무것도 아니라는 듯이 조심스럽게 그의 잔에 술을 따라줄 뿐이었다.

혈마는 그녀의 모습을 보며 무엇인가를 생각하는 듯하다 술을 단숨에 마시고는 자리에서 벌떡 일어나며 말했다.

"호 루주!"

"아!"

혈마의 표정에는 노기가 가득했다.

"이것이 장 소도주의 뜻에 의한 것이라면 본인을 잘못 보았소이다!"

"혈마님……."

화가 난 목소리로 소리친 후 혈마가 문을 박차고 나가자 호영은 크게 당황할 수밖에 없었다.

그녀의 방에서 빠져나간 혈마는 장천이 머물고 있던 전각으로 향했는데, 장천은 연못가에 앉아서는 하늘의 구름을 감상하고 있었다.

"장천!"

"응?"

고개를 돌린 장천은 그곳에서 혈마가 노기를 띤 모습으로 서 있는 것을 보고는 자리에서 일어나 말했다.

"무슨 일입니까, 혈마 어른?"

"자네는 나를 능욕할 셈인가!"

"무슨 일로?"

장천은 영문을 알 수 없다는 표정으로 물었는데, 혈마는 그 모습이 더 가증스럽게 느껴지는 듯 소리쳤다.

"호 루주의 일을 발뺌할 생각인가!"

"아! 그 일 때문에 그러셨군요. 전 혈마 어르신께서 호 루주를 마음에 들어하시는 것 같아서……."

그 순간 혈마는 더 이상 참지 못하고 앞으로 걸음을 옮기니 눈 깜짝할 사이에 그의 면전까지 접근한 혈마는 주먹을 들어서는 그대로 장천의 얼굴을 가격했다.

"크윽!"

쿵!

혈마의 주먹에 얼굴을 강타당한 장천은 튕겨져 날아가서는 그대로 벽에 처박히고 말았다.

"끄으윽……."

무림의 초고수라 할 수 있는 혈마의 주먹은 간단하게 해소할 수 있는 것이 아닌지라 장천은 피를 토하고는 자리에서 일어났다.

"혈마 어른!"

"내가 네 녀석을 봐도 단단히 잘못 보았구나!"

"어차피 한낱 기녀가 아닙니까!"

"이익!"

장천이 또다시 호영을 하찮게 보는 발언을 하자 혈마는 더욱 노기를 띠고는 그를 향해 살기를 뿜어댔는데, 그때 그의 뒤쪽에서 여인의 비명과도 같은 목소리가 터져 나왔다.

"혈마 어른, 제발 노기를 풀어주십시오!"

"호 루주?"

무릎을 꿇고 고개 숙여 소리치는 그녀의 눈에서 눈물이 흘러내리는 것을 보며 혈마는 크게 당황하였다.

"천녀, 소도주님의 말씀대로 천한 기녀입니다. 그러니 제발 노기를 풀어주십시오."

"누가 당신을 천한 사람이라 했습니까!"

"혈마 어른……."

"사람이란 아무리 천한 직업을 가지고 있다 하더라도 생각하는 바가 바르다면 정인이라 할 수 있거늘! 사리사욕만을 품는 왕후장상보다 본 혈마는 그들을 더욱 높이 보는 사람이오! 내가 잠시 호 루주를 보았으나 그 정숙하고 지조 높음은 어느 곳에서도 보지 못했거늘 당신과 같은 이를 한낱 기녀로 보며 천한 행동을 하게 하니 어찌 노기가 치솟지 않을 수 있겠소!"

혈마의 말에 호영은 크게 감동할 수밖에 없었다.

설마 연모하던 사람이 자신을 그리 높게 평가할 줄은 몰랐기 때문이다.

"혈마 어르신······."

"호 루주······."

"제가 소도주님의 명을 받았다고는 하나 만약 다른 분이었다면 거절하였을 것입니다. 하지만 제가 모셔야 할 분이 연모하는 분인지라 그리 행동을 하였던 것이니 제발 노기를 푸십시오."

"호 루주."

"혈마 어르신."

호영이 자신을 연모하고 있다는 말에 혈마가 말을 잇지 못하니, 서로를 바라보며 사랑스런 눈빛을 보내고 있는 두 사람을 보며 장천은 입가에 미소를 머금었다.

'그건 그렇고··· 젠장, 우라지게 아프네.'

예상은 하고 있었지만 단단히 화가 난 혈마의 일격인지라 상당한 통증이 밀려왔지만, 속으로 투덜댈 수밖에 없는 장천이었다.

어쨌든 두 사람의 모습을 보아하니 조금 과격한 방법이었지만 꽤 만족하게 통했다는 생각이 들었다.

물론 혈마가 색을 밝히는 인물이었다면 호영이 하룻밤의 노리개로 끝났을 수도 있었지만, 적어도 장천이 보기에 혈마는 그런 인물이 아니기에 시도된 방법이었다.

혈마와 호영 맺어주기는 이렇게 해서 만족할 만한 성과를 내고는 끝났으니, 장천은 혈마를 이곳에 남겨두고 다시 피신처로 돌아가기로 결정했다.

지금 그에게 같이 가자고 하는 것은 정말 미안한 일이기도 하기 때문이다.

마을에서 빠져나온 장천은 다시 숲길을 통해 쌍도문의 은신처로 걸음을 옮겼다. 한참 숲길을 가고 있을 때 두 사람의 무인이 길 양 옆에서 검을 앞에 세우고는 앉아 있는 모습을 볼 수 있었다.

"음……."

장천은 그들의 사이를 지나치려 했는데, 그 순간 기도가 뻗어오는지라 차마 발을 앞으로 내디딜 수가 없었다.

만약 그곳으로 빠져나갔다간 양쪽에서 검이 날아올 것이란 걸 알았기 때문이다.

"후후후… 우리들의 기도를 느끼는 것을 보니."

"잡배는 아닌 모양이구나."

두 사람은 장천을 보며 말하더니 자리에서 일어났다. 흑의와 백의를 입고 흑검과 백검을 든 쌍둥이 무사를 보며 장천은 자신도 모르게 기도를 끌어올리고 말았다.

두 사람 모두 환갑은 넘어 보이는 나이였지만 그 기도만큼은 젊은이에 못지않았기 때문이다.

"본노들은 흑백쌍노라 한다."

"약간의 일로 자네와 손속을 겨루어볼까 하는데."

"음… 거절하겠습니다. 당신들과 손속을 겨룰 이유가 아무것도 없지 않습니까."

장천으로선 상당한 고수로 보이는 두 사람과 싸우는 것을 피하고 싶은 마음에 고개를 저었는데, 두 사람은 동시에 미소를 지으며 말했다.

"물론 자네가 우리와 겨루어야 할 이유는 있네."

"쌍도문의 문주란 자가 우리들의 손에 죽임을 당했으니까."

"헉!"

그 순간 장천은 크게 놀랄 수밖에 없었으니 쌍도문 혈사의 주인공이라 자청하는 자가 자신 앞에 모습을 보였기 때문이다.

"네 녀석들이구나!"

자신을 아껴주던 등평 백부는 물론 등소소와 남궁소화를 죽음으로 몰아넣은 녀석들이라는 것을 안 장천은 더 이상 피하지 않고 병기를 뽑아 드니 그의 앞에 있던 노인은 미소를 지으며 가볍게 몸을 날렸다.

"서라!"

두 사람이 숲 한쪽으로 몸을 날리자 장천은 앞뒤 생각도 않고 그들을 쫓아갔다. 머리가 잘 돌아가던 그가 이런 간단한 함정에 걸려든 이유는 그만큼 쌍도문의 혈사에 대한 분노가 깊었기 때문이다.

두 사람이 멈추어 선 곳은 숲 속의 작은 공터였다.

가볍게 검을 뽑은 두 사람은 그를 가리키며 말했다.

"우리들은 합격술을 사용하니 이해해 줬으면 하는군."

"흥!"

물론 이해해 주기 싫은 장천이었다.

"용아멸천(龍牙滅天)!"

패룡도법의 초식 중 하나인 용아멸천을 사용하여 두 사람을 향해 검기를 날린 장천이었는데, 그것을 보며 백노는 검을 빠르게 휘둘러서는 검막을 만들어냈다.

쿠구궁!

백노가 만들어낸 검막이 용아멸천의 검기를 막아냄과 동시에 흑노가 앞으로 몸을 날리며 장천을 향해 흑검을 뻗었다.

"백막흑섬(白幕黑閃)."

마치 검은색의 빛줄기가 뻗어 나오는 듯한 빠른 공격을 보며 장천이 화룡신도를 휘둘러서는 검은색의 빛줄기를 튕겨내었다.

화르르륵!

화룡신도가 흑노의 검을 튕겨내며 일대를 불바다로 만들어 버리자 장천은 불바다의 벽을 뚫고 나와서는 다른 쪽의 도를 휘둘렀다.

"화룡격세(火龍擊勢)!"

화룡신도가 아니어서 화력은 크게 떨어졌지만 화의 무공을 익힌 장천인지라 다시 화기를 머금은 검기가 두 사람을 몰아붙였다. 그러자 이번에는 두 사람이 같이 검막을 만들어내서는 장천의 공격을 튕겨내었다.

"칫!"

공수가 잘 이루어지고 있는 합격진에 장천은 이를 갈 수밖에 없었다. 또한 계속되는 공격이 두 사람의 절묘한 공방에 의해 모두 막혀 버리자 장천으로선 답답해졌다.

'역시 비도술을 사용할 수밖에 없단 말인가!'

지금의 상대를 쓰러뜨리기 위해선 의표를 찌르는 공격이 있어야 한다는 생각에 장천은 공중에서 방향을 바꾸어 적을 쓰러뜨리는 혈비도 무량의 비도술이 필요하다는 생각이 들었다.

왼쪽의 칼을 집어넣은 장천이 품에서 비도를 잡으니 흑백쌍노의 눈빛이 크게 달라졌다.

"흑백만화(黑白滿化)!"

장천의 움직임이 멈추어지자 두 사람은 흑백만화의 초식을 사용해 그를 향해 수십 개의 검영이 보일 정도의 산검을 시전했다. 장천은 뒤로 몸을 날려서는 왼손으로 비도를 던졌다.

"직선비도(直線飛刀) 낙(落)!"

비도문의 비도술이 두 사람의 머리 위로 빠르게 날아가다 한순간 비도가 크게 꺾여 백노를 향하여 내리꽂혔다.

"큭!"

갑작스럽게 방향이 변화한 비도에 대응하지 못한 백노의 허벅지에 비도가 꽂히고 마니 그는 비명과 함께 무릎을 꿇고 말았다.

"차압!"

백노가 쓰러지자 장천은 다시 도를 뽑아서는 그들을 향하여 공격해 들어갔다. 그때 사방에서 암기가 비 오듯이 쏟아져 들어왔다.

"차압!"

급히 뒤로 몸을 날려 암기를 피한 장천은 주위에 적들이 있다는 것을 알 수 있었는데, 그때 숲에서 몇 명의 남자들이 모습을 드러냈다.

"헉!"

그 사람의 얼굴을 확인한 장천은 크게 놀랄 수밖에 없었으니, 바로 공동파에서 쌍도문을 구하기 위해 온 파사대협 우문강이었기 때문이다.

"장 소협, 자네가 진짜 혈비도 무랑의 제자였다니……."

'젠장!'

우문강의 얼굴을 보는 순간 이 싸움이 함정이라는 것을 깨달을 수 있었던 장천이 고개를 돌리자 백노가 회심의 미소를 지으며 허벅지에서 박힌 비도를 뽑아 드는 것을 볼 수 있었다.

'당했다!'

흑백쌍노는 철저하게 장천을 함정으로 몰아넣기 위해 연극을 했던 것이다.

주위에는 상당수의 무인들이 있었기에 장천으로선 이들 모두를 없애지 않는 한 이 상황을 벗어나는 것은 무리였기에 입술을 깨물 수밖에 없었다.

'내가 이렇게 혈비도 무랑의 제자로 몰려 죽는다면 쌍도문은…….'

장천으로선 자신의 안위보다 쌍도문의 안위가 걱정될 수밖에 없었고, 무림의 공적 혈비도 무랑의 제자가 있었던 문파라면 다른 곳에도 도움을 얻을 수 없는 것은 물론 오히려 배척을 받을 것이 뻔한 일이었다.

"잡아라!"

멍하니 서 있는 장천을 보며 흑백쌍노는 자신들의 부하에게 소리치니, 그를 향해 수십 명의 무사들이 병기를 들고는 쇄도해 들어갔다.

"홍염만화!"

자신을 향해 밀려오는 무사들을 보며 장천이 홍염만화의 초식을 사용하여 자신의 주위를 불바다로 만들어 버리자, 달려들던 무사들은 뜨거운 불길에 쇄도해 들어가던 것을 멈추어 설 수밖에 없었다.

"선풍도(旋風刀)!"

"끄아악!"

불길이 사그라들기를 기다리던 무사들이었는데, 그때 불길 속에서 낭랑한 목소리와 함께 푸른 섬광의 소용돌이가 밀려 나오니 근처에 있던 네 명의 무사들은 미처 방비도 하지 못한 채 몸이 두 동강이 나서는 떨어졌다.

"잡아라!"

혈비도 무랑의 제자라는 것이 밝혀진 이상 살려둘 수 없는 일이었으니 공동파의 무사들과 흑백쌍노의 무사들은 장천을 뒤쫓기 시작했다.

'어쩌다가 이런 신세가! 젠장!'

만선루주를 빠져나올 때만 해도 기분이 좋았었는데… 앞뒤를 예측할 수 없는 자신의 인생에 눈물이 다 나올 지경이었다.

다행히 혈마가 만선루에 남아 있어 내일이면 쌍도문의 피신처로 갈 것이 분명할 터, 그렇게 된다면 자신의 소문을 듣고 대처할 것이 분명한 일이었다.

"패룡포효!"

"끄악!"

이미 자신을 함정에 몰아넣기 위해 만반의 준비를 마쳤는지 사방에서 그를 공격하는 무사들이 몰려왔고, 장천은 앞을 가로막은 두 명의 무사를 패룡포효의 초식으로 베어 넘기고는 산 아래를 향해 몸을 날렸다.

일단 산 아래쪽에는 물살이 강한 하천이 있기 때문에 그곳에서 녀석들을 따돌리기 위함이었다.

하지만 이미 그런 것까지 예측했는지 그의 앞으로 수십 명의 무사들이 모습을 드러냈으니 장천은 사방에 족히 백 명이 넘는 무사들에게 둘러싸여 진퇴양난의 상황에 빠지게 되고 말았다.

"크윽!"

자신을 둘러싸고 있는 무사들은 하나같이 뛰어나지 않은 자가 없었으니 자신을 잡기 위해 상당히 준비해 왔다는 것을 알 수 있는 장천이었다.

얼마 지나지 않아 흑백쌍노와 공동파의 파사대협 우문강이 도착했고, 이제는 어떻게 할 도리가 없었다.

"흑백쌍노… 이것으로 당신들은 영웅이 되겠군."

무림의 공적 혈비도 무랑의 제자를 죽였다는 것만으로 두 사람은 쌍도문을 멸문시킨 주동자에서 강호의 영웅으로 알려질 것은 확실한 일이기에 장천은 이를 갈 수밖에 없었다.

"쌍도문에 의해 추락되었던 이름이니."

"쌍도문에 의해 알려진다 해도 그리 나쁠 것은 없겠지."

두 사람이 흑백의 검을 뽑아서 공격해 들어오자 장천은 아까와는 크게 다른 공격에 놀랄 수밖에 없었다. 전의 싸움에선 거의 방어 위주의 초식이라면 지금은 상당히 공격적인 초식으로 변화되어 있었기 때문이다.

이를 보며 녀석들이 자신에게 비도술을 끌어내기 위해 수를 썼다는 것을 알 수 있었다.

'젠장!'

흑백쌍노의 검은 더욱 빨라졌고, 두 사람의 합공에 장천은 정신이 없을 지경이었다.

'이러다간 녀석들의 검에 죽겠군.'

하지만 두 사람의 절묘한 합공에는 한 치의 빈틈도 보이지 않았기 때문에 장천은 공격할 곳을 찾을 수가 없었다.

'어떻게 저 두 사람의 합공을 파해할 방법이 없을까?'

흑백쌍노의 빈틈없는 공격을 간신히 막아내던 장천은 합공을 파해할 방법을 찾다가 문득 자신의 스승인 기문숙의 무공이 생각났다.

'자연도!'

기문숙조차 삼성을 넘어서지 못했다는 무공이었다.

그동안 여러 가지 일이 있어 수련이 불가능했지만, 지금의 수준은 기문숙과 같은 삼성 정도의 수준에 도달해 있었기에 그것을 끌어올리기 시작했다.

자연도는 자연의 결과 기를 볼 수 있는 능력이 있기 때문에 흑백쌍노의 합공을 상대하기에는 적합한 무공이었다.

아무리 완벽한 합공이라 하더라도 그 틈은 있는 법이니 장천은 두 사람의 공격을 막으며 그 틈을 찾기 위해 정신을 집중했다.

"큭!"

하지만 이내 흑백쌍노의 검에 어깨를 베이고 마니 방어를 하며 자연도의 수법을 생각하는 것은 힘든 일이었다.

'마음을 가라앉히자.'

그때의 수행을 생각하며 장천은 최대한 마음을 안정시키기 위해 노력했고, 서서히 자신을 향해 날아오는 검기가 눈에 들어오기 시작했다.

"차압!"

일단 흑백쌍도의 기와 결을 볼 수 있게 되자 장천의 방어는 수월해졌고, 두 사람은 장천의 몸놀림이 달라지자 놀랄 수밖에 없었다.

흑백쌍노의 연환 공격은 마치 물 흐르듯이 이어져 있는 것이 특징이었고, 두 사람이 동시에 공격해 오는 위력은 장천이 가지고 있는 제일

패도적인 무공과도 견줄 만했다.

'바로 그 순간이 내가 공격할 순간인가!'

흑백쌍노가 연환하여 공방을 맡다가 함께 상대를 공격하는 시점에 약간의 틈이 엿보이고 있었으니 장천은 그것을 노려야 한다는 것을 깨닫고는 서서히 자연도의 시야를 넓히기 시작했다.

"흑백쌍격(黑白雙擊)!"

"거기다!"

흑백쌍노가 초식을 외치며 동시에 장천을 향해 강한 검기를 날리려 하자, 장천은 그 순간 드러난 틈을 놓치지 않고 화룡신도를 휘둘렀다.

"맹룡파하(猛龍破河)!"

자연도를 사용하여 적의 기와 결을 파악한 장천은 맹룡파하의 초식을 휘둘렀다. 순간 다른 이들에겐 흑백쌍노와 장천의 모습이 마치 시간이 멈추어진 듯하게 보였다.

"헉!"

"이런……."

그리고 얼마 지나지 않아 흑백쌍노는 자신들의 복부를 횡으로 그은 듯한 혈선을 보며 믿기지 않는다는 표정을 지었고, 장천이 자세를 바로 잡자 대사련의 초고수 흑백쌍노의 몸은 두 동강이 나 땅으로 쓰러져 사방에 피를 뿌렸다.

"우아!"

"흑백쌍노가 패했다!"

대사련이 자랑하는 고수 중의 하나인 흑백쌍노가 장천에 의해 죽임을 당하자 그를 둘러싼 무사들은 웅성거리기 시작했다. 장천은 그 기회를 놓치지 않고 하천 쪽에 있던 무사들을 향해 몸을 날렸다.

"비켜라!"

대소를 지르며 달려든 장천은 단숨에 대여섯 명의 무사들 목을 베고는 하천을 향해 몸을 날렸고, 커다란 물소리와 함께 그의 모습은 물속으로 완전히 사라져 버렸다.

"큭!"

우문강은 흑백쌍노를 벤 장천의 수법에 크게 놀라고 있다가 정신을 차리곤 하천을 향해 달려갔으나 그의 모습은 이미 사라져 버렸기에 이를 갈 수밖에 없었다.

"당장 무림맹에 알려라! 쌍도문의 소주였던 장천은 무림의 공적 혈비도 무량의 제자이니 무림대살령(武林大殺令)을 시행해야 한다고 말이다!"

"예!"

무림대살령. 그것은 정사마를 비롯하여 모든 중원의 무인들이 세외무림이 중원을 침공해 들어올 때나 무림 최대의 공적인 혈비도 무량을 쫓을 때 사용하던 살령이었다.

한번 무림대살령이 내려지면 그 대상은 모든 무인들의 적이 되는 것과 같았으니 장천의 목숨은 풍전등화라 할 수 있었다.

한편, 하천 계곡의 바위 위에는 두 명의 무인이 장천이 사라진 것을 보고 있었으니 거지 차림의 노인이 혀를 차며 말했다.

"자네가 원하는 대로 무림대살령이 시행되겠군."

"숨어 있던 자들이 나오겠지."

"자네가 원하는 대로 일은 흘러가는 것 같네만… 그 아이에겐 너무 가혹하지 않은가."

"그럴 수도."

거지노인의 말에 중년인이 고개를 끄덕이니, 그 중년인은 홍련교에서 자신을 혈비도 무랑이라 칭하며 장천을 구해주었던 사람이었다.

제34장
혼돈의 강호(1)

"자네, 무림대살령이 내려졌다는 소문 들었나?"

"무림대살령?"

"혈비도 무랑의 제자가 나타났다고 하더구만."

"아!"

공동파의 우문강에 의해 전 무림에 알려진 소문은 곧 이어 십수 년 만에 다시 무림대살령이 나오게 만들었고, 강호는 이 일로 시끄러워질 수밖에 없었다.

하지만 오직 산서와 하남에서만큼은 무림대살령보다 다른 존재로 인하여 소란이 일고 있었으니 잠시간 무림대살령으로 시끄러웠던 주점은 이내 그의 이야기로 화재가 바뀌어졌다.

"난리가 났군. 또다시 한바탕 소란이 있겠으니 말이야."

"요즘 분위기가 심상치 않잖아. 산서성 진주언가에서도 혈사가 있었다는 소문이 있네."

"진주언가라면 권으로 유명한 곳 아닌가?"

"들리는 소문에는 냉혈살마가 나타나서는 언가장을 휘저었다고 하던군."

"휴… 혈비도 무랑의 제자에 냉혈살마까지… 이곳에까지 영향이 미치지 않았으면 좋겠는데 말이야."

"그러게 말일세."

사람들은 현재 강호에서 일어나는 사건들을 입에 올리고 있었다.

주점의 구석에선 노년의 무사가 어린아이를 가슴에 안고는 술을 마시고 있는 모습을 볼 수 있었다.

그의 허리에는 검과 도가 같이 걸려져 있었는데, 마치 신선과도 같은 모습의 노인은 바로 광무자 유운이었다.

'냉혈살마라… 이준이 산서성까지 이르렀는가……'

냉혈살마.

광무자는 진주언가를 휘저은 그를 알고 있었으니 그 존재는 바로 냉혈검과 함께 유 부인을 강제로 데리고 사라진 이준이었다.

냉혈검은 보통의 무인들은 함부로 사용하지 못하는 절대 신병이다. 화룡신도는 자신의 주인 될 자가 아니라면 불길을 내뿜어 거부하지만, 냉혈검은 그런 자를 자신의 주구로 만들어 버려 실력이 모자란 자가 소유하면 주인을 광기에 빠지게 만들었다.

그런 것을 아는 광무자는 이준을 찾기 위해 유능예의 아이를 안고 백방으로 수소문하며 돌아다니고 있었다.

'앞으로 한 달인가… 그 안에 찾지 못하면… 이준은…….'

광무자는 냉혈검의 영향 아래 그의 몸이 점점 쇠약해져 가다 한 달 안에 죽음을 당할 것임을 알 수 있었다.

그의 품 안에는 이것을 해결할 물건이 있었으니, 바로 한 권의 비급이었다.

바로 사천당가의 당세문이 익히고 있는 소수마공이 적혀 있는 책이었다. 그는 이것을 광인이 되어버린 이준을 위해 당가에서 얻어온 것이다.

다행히 사천당가에서는 소수마공을 이을 생각이 없는 데다 쌍도문이 사천당가에 상당한 도움을 준 적이 있었기에 비급의 사본을 광무자가 넘겨받을 수 있었던 것이다.

소수마공을 익힌다면 이준을 미치게 한 체내의 냉기를 내공으로 환원할 수 있게 되어 광증을 치유할 수 있다.

하지만 산서성으로 간다 해도 이준이 향할 곳이 어디인지 알 수 없었기에 한숨이 나올 수밖에 없었다.

이런저런 일로 술을 마시며 고민을 달래고 있을 때 주점의 문 쪽에서 한 남자가 급하게 뛰어들어 와서는 아까 이야기를 나누고 있던 사람들을 보며 소리쳤다.

"난리가 났어! 난리가 났다고!"

"무슨 일인데 그렇게 호들갑이야?"

"감숙성의 쌍도문이 드디어 칼을 들었다고! 영운파에 이어 화성파를 멸문시켰다고 하더군!"

"쌍도문이?!"

사람들은 그 말을 듣고는 크게 놀라지 않을 수 없었다. 지금까지 쌍도문은 외부의 문파에 대해서 이렇듯 강경한 반응을 보인 적이 없었기 때문이다.

"아마 두 문파가 쌍도문 혈사에 관련되어 있는 것 같은데, 두 문파를 멸문시키는 것으로 끝내지 않을 것 같더구만!"

사람들의 말을 들은 광무자는 자신도 모르게 자리에서 일어나고 말았다. 쌍도문 혈사라는 말은 처음 들어봤기 때문이다.

그는 급히 방금 이야기를 한 자의 어깨를 잡아서는 다급한 목소리로 말했다.

"쌍도문 혈사라니… 그것은 무슨 말인가?"

"아… 예. 싸, 쌍도문이 복면인들에게 습격을 당했다고 합니다. 문주를 비롯하여 많은 사람들이 죽임을 당했다고……."

쾅!

그 순간 광무자는 격분을 이기지 못하고 탁자를 내려쳤다.

그는 사천에서 개방을 통해 이준의 소식을 듣고 곧바로 안휘성 쪽으로 급히 왔다. 그 때문에 문파의 소식을 들을 수 있을 시점에는 쌍도문 혈사에 관한 소문이 수그러든 상태였기에 문파의 혈사를 알 수 없었던 것이다.

사람들은 광무자의 눈에 살기가 번뜩이는 것을 보고 크게 두려워하며 뒤로 물러섰다. 노기를 드러낸 그의 기도는 범인들이 당해낼 것이 아니기 때문이다.

"으아앙!"

하지만 품에 있던 아이가 울음을 터뜨리자 광무자는 자신이 흥분했다는 것을 깨닫고는 이내 살기를 갈무리한 후 아이를 달래기 시작했다.

"아이야, 이 할아비가 잘못했구나."

소천을 달래는 그의 모습은 보통의 할아버지가 손자를 달래는 것과 다르지 않았으니 주점에 있던 사람들도 공포에서 벗어날 수 있었다.

'일단 본 문으로 돌아가야겠군.'

이준의 일이 급하기는 하지만 사문보다 더 비중을 크게 둘 수는 없는 일인지라 광무자는 그를 포기하고 사문으로 걸음을 옮길 수밖에 없었다.

감숙성으로 향하며 광무자는 강호에 흘러 다니는 소식을 입수하며 움직였다. 실로 크게 어지러운 분위기였다.

혈비도 무랑의 제자, 아직 그 정체는 외부에 알려지지 않았지만 무림맹, 홍련교, 대사련의 수뇌부를 중심으로 수천 명의 무사들이 강호를 휘젓고 있었다.

하지만 단순히 무림대살령에 따라 움직이는 것이 아니었으니 현재 중원의 곳곳에선 이 세 세력들이 혈비도 무랑의 제자를 찾는다는 구실로 영역을 넓히며 곳곳에서 충돌을 하고 있었기 때문이다.

물론 이 세 개의 세력 외에도 쌍도문을 비롯하여 수많은 문파들이 각자의 이해관계로 싸움을 벌이고 있었으니, 무림은 그 유례를 찾아볼 수 없는 대혼란에 빠져 있었다.

'이상하군, 이상해.'

이러한 혼란은 불과 삼 개월도 되지 못하는 시점에 한꺼번에 터져 나온 것이었으니 광무자로선 이상하게 생각할 수밖에 없었다.

아무리 곪은 부분이 많은 무림이었다 하더라도 한두 개의 문파도 아니고 강호 전체의 대소문파들이 집단으로 미친 듯이 싸운다는 것은 있을 수 없는 일이었기 때문이다.

광무자는 누군가가 무림을 뒤에서 조종하고 있는 것이 아닐까 하는 생각이 들었지만, 이내 고개를 저었다.

중원 삼대세력인 홍련교, 대사련, 무림맹을 흔들고 조종할 정도의 세력은 존재하지 않기 때문이다.

감숙을 향하던 광무자는 섬서성의 북부에서 잠시 객점에 들러 휴식을 취하고 있었는데, 객점 밖에서 소란이 이는 것을 볼 수 있었다.

"무슨 일인가?"

음식을 가져온 점소이를 보며 소란의 원인을 물어보았다.

"아! 그저께부터 이 난리인데, 소문에는 뭐라나? 혈비도 무랑의 제자라는 자가 이곳에 숨어 있다고 합니다."

"혈비도 무랑의 제자?"

그 말에 광무자는 크게 놀랐지만 이내 고개를 젓고 말았다.

그의 품에는 장소천이 있었기에 그를 잡기 위해 몸을 움직일 수는 없었고, 지금은 그런 자보다 쌍도문의 일이 더 급했기 때문이다.

다른 일엔 상관하지 말자고 다짐하며 광무자가 아이에게 음식을 씹어 먹이며 자신도 음식을 먹고 있었는데, 객점의 문 쪽으로 더러운 옷을 입고 있는 한 중년인이 힘든 기색으로 안으로 들어오는 것을 볼 수 있었다.

"크윽……."

허리에 도를 차고 있는 것으로 보아 무인이라는 것을 알 수 있었으나 그가 워낙 지저분한지라 점소이는 인상을 찌푸릴 수밖에 없었다.

"면전에서 인상 찌푸리지 말고 빨리 음식이나 가져와!"

자신을 보며 인상을 찌푸리는 점소이의 머리를 가볍게 내려친 중년인은 품에서 은원보 하나를 꺼내어서는 그에게 집어 던져 주고는 자리에 앉았다.

"아이고! 여부가 있겠습니까?"

거지 같은 무사가 돈이 있을까 생각하던 점소이는 은원보를 받자 크게 고개를 숙여 인사하고는 급히 주방으로 달려갔다.

상당히 지쳤는지 중년인은 숨을 몰아쉬며 곧 이어 나온 엽차를 들이켰는데, 주위를 돌아보다가 광무자의 모습을 발견하고는 크게 놀라서는 소리쳤다.

"아! 대사형!"

"응?"

갑자기 중년인이 자신을 대사형이라고 부르자 광무자는 이상하게 생각할 수밖에 없었는데, 낡은 복색의 중년인은 그런 그를 보며 전음을 날렸다.

[대사형, 저예요. 장천이라고요, 장천!]

[장천? 네가 장천이란 말이냐?]

[네!]

허름한 복색의 중년인이 장천이라는 것을 안 광무자는 크게 놀랄 수밖에 없었다.

장천은 걸음을 옮겨 광무자의 탁자로 온 후 반가운 얼굴로 말했다.

"대사형을 이곳에 보게 되다니 다행입니다."

"도대체 무슨 일인데 이런 몰골인가?"

"그것이… 무림대살령에 따라 녀석을 쫓다 보니……."

물론 장천은 겉으로는 이렇게 말하고 있었지만 광무자와 전음으로 다른 이야기를 나누고 있었다.

[사형, 무림대살령을 내려 쫓고 있는 사람이 바로 접니다.]

[말도 안 되는 소리!]

[휴… 마교에 있을 때 우연히 비도문이란 곳에서 비도술을 익힌 적이 있었는데, 그게 혈비도 무량의 비도술이라 하더군요. 그것을 공동파의 장로인 파사대협이 보게 되어 무림대살령에 쫓기는 신세가 되었습니다.]

[그런… 그럼 사문은 어떻게 되었는가!]

광무자는 장천에게서 지금까지의 일을 모두 들을 수 있었으니, 사실이 밝혀질 때마다 그의 미간에는 주름이 생길 수밖에 없었다.

문주인 등평은 물론 자신의 제자의 부인이 죽었다는 소식까지 들은 광무자는 노기를 참지 못하고 탁자를 내치고 말았다.

[크윽……]

[저는 쫓기는 신세라 지금은 어떻게 되었는지 알 수 없지만, 철사방 쪽으로 갔던 아버지와 정예 무사들이 본 문에 도착한 후 혈사를 일으킨 증거가 남아 있는 문파들을 휩쓸고 있다고 합니다.]

[들었다.]

유난히 동지애가 강한 문파가 쌍도문이기에 가장 온순한 성격의 소유자인 장춘삼이라도 등평이 죽었다는 소식을 들으면 광분할 것은 눈에 선한 일이었다.

이렇게 된다면 두 명의 다른 사숙들에 의해서 관과 지하무림이 움직일 시간도 얼마 남지 않았다는 것을 깨달은 광무자였다.

"그런데 그 아이는?"

"휴… 다 사연이 있다네."

장천이 가슴에 안고 있는 아이를 보며 물어보자 광무자는 아이와 관계있던 사건을 이야기했다. 한참을 듣고 있던 장천은 자신도 모르게 들고 있던 젓가락을 떨구고는 떨리는 목소리로 물었다.

[대, 대사형… 그 여인의 이름이 뭐라 하셨습니까?]

[유능예라 하더군. 알고 있는 사람인가?]

유능예! 절대로 잊을 수 없는 이름이 광무자의 입에서 나오자 장천은 천천히 그의 품에 안겨 있는 아이에게 손을 가져갔다.

"허허허……."

"무슨 일인가?"

광무자로선 갑자기 이상하게 변한 장천이 걱정될 수밖에 없었다. 장천은 아이를 받아서는 그 얼굴을 보며 눈물을 떨구기 시작했다.

"이 아이가 저의 아들입니다……."

"아들이라니? 헉! 설마……."

[대사형… 유능예란 여인은 마교에서 얻은 저의 처입니다.]

"……."

그의 말에 광무자 역시 들고 있던 잔을 떨구고 말았으니, 지금의 사태가 너무나 괴상망측하다 느껴졌기 때문이다.

"으아아앙!"

처음 보는 아저씨의 품에 안기자 소천이 울음을 터뜨렸고, 장천은 그런 아이를 달래며 심각한 표정으로 광무자에게 물었다.

"산서성이라고 하셨습니까?"

"그렇다. 어찌할 생각이냐?"

"아내를 찾도록 하겠습니다."

광무자는 장천의 말에 고개를 끄덕이고는 품에서 비급을 꺼내어서 건네주었다.

"이건?"

"자네도 잘 알고 있는 당 소저의 소수마공 사본이네."

"이것을 왜?"

"이준은 냉혈검에 의해 광기에 빠져든 상태다. 이것을 익혀 냉혈검을 빼앗고 소수마공을 사용하여 골수까지 스며든 냉기를 제거한다면 이준은 다시 원래의 상태로 돌아올 수 있을 것이야."

"알겠습니다."

자신이 해야 할 일을 안 장천은 고개를 끄덕이고는 아이를 광무자에게 넘겨주며 말했다.

"대사형께서는 아이와 함께 피신처로 돌아가 주십시오."

"알겠네."

이렇게 해서 장천은 이준과 아내를 찾기 위해 산서성으로 발걸음을 옮겼다.

하지만 그의 앞길이 그리 순탄하지만은 않았으니, 무림대살령으로 인하여 사방은 그를 잡으려 하는 무사들로 가득 차 있었기 때문이다.

변태변골술은 장시간 사용할 수 없는 무공인지라 중요한 시점을 제외한다면 사용하지 않고 있었기에 장천은 인피면구에 의존하여 숨어 다닐 수밖에 없었다.

하지만 그가 구할 수 있는 인피면구는 눈썰미가 뛰어난 자들에게는 드러날 정도의 수준이었기에 이렇게 계속 숨어 다니는 것은 어려운 일이었다.

"젠장."

인적이 드문 산길을 주로 다니고 있는지라 입고 있던 옷은 지저분하게 변하고 몰골 또한 거지와 같으니 한숨밖에 안 나오는 그였다.

하지만 용문산만 넘으면 산서성으로 들어설 수 있었기에 장천은 유능예를 만나리라는 생각에 걸음을 재촉해 갔다.

한참을 걸었을 때 귓가로 계곡의 물소리를 들은 장천은 묵은 때라도 벗길 요량으로 그곳으로 걸음을 옮겼다.

"와!"

역시나 맑은 물이 흐르는 계곡이 눈에 띄자 장천은 물속으로 몸을 날렸다.

풍덩!

"으이그! 시원하다!"

아무튼 빨래도 할 겸 때도 벗길 겸 물속에서 옷을 훌훌 벗으며 즐기는 장천이었는데, 그때 자신의 귀로 누군가의 웃음소리가 들려왔다.

"응?"

놀란 장천이 고개를 돌리자 그곳에서 한 소녀가 자신을 보며 미소 짓는 것을 볼 수 있었다.

"우악!"

웃통에 이어 바지마저 벗고 있던 장천은 크게 놀라 옷을 추슬렀지만 계곡물에 옷이 떠내려가자 당황하여 발버둥 치다 넘어지는 소동을 일으켰고, 그 모습에 소녀는 더욱 크게 웃음을 터뜨렸다.

"호호호!"

"뭐야!"

그녀의 웃음에 조금 기분이 상할 수밖에 없었다.

"재밌는 분이시군요."

"······."

한적한 산속에서 남정네를 만나고도 전혀 두려움을 보이지 않는 소녀를 보며 잠시 말문이 막혔다. 그녀의 허리를 보니 검이 매달려 있는지라 무인이라는 것을 안 장천은 가볍게 포권을 하며 말했다.

"감숙에서 온 두형이라 하오! 여협께서는 잠시 고개를 돌려주시겠소."

"웅······."

무인으로의 예를 다하여 말하니 그녀 역시 계속 지켜볼 수는 없는지라 고개를 돌렸고, 그 시간을 틈타 장천은 재빨리 옷을 입기 시작했다.

'쳇! 아직 때도 못 벗겼는데······.'

옷을 대충 입은 장천은 물 밖으로 나와서는 진기를 이용하여 젖은 옷을 말끔히 말려 버리니 다행히도 그의 옷은 원래의 색깔을 약간 되찾을 수 있었다.

"흠흠······."

장천이 기침을 하자 소녀는 고개를 돌려서는 살짝 미소 지으며 말했다.

"다 입었나요?"

"그렇소. 한데 소저는 누구시길래 이런 계곡에서 혼자 계시는 것이오?"

"혼자라니요? 사저들과 같이 왔는걸요?"

"사저라니······."

"전 항산파의 속가제자인 민유향(珉柔香)이라 해요."

항산파라면 비구니가 살고 있는 문파라 알고 있었는데, 평범한 여인들도 속가제자로 있다는 것을 그 말을 듣고서야 깨닫고는 고개를 끄덕일 수 있었다.

"무슨 일로 이런 곳에?"

"진주언가에서 혈사를 일으킨 냉혈살마가 이곳으로 왔다는 정보가 있었거든요. 저희 말고도 이곳 용문산에는 산서성과 섬서성에 있는 많은 무사들이 몰려와 있다고요. 아저씨도 냉혈살마를 잡으러 이곳에 오신 것이 아닌가요?"

"음……."

그녀의 말에 장천은 의외로 방향을 잘 잡아왔다는 것을 알 수 있었다.

하지만 산서와 섬서의 무사들이 이곳으로 몰려왔다면 무림대살령을 아는 이도 있을 것이니 조금 위험스러우리라는 것도 사실이었다.

일단 홍련교 시절에 썼던 두형이란 이름으로 있어야겠다는 생각을 한 장천은 고개를 끄덕이며 말했다.

"요즘 하도 강호가 시끄러운지라 사람을 믿을 수가 있어야지요. 그래도 소저께서 항산파의 여협이시라면 믿어도 괜찮을 것 같군요. 맞습니다. 냉혈살마를 잡기 위해 이곳으로 온 것이지요."

"후후, 혼자는 위험해요. 아무래도 무공이 그리 높지 않으신 것 같은데, 일단 저희들과 합류하시는 것이 어떠세요? 저희 항산파 사람 외에도 화산파와 소림사에서 오신 분도 같이 있거든요."

"화산파와 소림사에서요. 오!"

구파일방에서 이름이 높은 소림사와 화산파가 같이 있다는 말에 잠시 탄성을 내지른 장천이었다.

'진기로 옷을 말린 것을 알아채지 못하는 것을 보니 눈썰미가 있는 아이는 아니로군.'

젖은 옷을 순식간에 말릴 정도의 진기를 가지고 있을 정도면 장천의 내력이 높음을 짐작할 수 있을 텐데, 뻔히 그것을 보고 있었음에도 전혀 눈치를 못 채고 있었기 때문이다.

"그렇다면 잠시 실례하도록 하지요."

장천이 승낙하자 유향은 잘됐다는 얼굴을 하였다.

그녀를 따라가자 얼마 지나지 않아 무인들이 모여 있는 곳에 도착할 수 있었는데, 왜 유향이 자신을 그렇게 따라오게 했는지 알 것 같은 생각이 들었다.

'음… 답답도 했겠군.'

항산파에서 온 사람들은 거의 다 비구니였고, 소림사의 중들, 화산파의 사람들은 중년인들이 대부분인지라 어린 유향이 심심할 수밖에 없었던 것이다.

"감숙에서 온 두형이라 합니다."

명문정파의 사람들을 향해 포권지례를 하며 장천이 자신의 소개를 했다.

"대협께서도 냉혈살마를 잡으러 오신 분인가 보군요. 아미타불."

소림사에서 온 중들은 그래도 예의가 있는지 장천의 인사에 대답을 했지만, 다른 이들은 묵묵부답이었다. 명문정파의 사람이다 보니 몰골이 지저분한 장천을 보며 이맛살을 찌푸리는 사람들이 대부분이었다.

"유향! 뭐 하느냐!"

"아! 저분을 이곳으로 안내하고……."

"흥! 저따위 삼류무사는 냉혈살마를 보면 도망가기 바쁠 텐데 뭐 하러 데려왔느냐!"

"……."

유향의 윗사람인 듯한 비구니는 장천을 대놓고 무시하고 있었다. 그런 것은 화산파의 사람들도 마찬가지였다.

장천으로선 외모로 사람을 판단하는 그들이 못마땅할 수밖에 없었지만 자신의 정체를 알릴 수는 없는지라 고개를 내젓고는 구석자리로 걸음을 옮겨서 자리를 잡았다.

"흥!"

그렇다고 대놓고 쫓아내지는 못하는지 정민 사태는 콧방귀를 뀌고는 항산파의 비구니들이 있는 곳에 자리를 잡았고, 유향은 안타까운 표정을 지으면서도 어쩔 수 없이 그녀들이 있는 곳으로 걸음을 옮겼다.

일단 늦은 시간이기에 그곳에서 노숙할 준비를 하고 있었는데, 그때 소림사의 중 한 명이 장천에게 다가와서는 말했다.

"혹시 대협께선 냉혈살마의 위치를 알고 계십니까?"

"글쎄요. 저 역시 용문산에 그자가 있다는 소문을 듣고 찾아온지라 거기까지는 알지 못하고 있습니다."

"아미타불."

아무것도 아는 것이 없다는 말에 승려는 다시 돌아섰다. 장천은 간단하게 나뭇가지를 모아놓고는 품에서 화섭자를 꺼내어 불을 피웠다.

삼매진화를 이용하여 불을 피울 수도 있었지만 자신의 수준을 그들에게 보여주기 싫었다.

그런 장천을 보며 무인들은 귀찮은 자가 왔다는 표정으로 코웃음을 치며 냉혈살마에 대한 대책을 논의했다.

"들리는 소문에는 냉혈살마의 곁에 여인이 한 명 있다는데, 그녀는 누구일까요?"

장천이 가까운 곳에 있었지만, 이미 주제를 모르고 찾아온 삼류무사 정도로 치부하고 있는 이들이었기에 그리 신경을 쓰지 않는 듯했다.

'여인……!'

광무자의 말에 의하면 이준이 유능예를 데리고 갔기에 장천은 귀를 기울였다.

"진주언가에서 살아남은 사람의 말에 의하면 그녀는 냉혈살마가 살행을 벌이는 것을 끝까지 막으려 했다 합니다. 다행히 살마는 그 여인을 해치지는 않는다 하니 아무래도 냉혈살마에게 납치되어 끌려 다니는 여인이 아닐까 합니다."

"하지만 묶여 있지도 않다고 하지 않았습니까?"

"진주언가의 혈사를 일으킬 정도의 자라면 밧줄로 묶지 않아도 상관은 없겠지요."

"음……."

화산파 사람들의 말에 장천은 조금 이상하다는 생각이 들었다.

자신이 알고 있는 유능예라면 그가 살행을 시작할 때 충분히 도망갈 수 있는 무공을 지녔기 때문이다.

'금제를 당하고 있는 것일까? 하지만 냉혈검을 제외하면 이준 사형에게 그럴 능력이 없을 텐데?

이준의 무공 중에 유능예를 금제할 수단이 없다는 것을 알고 있는 장천으로선 고개를 갸웃거릴 수밖에 없었다.

경공과 보법, 그리고 도법은 발달했지만 점혈이나 다른 기타 무공에 한해서는 쌍도문의 무공이 크게 떨어지고 있었기 때문이다.

이런저런 생각을 하며 밤을 지새우고 있을 때 어두운 밤하늘을 깨며 누군가의 비명 소리가 울려 퍼졌다.

"끄악!"

"냉혈살마다!"

"헉!"

노숙을 하고 있던 사람들은 비명 소리가 들려오자 크게 놀라 자리에서 일어났고, 장천 역시 소리가 들려오는 쪽을 향해 고개를 돌렸다.

"끄악!"

계속 들려오는 비명 소리에 무사들이 병장기를 꺼내어 들고는 움직였고, 장천 역시 그들의 뒤를 좇아 뛰어갔다.

하지만 그들이 도착했을 때는 이미 냉혈살마의 모습은 사라지고 없었고, 주위로 십여 명의 무사들이 시체가 되어 누워 있을 뿐이었다.

괴이한 것이 있다면 동강이 나서 죽어 있는 무사들의 시체들 주위로는 단 한 방울의 피도 흘려져 있지 않다는 것이다.

장천은 시체를 훑어보고는 그 이유를 알 수 있었다.

"잘려진 곳의 피가 얼어 있군. 이것이 냉혈살마라는 이름의 이유인가?"

검으로 베었을 때 극도의 냉기가 잘려진 곳의 피를 얼려 버림으로써 주위에는 상처에서 나온 피가 떨어지지 않았던 것이다.

"빙공으로 유명한 북해빙궁의 무공조차 이런 정도는 아니다. 도대체 녀석의 정체는 뭐지?"

화산파의 중년 무사는 죽은 자의 시신을 보며 혀를 내두르고는 중얼거리니 장천은 자리에서 일어나며 말했다.

"냉혈검……."

"냉혈검?! 설마 십대신병의 하나인 냉혈검을 말하는 건가?!"

"그렇소."

장천의 말에 군웅들은 크게 놀랄 수밖에 없었으니, 상대가 냉혈검을 가지고 있다면 보통의 병기로 상대할 수준이 아니기 때문이다.

"냉혈검은 음공을 익히지 않은 자가 잡으면 광기에 사로잡히는 검. 그렇다면 지금의 사태도 이해가 가는구려. 아미타불."

소림사 중의 말에 다른 이들도 고개를 끄덕였다.

"하지만 문제입니다. 냉혈검을 가진 자라면 우리 중 몇 명 이외에는 검이 뿜어내는 냉기를 막을 수 있는 사람이 없다는 것입니다. 거기에다 웬만한 병기로는 냉혈검의 냉기조차 견디어내지 못하니……."

"냉혈검의 상극이라는 화룡신도가 있기는 하지만 천무성자께서 쌍도문의 소주에게 넘겨주었다고 하더군요."

"저도 그것에 대해 알고 있습니다만, 쌍도문의 소주라는 자가 혈비도 무랑의 제자로 밝혀졌으니 화룡신도로 냉혈검을 제압하는 것은 어려울 것입니다."

'큭!'

그들의 말에 장천은 순간 가슴이 철렁했지만 다행히 허리에 차여져 있는 화룡신도는 헝겊으로 감아놓았기에 마음을 놓을 수 있었다.

하지만 냉혈검을 들고 있는 이준을 상대하기 위해선 화룡신도는 반드시 꺼내어야 하니 이를 어찌할까 고민되는 장천이었다.

"일단 흩어지는 것은 위험할 것 같으니 함께 움직이며 냉혈살마를 찾도록 합시다. 아무리 십대신병의 하나인 냉혈검을 가졌다 해도 우리들의 협공에는 당해내지 못할 것입니다."

"그렇게 하도록 합시다."

하지만 이들이 잘못 생각하는 것이 있다면 문파가 다른 세 무리들이 협공을 가한다는 것은 오히려 힘을 약화시킬 우려가 있다는 것이다.

'상처와 뼈를 가를 정도로 보아 내공은 이 갑자 정도. 이준 사형의 내공이 일갑자인 것을 감안한다면 냉혈검에 의해 선천진기를 사용하고 있다는 것을 알 수 있다. 그렇다면 남은 시간이 그리 많지 않을 것은 분명한데… 일단 이들과 헤어져서 찾는 것이 좋겠군.'

이들과 함께 있으면 행동에 불편함이 있다 생각한 장천은 군웅에게 포권을 하며 말했다.

"이만 헤어질까 합니다."

"흥! 시체를 보니 겁이 나나보군. 어차피 기대도 안 했으니 눈앞에서 사라지거라!"

"……."

"두 대협……."

처음부터 장천을 우습게 보던 이들은 그가 겁을 먹고 도망가는 거라 판단하고 있었다.

단지 유향만이 장천이 가는 것을 조금 아쉬워하는 것 같았으니 그는 그녀에게 미소를 지어주고는 경공을 사용해서 빠른 속도로 그들에게서 벗어났다.

"헉!"

"저런!"

장천이 사라지는 것을 보며 군웅들은 크게 놀라지 않을 수 없었으니 전광석화 같은 그의 뛰어난 경공술을 보았기 때문이다.

"대단한 경공이군!"

"흥! 발만 빠른 녀석이겠지."

그 정도의 실력을 보면 알 법도 하건만 화산파와 항산파의 사람들은 장천을 애써 무시했다.

하지만 소림의 사람들은 조금 달랐으니, 이미 이전에 그의 기도가 범상치 않음을 보며 상당한 실력의 고수임을 짐작하고 있었기 때문이다.

"정운 사형, 그 사람은 누구였을까요?"

"글쎄다. 누구인지 알 수는 없지만 상당한 실력을 소유한 사람인 듯하구나."

냉혈살마의 일로 나온 소림사의 무인 중 가장 나이가 많은 정운은 장천의 모습을 보며 아깝다는 생각이 들었다.

"그나저나 냉혈검이라니… 그것은 무당에서 가지고 있던 것이 아니었습니까?"

"그렇다고 알려져 있지만 감추어진 일이 있다."

"감추어진 일이라니요?"

정필이 궁금하다는 표정으로 묻자 정운이 냉혈검에 관한 사연을 말해 주었다.

"무당의 개파조사가 소림의 무공을 익혔던 사람이라는 것을 알 것이다."

"그렇습니다."

"그런 이유로 한때 무당과 소림은 앙숙의 관계였지만, 이십 년 전 우연하게 소림의 방장께서 위험에 처해 있을 때 무당의 신검 진인에게 도움을 받은 적이 있었다."

"아!"

"그 사건으로 소림과 무당의 사이는 호전되었지. 무당과 소림은 후지기수들 간의 친분을 돈독히 하여 후에 두 문파가 강호에서 만난다면 서로 간에 형제의 의를 다하게 하려 했지만 아쉽게도 소림은 무당에게 죄를 짓고 말았다."

"죄를 짓다니요?"

"휴… 당시 본 사에는 불세출의 기재가 한 명 있었는데, 본 사에서 자랑하는 소림 칠십이절기 중 이십 가지를 익힐 정도로 뛰어난 인물이었다."

"아!"

정필 역시 소림의 칠십이절기 중 하나를 익히고 있었기에 크게 놀라지 않을 수 없었다.

이 칠십이절기는 평생 하나를 익히기도 어려운 것인데 그것을 이십 가지나 익혔다는 것에 어찌 놀라지 않을 수 있겠는가?

"그와 함께 무당에는 신검 진인의 수제자인 운검 도사가 있었지. 신검 진인의 제자답게 그 역시 무공에 뛰어나니 신검 진인께서는 그가 어느 정도의 경지에 이르면 냉혈검을 물려주리라 생각하고 있었다."

"그런데 왜?"

"휴, 그 당시 소림의 기재가 달마삼검이라는 무공을 익히고 있었던 것이 화근이었네."

"달마삼검이라면! 본 사에서 살기가 강해 연공이 금지되어 있는 무공이 아닙니까?"

"그렇지. 하지만 그 기재는 무공에 대한 욕구가 강한 탓에 장경각에서 몰래 달마삼검을 가져와 연공하고 있었네. 물론 장경각주이셨던 각무 대사께서는 알고 계시긴 했지만, 차대 방장이 될 수도 있는 그 기재의 행동을 묵인해 주셨던 것이지."

"아!"

정필은 한 번도 들어본 적이 없는 소림의 비사에 놀랄 수밖에 없었다.

"운검 도사와 그 기재는 사부들 간의 친분으로, 서로 간에 무공에 대해 논할 정도로 친한 사이였었지."

"……."

"무당은 검으로 크게 부흥한 문파라 할 수 있는지라 달마삼검을 익힌 그와 당시 장문의 후계자만이 익힐 수 있다는 태극혜검을 익히고 있던 운검 도사는 검에 대해 논하게 되었고, 그 와중에 냉혈검의 이야기가 나오게 되었다네."

정운에게서 냉혈검에 대한 이야기가 나오자 정필은 마른침을 삼키며 이야기를 듣는 것에 몰두했다.

"운검 도사는 기재의 말에 냉혈검을 신검 진인 몰래 가져왔으나 어이없게도 냉혈검의 마기를 견디지 못하고 광기에 사로잡히고 말았지."

"그런?!"

"냉혈검은 그에 맞는 내공심법이나 그 냉기를 억누를 수 있는 공력

을 익히지 않는 한 그 한기를 견디지 못하는 소유자가 광기에 빠지게
되는 마검이었던 것이지."

"아!"

"광기에 사로잡힌 운검 도사는 무당에서 살행을 저질렀고, 무당파의
고수들이 나서 그의 살행을 막았을 때는 이미 수십 명의 무당 제자들
이 죽은 후였다네."

"그런 일이……!"

"운검 도사는 끝내 마기에 몸을 지배당해 내공이 고갈되어 죽게 되
었고, 그 후 냉혈검은 그가 죽은 후에 무당의 어디에서도 발견되지 않
았지."

"설마 그것을 소림의 기재가?"

정필은 혹시나 하는 생각에 물었으나 역시나 그의 생각은 적중했는
지 정운은 고개를 끄덕이며 말했다.

"후에 그 기재는 소림에서 모습을 감추었으니, 그제야 냉혈검이 그
의 손에 가 있다는 것을 알게 되었지. 그가 바로 소림의 배신자인 노진
이란 자다."

"노진……."

"소림사의 배신자 노진……. 아무래도 일이 그렇게 간단하지만은
않은 것 같구나. 파계승 노진이 이곳에 있다면 우리 중 단 한 사람도
살아남지 못할 것이니 말이다."

정운은 노진이란 이름을 중얼거리며 심각한 표정을 짓고 있었다.

'강호 십대신병 중 숨어 있던 네 개의 신병 중 하나가 나타난 것인가.'

강호 십대신병.

전설의 무구라고 알려져 있는 이들 신병 중에는 대외적으로 그 종적이 알려져 있지 않은 것들이 있었다.

강호 십대신병에 대해서 알아보면 1위는 혈비도 무랑이 가지고 있다고 알려져 있는 탈혼섬광구비도(奪魂閃光九飛刀)란 이름을 가진 아홉 개의 비도였다.

혈비도 무랑의 독문병기라고 알려져 있는 이 비도는 스스로 주인의 손으로 돌아오는 힘을 지니고 있으니 혈비도 무랑이 이 비도를 사용했을 땐 수백의 무인이 달려든다 해도 그를 쓰러뜨리는 것은 불가능하다고 전해지고 있었다.

2위는 하나의 목검으로 자량신화목검(慈良神化木劍)이라는 이름을 가지고 있으니 사람을 상하지 않게 하는 무기로 알려져 있으나 목검 자체에 삼 갑자가 넘는 내공이 서려 있어 단 한 번의 초식으로도 검풍이 서린다고 알려져 있었다.

검의 주인인 신목검객(神木劍客) 소나(小羅)라는 인물이 사라진 후 검 자체도 사라졌다.

3위는 홍련교의 전대 교주인 천마가 가지고 있는 천마패로 사기가 가득한 마병이다.

보통 때는 하나의 철패에 불과하지만 공력을 주입하면 한 자루의 봉으로 변하는 무기로, 천마패 자체에 무공이 적혀 있어 천마는 그 무공 하나로 홍련교에서 당해낼 자가 없었다고 한다.

4위는 파사신검(破邪神劍)으로 천마패의 상극이 되는 무기로 사악한 기운을 날리는 힘을 지니고 있다 전해진다.

현재 황제가 가지고 있다 알려져 있는 검이다.

5위는 진천벽력궁(振天霹靂弓)이란 활로 벽력의 힘을 지니고 있다 알려져 있다.

벽력궁으로 쏘아진 화살은 섬광과도 같은 속도를 낼 수 있고, 진천벽력궁 속에는 신기의 화살 제조법이 적힌 비서가 있어 그것을 통해 만든 화살을 진천벽력궁에 사용한다면 천하제일고수라 해도 막기 힘들다고 알려져 있다. 이 역시 어느 날 갑자기 무림에서 사라진 신병이었다.

6위는 흑마겸(黑魔鎌)으로 과거 혈교의 교주가 가지고 있었다 알려져 있는 무기이고 구시의 힘이 있어 시체를 조종할 수 있는 힘을 가지고 있다 전해진다. 혈교가 멸망하면서 구시독인의 손으로 넘어갔지만 현재에는 혈마가 지니고 있다.

7위는 냉혈검(冷血劍)으로 음공을 지니지 않은 자는 광기에 빠져 살마가 된다고 전해지는 검이다.

검 자체의 위력도 뛰어나 이것에 베인 자는 피를 흘리지 않고 죽는다 알려져 있는데, 신검 진인의 손에 있다 소림사의 파계승 노진이 가지고 사라졌다가 다시 그 모습을 드러내었다.

8위는 귀혼부(鬼魂斧)로 귀신조차 벨 수 있는 힘을 지니고 있는 도끼라 알려져 있는데, 우연히 한 나무꾼이 이 귀혼부를 얻어 당대에 내로라 하는 고수가 됐다고 한다. 귀혼부 역시 지금은 그 종적을 알 수 없다.

9위는 유성신창(流星神槍)으로 내력을 주입하여 사용하면 그 창의 흐름을 볼 수 없다고 전해진다 한다. 현재 신창(神槍) 진명(秦明)이 가지고 있으나 그 자신이 무림에 은거한 상태이기에 외부로 모습을 보인 게 십 년 전이라고 전해져 있다.

10위는 화룡신도(火龍神刀)로 공동파의 문주인 천무성자 양세기가 가지고 있었으나 쌍도문의 소주인 장천에게 넘어간 화기의 힘을 지니고 있는 신도로 냉혈검의 상극이라 알려져 있다.

이 열 개의 신병 중 그 종적을 알 수 없던 것은 자량신화목검과 진천벽력궁, 냉혈검, 귀혼부 네 가지인데, 그중 하나가 무림에 다시 그 모습을 드러낸 것이다.

신병을 지니고 있는 자는 천하제일을 노릴 수 있다 전해지고 있었으니 이들로선 냉혈검을 가지고 있는 냉혈살마를 처리하는 데 고심할 수밖에 없었다.

한편 이들 삼 개 문파의 사람들과 헤어진 장천은 이준을 찾기 위해 산 전체를 바쁘게 돌아다니고 있었지만, 날이 너무 어두운 탓에 얼마 지나지 않아 포기하고 말았다.

'이를 어쩐다……'

이준의 몸에 있는 음기를 없애지 않으면 선천진기를 모두 소모해 죽게 된다는 것을 아는 장천으로선 답답함이 밀려오는 게 당연했다.

'또다시 누군가가 죽기를 기다려야 한단 말인가.'

산 전체에 많은 무사들이 있는 만큼 희생자는 얼마 지나지 않으면 나오겠지만, 사람이 죽기를 기다리는 건 장천으로선 조금도 마음에 내키지 않는 일이었다.

하지만 당장 방법이 생각나는 게 없는지라 한숨을 내쉰 장천은 나무 위로 올라가 일단 날이 밝기를 기다릴 수밖에 없었다.

다음날 장천은 날이 밝자마자 용문산을 뒤지기 시작했지만 가끔 가다 다른 무인들을 볼 수 있을 뿐 이준은 찾을 수가 없었다.

한참을 그렇게 용문산 전체를 뒤지고 있을 때 또다시 비명 소리가 들려왔고, 장천은 그곳을 향해 급히 몸을 날렸다.

'제발 조금이라도 오래 버텨라!'

장천으로선 그들이 냉혈살마의 발목을 잡아주기만을 바랄 수밖에 없었다. 다행히 장천이 도착했을 때는 아직도 싸움이 계속 진행되는 중이었다.

"응?"

냉혈살마와 싸우는 이들의 모습을 본 장천은 놀라지 않을 수 없었는데, 바로 어젯밤에 헤어진 삼대문파의 사람들이기 때문이다.

"칫!"

괜히 헤어졌다는 생각을 한 장천은 일단 화룡신도가 아닌 다른 쪽 도를 들고 그들의 곁으로 몸을 날렸다.

"끄악!"

내려서자마자 화산파의 무사 한 명이 목을 베이고는 땅으로 쓰러지니 장천은 내공을 돋워 소리쳤다.

"멈추어라!"

엄청난 내공의 사자후에 사람들은 크게 놀랐고, 냉혈살마 역시 장천의 등장에 고개를 돌릴 지경이었다.

"음……."

입가로 침을 흘리며 거지 같은 몰골을 하고 있는 냉혈살마는 긴 머리로 얼굴을 가리고 있었기에 만약 광무자에게서 듣지 못했다면 그가 이준이라는 것을 짐작조차 하지 못할 정도였다.

'명석하던 이준 사형이 저런 모습이라니……'

이준을 잘 아는 그로선 안타까울 수밖에 없었다. 다시 고개를 돌려 주위를 살피자 항산파와 싸우고 있는 여인의 모습이 크게 낯이 익는지라 가슴이 급하게 뛰기 시작했다.

몰골이 많이 상했기는 했지만 그 몸놀림 하나하나가 잊혀지지 않는 그였으니 장천은 자신도 모르게 그녀의 이름을 소리쳐 불렀다.

"능예!"

"아!"

항산파의 비구니와 싸우던 능예는 자신을 부르는 소리에 크게 놀라며 돌아보았다. 그리곤 초췌하게 변하기는 했지만 소리친 이의 모습이 자신이 항상 그리던 사람의 얼굴이라는 걸 알자 눈물이 쏟아져 나왔다.

"가가!"

"능예!"

그녀가 자신을 부르자 장천은 급히 그녀와 싸우고 있던 항산파 비구니의 검을 튕겨내어 쓰러뜨리고는 능예를 가슴에 안았다.

"능예!"

"가가… 흑흑흑……"

사람들은 두 사람의 모습에 놀라는 표정을 지었다.

냉혈살마는 그녀가 장천의 품에 안기자 짐승 같은 소리를 내고는 그를 향해 덤벼들었다.

"크와아아!"

"능예! 몸을 피해라!"

장천은 이준이 광기가 가득한 얼굴로 덤벼오자 능예를 옆으로 밀치곤 내공을 끌어올려 초식을 시전했다.

"청운도법(淸雲刀法) 제삼식 청천일운(淸天一雲)!"

장천이 재빨리 청천일운의 초식을 시전하여 일검을 내뻗자 이준의 검은 그대로 장천의 도와 맞부딪쳤다. 그 순간 강한 냉기가 장천을 향해 밀려왔다.

"크윽!"

하지만 장천은 오성 정도의 소수마공을 익히고 있었던지라 냉기를 밀어낸 후 몸을 틀어서는 이준의 어깨를 향해 도를 내질렀다.

"격풍류운(擊風流雲)!"

청운도법 중 가장 강한 기세를 지니고 있는 격풍류운의 초식은 이준으로 하여금 뒤로 밀려나게 만드니 그의 뛰어난 내공의 힘이라 할 수 있었다.

이준이 냉혈검의 광기로 선천진기를 사용하여 단숨에 이 갑자의 내공을 가지게 되었다고는 하나 그의 검 자체는 변화가 극히 절제되어 있어 광기에 의해 변화를 줄 정도의 이지를 발휘할 수 없었기 때문이다.

거기에다 현재 장천의 내공은 지금의 이준과 비교해도 족히 두 배나 높은 수준이었고, 무공 또한 한 단계 위였기에 이준이 밀리는 것은 당연하다 할 수 있었다.

그러나 내공과 무공의 우위로 상대를 밀어붙이고는 있었지만, 장천은 자신의 병기를 보며 미간을 찌푸리고 말았다. 상대가 십대신병 중 하나인 냉혈검인데 반해 장천의 손에 들려 있는 도는 흔히 볼 수 있는 싸구려 장도였기 때문이다.

"칫!"

그 때문에 몇 번의 초식을 나누자 장천의 도의 날은 보기 흉할 정도로 이빨이 빠져 버려 그로서는 입술을 깨물 수밖에 없었다.

남아 있는 도는 화룡신도. 하지만 그것을 꺼낸다면 자신의 정체는 다른 이들에게 밝혀지기 때문에 꺼낼 수가 없었다.

항산파와 화산파는 검을 사용하는 문파였고 소림사는 공수와 봉이 주된 공격 방법이니 다른 도를 구할 수 없는 장천으로선 난감할 수밖에 없었다.

'어쩔 수 없는가…….'

지금의 상태라면 아무것도 되는 것이 없다는 걸 안 장천은 어쩔 수 없이 왼손을 화룡신도의 손잡이로 가져갔다.

"크와아!"

시간이 지나면서 이준의 광기는 더욱 심해져만 가니 장천은 냉기의 압박에 자신도 모르게 뒤로 물러났다.

"두 시주! 소승이 돕겠소!"

장천이 뒤로 밀리는 모습을 보이자 소림사의 한 승려가 나와서는 이준을 향해 장풍을 뻗으니, 바로 소림사에서 파견된 승려들의 인솔을 맡은 정운이었다.

"나한신장!!"

정운의 나한신장이 발출되자 이준은 자신에게로 밀려오는 강한 기운을 본능적으로 알아채고는 몸을 날리니, 큰 소리와 함께 장풍은 그가 있던 곳의 땅을 파헤쳤다.

'역시 소림사의 무승이로군.'

장풍의 위력을 보며 장천은 그가 꽤 실력있는 자라는 것을 알 수 있었다.

그가 싸움에 끼어들자 장천은 화룡신도를 뽑지 않아도 되었지만, 문제는 이준과의 일을 원만히 처리하기 어렵다는 것이었다.

'이런… 어떻게 한다!'

정운과 장천의 연환 공격으로 이준은 크게 밀리기 시작했는데, 한참 후 정운이 인상을 찌푸리는 것을 볼 수 있었다.

"무슨 일입니까?"

"아무것도 아닙니다."

정운은 장천의 걱정에 고개를 저으며 아무것도 아니라고 말했지만, 장천은 잠시 후 그 이유를 눈치 챌 수 있었다.

'이런!'

정운의 손은 시퍼렇게 변해 있었으니 냉혈검의 냉기로 인해 두 손에 동상을 입었던 것이다. 상태로 보아 심각할 정도였기에 싸움이 계속된다면 그는 손을 잘라야 될지도 몰랐다.

"휴! 대사의 불명을 알 수 있겠습니까?"

"소승은 정운이라 합니다."

"알겠습니다. 정운 대사님, 뒤로 물러서 주시겠습니까?"

"예?"

"아무래도 제가 전력을 다하기 위해선 혼자 상대하는 편이 좋을 듯하군요."

장천의 말에 정운은 잠시 생각을 하다가 고개를 끄덕이고는 뒤로 물러섰다.

정체를 알 수 없는 고수인 장천의 실력이 도대체 어느 정도나 되는지 알고 싶었기 때문이다. 정운이 뒤로 물러서자 장천은 들고 있던 도를 왼손으로 옮기고는 천천히 화룡신도를 뽑아 드니 뜨거운 기운이 일대를 뒤덮기 시작했다.

"헉! 저것은?!"

"화룡신도다!"

뜨거운 기운과 함께 도의 면에 양각되어 있는 화룡의 형상을 본 사람들이 크게 놀라며 소리쳤다. 십대신병의 하나인 화룡신도도 드디어 모습을 드러낸 것이다.

"크어억!"

화룡신도가 나오자 이준은 자신도 모르게 뒤로 물러섰다. 서로 간의 상극이라 할 수 있는 신병이기에 이준은 본능적으로 두려움을 느끼고 있었던 것이다.

"화룡신도… 그렇다면……."

정운 역시 그가 화룡신도를 꺼내 든 것에 놀라지 않을 수 없었으니 그가 신병을 가지고 있다는 사실보다는 화룡신도를 가지고 있는 자의 정체를 알기 때문이었다.

"정운 사형, 그렇다면 저 대협이!"

"저자가 혈비도 무랑의 제자라는 사람이란 말인가."

자신들과 함께했던 사람이 설마 혈비도 무랑 이후 처음으로 내려진 무림대살령의 주인공일 줄은 생각지도 못한 정운이었다.

"화룡패천(火龍覇天)!"

화룡신도를 뽑아 든 장천이 잠시 이준을 노려본 후 몸을 날려 화룡패천의 초식을 날리니, 거대한 불꽃의 용이 일대를 휘감아서는 냉혈검을 든 이준을 공격해 들어갔다.

"크아아!"

다른 무기라면 모르지만 장천이 든 건 같은 십대신병의 하나인 화룡신도. 이제는 무기에서의 우세도 사라진 시점이니 강한 화기가 밀려오자 이준은 크게 괴성을 지르며 몸을 날리고 말았다. 장천이 그의 뒤를 쫓아갔다.

"가가!"

유능예는 장천이 그를 따라나서자 곧바로 뒤를 쫓기 시작하니 소림사와 화산, 항산파의 무사들도 그들의 뒤를 쫓기 시작했다.

"크르르르!"

장천은 경공에서도 무림의 초고수 수준이었기에 이준은 얼마 지나지 않아 그에게 따라잡히고 말았고, 나무를 등에 대고는 장천을 노려보았다.

하지만 이미 실력의 차이가 확연히 드러나고 있는지라 이준의 검은 크게 떨리고 있었다. 이지에서라기보다 약한 짐승이 강한 짐승에게 쫓겨 궁지에 빠졌을 때의 모습이라 할 수 있었다.

'젠장! 이준 사형을 몰아넣기는 했는데… 이제부터 어떻게 해야 한담.'

싸우면 이준을 쓰러뜨리는 것은 어렵지 않았지만, 장천의 입장에서 그를 죽일 수는 없는 일이었다.

한참을 그렇게 그를 노려보던 장천은 마른침을 삼키곤 천천히 도를 집어넣고 그의 앞으로 걸음을 옮겼다.

"가가! 무슨 짓이에요!"

"시주! 무모한 짓입니다!"

장천의 모습을 보며 유능예와 정운이 놀라 크게 소리쳤지만 장천은
자신이 생각한 것을 끝까지 밀고 나가기로 했다.

무방비 상태로 걸음을 옮기는 장천을 보던 이준은 이를 갈며 으르렁
거리다가 기회를 보고는 재빨리 그를 향해 검을 내질렀다.

"가가!"

유능예는 비명과도 같은 외침을 외치며 더 이상 볼 수 없다는 생각
에 두 눈을 가리고 말았다.

"헉! 저런!"

하지만 잠시 후 정운의 놀란 목소리가 터져 나오자 천천히 고개를
들었는데, 놀랍게도 장천이 공수탈백인의 수법으로 이준의 검을 잡고
있는 것을 볼 수 있었다.

'성공이다!'

장천은 한순간의 모험이 성공하자 안도의 한숨을 터뜨렸다.

사실 그가 이 방법을 쓴 것은 관찰에서 나온 것이다.

이준에게 당한 자의 상처를 살펴보면 기습적으로 공격당한 이들은
모두 목줄기에 상처를 입었는데, 마치 짐승과도 같은 이지를 가지고 있
는 그를 생각한다면 분명 틈을 보이면 목줄기를 공격할 것이라 생각했
기 때문이다.

다행히 그의 시도는 정확했고, 장천은 두 손으로 그의 검을 잡을 수
있었다.

하지만 냉혈검은 강한 냉기를 뿜는 검이었기에 소수마공을 사용함
에도 장천은 극도의 냉기에 손이 얼어붙는 고통을 느꼈다.

"차압!"

하지만 이 정도의 고통으로 자신의 사형을 살릴 수 있다면 감수할 수 있다 생각하는 그였으니 곧바로 내공을 돋워 그의 검을 왼쪽으로 꺾었다.

"끄어어!"

장천의 강한 내력을 버티지 못한 이준이 괴성과 함께 검을 놓치자 장천은 곧바로 검을 잡음과 동시에 팔꿈치를 써서 그의 명치를 강하게 가격했다.

"끄으윽!"

냉혈검을 뺏기자 이준의 움직임은 크게 둔화되었고, 더 이상 버티지 못하고 그는 땅으로 쓰러지고 말았다.

"휴……."

이준이 쓰러지자 장천은 숨을 내쉬고는 그의 옆구리에서 검집을 풀어 냉혈검을 집어넣었다.

"가가! 괜찮으세요?"

"능예, 난 괜찮소."

걱정스러운 표정으로 달려온 능예를 안심시키며 장천은 냉혈검을 허리에 차고는 정운을 보며 무표정한 얼굴로 말했다.

"대사께선 저의 정체를 아셨겠군요."

"…그렇소이다."

"어찌하시겠습니까?"

장천의 말에 정운은 한참 동안 그를 바라보다 합장하며 말했다.

"솔직히 이곳에 있는 군웅들의 힘으로는 대협을 당해낼 수가 없겠군요. 서로 간에 피를 흘림이 없이 이대로 물러감을 선택하고 싶소이다."

"저 역시 바라는 바입니다."

서로의 의견이 일치하자 장천은 그를 향해 마주 합장하며 인사를 하곤 이준을 어깨에 짊어지어 능예와 함께 산속으로 모습을 감추었다.

"정운 사형, 저자를 그대로 놓아주심은······."

정운의 사제인 정필은 무림대살령의 주인공을 그대로 놓아주는 것이 옳은 것인가 하는 생각에 사형을 보며 물었고, 그런 사제의 말에 정운은 고개를 저으며 말했다.

"지금 우리의 힘으론 그를 상대할 수 없구나. 또 그가 진정 악인이었다면 냉혈살마가 우릴 공격해 왔을 때 나서지 않고, 우리들이 크게 상한 이후 냉혈살마를 상대했을 것이다. 하지만 그는 자신의 정체가 밝혀질 것을 알면서도 그렇게 하지 않은 것을 보면 악한 심성을 가진 이는 아니라 보는 것이다. 어쩌면 어떤 오해로 무림대살령이 잘못 내려졌을 것이란 생각이 드는구나."

정운의 말에 정필 역시 동감하는지 고개를 끄덕였다.

한편, 이준을 업고 산속으로 몸을 숨긴 장천은 그를 치료할 곳을 찾아 산을 헤매다 얼마 지나지 않아 작은 동굴을 발견할 수 있었다.

"능예, 잠시 호법을 서줄 수 있겠소?"

"네, 그럴게요."

장천의 말에 능예가 고개를 끄덕이고는 동굴 밖으로 나가니 그는 이준을 눕혀놓고 천천히 소수마공을 끌어올리기 시작했다.

'성공해야 할 텐데······.'

그가 냉혈검에 지배되고부터 상당한 시간이 흘렀기에 만약 선천진기가 크게 소모되었다면 장천이 냉기를 흡수한다 해도 이준은 살 수 없게 된다.

"차압!"

소수마공을 끌어올린 장천이 흡기를 사용하여 그의 몸에 스머든 냉기를 빨아들이자 순식간에 그의 몸엔 냉기로 인하여 서리가 끼기 시작했다.

"크윽……."

아직 오성 정도밖에 이르지 않은지라 장천으로선 장기로 심한 고통이 밀려오기 시작했지만 이를 악물며 그것을 참아낼 도리밖에 없었다.

한 시진 정도의 작업이 끝나자 얼어붙는 충격에 장천의 온몸이 사시나무 떨듯 떨리고 있었다.

'젠장! 운기조식을 해야지.'

이대로 있다간 얼어 죽는다는 것을 잘 아는지라 떨리는 팔을 들어서는 가부좌를 틀고 운기조식에 들어가니, 이준의 몸에서 흡기한 냉기는 서서히 그의 내공으로 자리를 잡기 시작했다.

"휴우……."

일주천이 끝나자 몸에 서려 있던 냉기가 사라졌고, 안도의 한숨을 내쉴 수 있었다.

다시 몸을 움직여 이준의 맥문을 짚어본 장천은 고개를 내저을 수밖에 없었으니 이 사형의 선천진기가 크게 모자랐기 때문이다.

"젠장!"

장천은 자신도 모르게 주먹을 들어 벽을 치고 말았다.

"자, 장 사제인가……."

"사형!"

그때 이준이 천천히 눈을 뜨더니 자신의 이름을 불렀다. 장천은 크게 놀라 소리쳤다.

"여, 역시 장 사제이군…… 허허허……."

이준이 작게 웃음을 흘리자 장천으로선 안타깝기 그지없었다.

"사형, 일단 운기조식을 취하세요. 대사형에게 소수마공의 수법을 얻어왔으니 그것을 익힌다면 살 수 있을 겁니다."

하지만 장천의 말에 이준은 고개를 저으며 말했다.

"크크크. 남자를 버리고 말이냐?"

"예?"

"소수마공은 무공의 특성상 여인밖에 익힐 수가 없다. 남자가 그것을 익히기 위해선 남자를 버리는 수밖에 없지."

"그런!"

하지만 자신은 소수마공을 익혔는지라 그의 말이 믿어지지 않았는데, 이준은 그의 손을 잡으며 말했다.

"천무성골인 너의 몸은 남자 중 유일하게 음양의 조화가 가능한 신체… 소수마공을 익혀도 별문제가 없을 것이다."

"하지만 대사형은……."

"필시 나를 위해 스스로 남자를 버리며 내가 익힐 수 있는 방도를 찾을 생각이셨겠지."

"그런……."

설마 소수마공을 익히는 것에 그런 제약이 있는지 알지 못했던 장천은 이준의 말에 뭐라 말을 할 수가 없었다.

"냉혈검은……?"

"제게 있습니다."

"다, 다행이구나……."

냉혈검을 장천이 가지고 있다는 말에 이준은 안도의 한숨을 쉬곤 말했다.

"좌검우도를 어떻게 생각하느냐……."

"대사형께서 만들고 계신 무리 말씀이십니까?"

"그렇다."

"완성만 된다면 천하제일을 넘볼 수 있다 생각합니다."

"그렇지."

장천의 말에 미소를 지은 이준은 계속 말을 이었다.

"이제 너에게는 화룡신도와 냉혈검이 생겼구나. 좌검우도… 고금을 통틀어 두 개의 상극이 되는 신병을 가진 이는 네가 처음일 것이다."

"아!"

"이제 네가 소수마공을 익혀 한기의 내식을 가지고 양의심공으로 화기와 한기를 동시에 사용할 수 있다면 천하제일의 고수라는 혈비도 무랑조차 너의 상대는 되지 못할 것이다. 크윽!"

더 이상 참을 수 없는 듯 이준은 각혈을 하고 말았다.

"혁혁……."

"사형!"

"유, 유 부인을 보고 싶구나……."

"……."

이준은 유능예가 장천의 부인이라는 것을 모르고 있는 상태였기에 이렇게 말하고 있는 것이었다. 그 사실을 밝히는 건 이준에게 너무 잔인한 짓이었기에 장천은 밖에서 호법을 서고 있는 능예를 불렀다.

"유 부인, 잠시만 들어와 주십시오!"

능예는 장천이 자신을 유 부인이라 부르자 이상하게 생각하며 안으로 들어섰는데, 이준의 얼굴에서 회광반조의 기운이 느껴지자 상황을 짐작하고는 고개를 저으며 말했다.

"이 대협, 정신이 드십니까?"

"유 부인……."

이준은 힘을 다해 자리에서 일어나서는 그녀에게 큰절을 하며 말했다.

"한… 순간의 욕망을 이기지 못하고… 유 부인을… 강제로 끌고 온 것을 사죄… 드립니다……."

"이 대협……."

이준의 말에 유능예는 안쓰러운 표정을 지었다.

그가 자신을 납치해 오기는 했지만 단 한 번도 자신을 욕보인 적도 없고, 냉혈검에 의해 광기가 찾아들었을 때도 다른 이들은 몰라도 자신에게만은 본능적으로 예의를 갖추려 했던 걸 알고 있었다.

몸을 일으키려던 이준이 더 이상 힘이 없어 쓰러지고 마니 장천은 크게 놀라 그를 얼른 부축했다.

"사형, 괜찮으십니까?"

"괜찮네……."

장천이 자신을 다시 눕히자 이준은 장천의 손을 잡고는 말했다.

"장 사제."

"예, 사형."

"유 부인의 남편을 찾을 수 있도록 자네가 힘써주게. 아마도 본 문의 제자인 듯하니 말이야."

"……알겠습니다."

"허허허. 이제야… 마음이 놓이는군……."

장천이 자신의 청을 승낙하자 이준은 웃음 지으며 천천히 눈을 감았고, 가쁘게 쉬던 숨소리도 천천히 잠잠해져 가기 시작했다.

"사형……."

이준은 그렇게 숨을 거두고 말았다.

한참을 그렇게 이준의 모습을 보고 있던 장천은 그의 맥을 짚어보고는 숨을 거두었다는 것을 다시 한 번 확인할 수 있었다.

"능예……."

"가가……."

장천은 천천히 능예의 손을 잡아주었고, 그녀 역시 안타까운 표정을 지었다.

두 사람은 이준의 시신을 동굴의 한쪽에 묻었다. 솔직히 본 문에 묻어주고 싶은 생각도 없지 않았지만, 감숙까지는 너무 먼 길인데다 쫓기는 몸이기도 한지라 그들로선 이곳에 묻을 수밖에 없었다.

이준을 묻어준 후 장천은 유능예와 함께 산을 내려갔다.

"소천이를 찾은 후 심산유곡에 작은 초막이라도 지어 살도록 합시다."

"예."

장천의 말에 능예는 드디어 낭군과 함께 지낼 수 있다는 생각에 기쁘지 그지없었다.

하지만 강호는 은거하며 평온한 삶을 살고 싶어하는 그들을 가만히 내버려 두지 않았다.

하남 무림맹. 무림맹의 무사들에 의해 이곳에 파견된 쌍도문의 무사들은 계속 연금 상태에 있었는데, 요운과 곽무진은 무림맹의 친분이 있던 사람들이 가져온 소식에 하늘이 무너지는 듯한 충격을 받을 수밖에 없었다.

"뭐라 했소이까!"

"쌍도문에 혈사가 일어났다 했습니다."

"그런……."

"제기랄!"

예상하기는 했지만 설마 그것이 현실로 나타날 것이라곤 생각지도 못한 두 사람이기에 노기가 터져 나올 수밖에 없었다.

하지만 뒤이어 나온 무림맹 무사의 말에 그 충격은 더욱 클 수밖에 없었다.

"문주께서!"

"그렇소. 그리고 두 분께는 말씀드리기가 송구스럽지만… 요 대협의 부인과 곽 대협의 부인께서 이번 혈사로……."

"헉!"

문주인 등평의 죽음에 이어 자신들의 아내까지 죽었다는 소식을 들은 두 사람은 자신도 모르게 그 자리에 주저앉을 수밖에 없었다.

"으드득……."

그 충격은 잠시 후 분노로 변해가니 자신들을 가두어놓은 무림맹에 대한 노기는 참을 수 없을 정도로 커져 갔다.

"요 대협, 곽 대협, 진정하십시오. 지금 이곳에서 일을 크게 벌이는 것은 좋을 것이 없습니다."

두 사람과 친분이 있던 무림맹의 무사가 그들을 진정시키기 위해 말하니 요운은 그의 말에 노기를 참으며 말했다.

"알고 있소이다, 대협."

"휴… 어쨌든 귀 문의 장 대협께서 최대한 빠른 시간에 무림맹에 갇혀 있는 분들을 구출할 수 있도록 수를 쓴다 하니 잠시만 노기를 가라앉혀 주시기 바랍니다."

그가 말하는 사람이 장춘삼이라는 것을 안 요운과 곽무진은 고개를 끄덕이며 대답했고, 무림맹의 무사는 몇 가지 물건을 그들에게 전한 후 외전에서 빠져나갔다.

"사숙… 흑흑, 도저히… 도저히 참을 수가 없습니다."

"나도 마찬가지네. 하지만 지금 우리로선 어찌할 도리가 없지 않은가."

곽무진의 말에 요운은 그를 토닥여 주며 말했다.

자신들이 외지로 나가 있는 사이에 이런 일이 벌어질 줄 누가 알았겠는가?

무림맹에 갇혀 있는 두 사람으로선 장춘삼이 자신들을 구출해 주기만을 기다리는 수밖에 없었다.

기련산. 기련삼마가 머물고 있는 오두막에선 십여 명의 시신이 나뒹그러져 있었으니 그들은 하나같이 이마에 구멍이 뚫려 있었다.

"헉헉!"

기련산의 험한 비탈길을 두 명의 여인이 힘겹게 뛰어내리고 있었으니, 둘 모두 검은 피부를 가진 여인들이었다.

한 사람은 과거 사파의 십대거두 중 하나였던 흑철돈녀였고, 그녀의 옆에 있는 다른 여인은 증손녀 무미미였다.

두 사람 모두 상처를 입었는데 흑철돈녀는 어깨에 난 커다란 구멍에서 피가 계속해서 흘러내리고 있었고, 무미미 역시 관자놀이 부근이 심하게 찢어진 상처를 입고 있었다.

"미미야! 어떻게든 이곳을 빠져나가 쌍도문의 장 대협에게 이 사실을 알려야 한다!"

"할머니!"

"이 할미는 더 이상 살 수 없을 것 같구나! 어떻게든 이 할미가 추적자를 막도록 해보겠다!"

흑철돈녀의 말에 무미미의 눈에선 눈물이 흘러내렸다. 그녀로선 할머니를 두고 빠져나가기 싫었지만 단호한 표정을 짓고 있는 흑철돈녀의 말을 무시할 순 없었다. 한 사람이라도 살아 나가 기련산에 있었던 일을 밝혀야 복수할 수 있다는 생각에 간신히 고개를 끄덕였다.

"그래야지! 그래야 이 할미의 손녀가 아니겠느냐! 자, 가라!"

흑철돈녀의 외침이 터져 나오자 무미미는 잠시 머뭇거리다 내공을 끌어올려 산비탈을 빠르게 내려갔고, 흑철돈녀는 그 자리에서 멈추어 내공을 돋워 소리쳤다.

"네 녀석은 이 흑철돈녀님이 상대해 주마!"

슈슉!

그녀의 말이 끝나기도 전에 귀를 찢는 듯한 파공음이 울려왔고, 잠시 후 섬광과도 같은 속도로 무엇인가가 빠르게 날아와 그녀의 허벅지를 꿰뚫어 버렸다.

"끄윽!"

허벅지에서 금세 피가 분수처럼 쏟아졌지만 그녀는 이를 악물며 고통을 참고는 그것이 날아온 방향을 향해 장풍을 날렸다.

"흑풍철장(黑風鐵掌)!"

혼신의 힘을 다한 흑풍철장은 거대한 기운을 뿜어내며 숲을 파괴하니 오랜 시간 쌓아왔던 내공에 의해 흑풍철장을 맞은 수십 그루의 나무는 뿌리째 뽑혀 나갔다.

"헉헉……."

슈슉!

"큭!"

흑풍철장을 사용한 그녀는 진기가 급속히 줄어드는지라 가쁜 숨을 몰아쉴 수밖에 없었고, 또다시 날아온 물체는 그녀의 복부를 헤집고 들어왔다.

"끄윽!"

내공을 끌어올려 몸을 강철처럼 만들어 그것을 막으려 했으나 너무나 강력한 위력이기에 배에 반쯤 꽂힌 형국이 되어버렸다.

"후후후. 오랜만에 뵙습니다, 흑철돈녀님."

"너, 너는!!"

어둠 속에서 활을 들고 나온 자의 얼굴을 확인하는 순간 흑철돈녀는 크게 놀란 표정을 짓고 말았다. 그와는 일견식이 있었던 때문이다.

"네, 네가 왜……."

"저 역시 흑철돈녀님을 처리하고 싶지는 않지만, 사파라는 족속들을 모조리 이 세상에서 멸살시켜 버리려다 보니 어쩔 수 없이 흑철돈녀님도 그 명부에 들어가더군요."

"크윽!"

화살에 의한 고통에 흑철돈녀는 무릎을 꿇고 말았다.

"네, 네가 왜 이런 짓을……."

"애석하게도 그것은 밝힐 수가 없답니다. 저의 윗분인 대인께서는 제가 모든 것에 함구하길 바라고 있으니까요."

더 이상 말할 것도 없다는 듯이 그는 손을 한 번 내저은 후 천천히 화살을 재어 그녀의 이마를 향해 겨누었다.

"크윽… 원통하구나……."

"그럼 이만."

원통함에 이를 악물고 있는 흑철돈녀를 향해 한 발의 화살이 소용돌이치듯 날아갔고, 그것은 그녀의 이마에 커다란 구멍을 뚫고는 사라졌다.

쿵!

화살에 의해 뚫려진 구멍에서는 피분수가 터져 나오니 잠시 후 그녀의 거대한 몸집은 큰 소리와 함께 땅으로 쓰러지고 말았다.

"사제와의 정을 생각하니 미안한 생각도 드는군요, 흑철돈녀님."

쓰러진 그녀를 보며 그는 거대한 활을 어깨에 메고는 중얼거렸다. 달을 가렸던 구름이 서서히 물러나며 어둠에 가리워졌던 그의 얼굴이 드러났다.

육 척의 키에 단단한 근육으로 뭉쳐진 몸, 선량한 눈을 하고 있는 그는 바로 쌍도문의 이대제자 중 한 사람인 신궁 구궁이었다.

"노진 대사, 이 여인은 그래도 친분이 있는 사람이니 무덤이라도 만들어주고 싶군요. 구덩이를 파주시겠습니까?"

구궁이 흑철돈녀의 시신을 보며 말하자 잠시 후 푸른 강기가 날아와 땅을 파헤쳐 큰 구덩이가 만들어졌다.

"감사합니다."

감사의 말을 한 구궁은 흑철돈녀의 시신을 들어서 구덩이에 내려놓고는 천천히 흙을 덮었다.

"차압!"

그리고는 근처에 있던 나무를 잘라 묘비를 만든 구궁은 그곳에 흑철돈녀 무삼랑지묘(黑鐵豚女 武三琅之墓)라는 글자를 칼로 새긴 후 조용히 말했다.

"경을 외워주시겠습니까?"

"……."

"후후, 파계승이라 그것만큼은 해주실 수 없는가 보군요. 알겠습니다. 나중에 고승을 청해보는 것이 흑철돈녀님을 위해서도 좋을 듯하군요."

재미없다는 듯이 손을 한 번 내저은 구궁은 몸을 날려 사라져 갔다.

잠시 후 노진 대사는 무덤을 보며 잠시 염불을 외워주고는 그를 따라 몸을 날렸다.

〈5권 끝〉